RUGUO AIQING ZHISHI LUGUO

如果爱情只是路过

水湄伊人 著

时代出版传媒股份有限公司
安徽文艺出版社

图书在版编目（CIP）数据

如果爱情只是路过 / 水湄伊人著. —合肥：安徽文艺出版社，2017.7
ISBN 978-7-5396-6059-2

Ⅰ．①如… Ⅱ．①水… Ⅲ．①长篇小说－中国－当代 Ⅳ．① I247.5

中国版本图书馆 CIP 数据核字（2017）第 079958 号

出 版 人：朱寒冬
责任编辑：姜婧婧　柯 谐　　　装帧设计：金刚创意

出版发行：时代出版传媒股份有限公司　www.press-mart.com
　　　　　安徽文艺出版社　www.awpub.com
地　　址：合肥市翡翠路 1118 号　邮政编码：230071
营 销 部：（0551）63533889
印　　制：三河市兴国印务有限公司　（0316）3124906

开本：889×1194　1/32　印张：9.5　字数：245 千字
版次：2017 年 7 月第 1 版　2017 年 7 月第 1 次印刷
定价：39.80 元

（如发现印装质量问题，影响阅读，请与出版社联系调换）
版权所有，侵权必究

目　录
contents

如果爱情只是路过

都市男女的爱情来得快去得快，谁都不会为谁久久守候，为谁久久痴迷。在感情面前，他们迷茫他们困惑，他们的情感处于一种尴尬的囧态。

但真爱是无敌的，能不能修成正果，就看他们能不能化囧态为真心。

1. 解铃还须系铃人 /001
2. 倪氏公子 /012
3. 家宴 /017
4. 龚炜的小酒吧 /021
5. 女人们的那点事儿 /029
6. 骚动 /036
7. 珠宝酒会 /042
8. 柳如的如意算盘 /051
9. 女魔术师 /058
10. 溃散 /061
11. 挑逗 /064
12. 走出迷途 /070
13. 桃色事件 /074
14. 走走与龚炜的新酒吧 /085
15. 打架的女人 /088
16. 从天而降的老爹 /093
17. 下乡记 /100
18. 罗丝的诡计 /105
19. 囧情男女 /112
20. 米丽塔的放弃 /117
21. 生日 /122
22. 醉酒 /131
23. 捉奸 /138
24. 心事 /146

25. 柳如的桃花 /152
26. 虚惊一场 /156
27. 节外生枝 /160
28. 水到渠成 /169
29. 全城热恋 /173
30. 抉择 /182
31. 陌生的爹病了 /186
32. 劈腿 /191
33. 暗度陈仓 /198
34. 劝医 /209
35. 奇怪的后妈 /213
36. 遭遇被私奔 /217
37. 自杀未遂 /223
38. 警告 /227
39. 惊变 /232
40. 为爱决斗 /238
41. 意外事件 /247
42. 面对 /252

43. 意外 /257
44. 龚炜的放弃 /262
45. 身世 /266
46. 峰回路转 /271
47. 被调包的情人 /277
48. 感情那点事 /284
49. 虚惊 /289
50. 假戏真戏 /293
51. 逆袭成功的婚礼 /296

1. 解铃还须系铃人

沈孟芝,芳龄二十七,珠宝鉴定师。

沈孟芝最喜欢做的事,就是跷着她那双细长腿儿,端着一杯咖啡,透过办公室的落地窗,视线投向一墙之隔的珠宝店,细细把玩着客人们的细微表情。

有时候就看着窗外的路人,阳光大把大把地洒了下来,那些面孔,像绽开的向日葵,微笑,笃定。

沈孟芝就喜欢这样的感觉。

光阴就在她忙碌的缝隙里,流走了一些发亮的东西,或者,这就叫青春吧。她是这么想的,才二十七岁的年龄,怎么已有种年华老去的怆然。

对于她的职业对象——珠宝,她有着另一种含义的理解,她觉得,对这玩意的喜欢程度,最能表现一个女人的品质。

有的女人纯粹是喜欢钻戒宝石,或者说,喜欢一切高价值的东西,跟她身边的男人,或者说爱情这种无形物没任何关系。不过珠宝这玩意儿确实比男人实在,一不会撒谎,二不会背叛,三不会惹女人生气。

她把女人分成两种,一种是喜欢珠宝的,另一种是不喜欢珠宝的,前一种是人,后一种是仙,不过仙女一般都是长在深山,喝着纯天然山泉水的。

因为职业关系,炼成了她一双慧眼金睛,不但能识别珠宝的优劣真伪,而且对女人也是一眼便察秋毫,一眼便知哪个女人是人,哪个女人是仙，比如现在的柳如便属前者，为什么说现在的柳如而不是以前的或以后的，下文会有说明，而莫小平属于后者，而她自己介于两者之间，因为，她觉得自己比她俩都清醒与实在，或者说，比她们靠谱。

而女人的等级就如珠宝一样，也是各不相同，如同钻石还有LC、VVS、VS、SI、P五个净度级别之分，价格自然也相差甚远。莫小平在她的心目里，其实有着很高的等级。

正想着莫小平，莫小平就来电话了。

"孟芝，前几天给你介绍的对象怎么样了啊？"

沈孟芝对女人很有洞悉力，对男人却怎么都猜不透，以至于所交的男朋友都没超过三个月，这简直像是被下了咒一样。因此沈孟芝经常走在相亲的道路上，她倒觉得自己还年轻，不急着嫁人，但婚嫁这码事往往是皇帝不急急死太监，朋友急，老爸急，她老妈更是急，她老妈经常挂在嘴边的一句话是，想当初，我二十四岁生了你都觉得很晚婚晚育了，现在你都奔三了还没个动静，我能不急吗？

于是，沈孟芝便成了"六人晚餐""八分钟约会"之类相亲活动的常客，有一段时间，在她不知晓的情况下，她的照片被放上了某相亲网站的首页，那段时间，她恨不得把自己挖个洞给埋了。

闲话不提，这时的沈孟芝想起来了三天前跟她相亲的那帅哥，长相过得去，气质也是有的，留着点小胡子，挺男人，重要的是还很温柔体贴。而昨天晚上，他们还刚刚在寿司店约过会，那帅哥非常温柔地揩去她嘴角的一抹番茄酱，还说了一句挺幽默的话："你这样子出去，人家会把你当作刚吃饱喝足的吸血鬼女郎的。"

想起这些，沈孟芝的嘴角露出了两个迷死人的小酒窝，但是她又想装作漫不经心，免得又被莫小平笑话她看见帅哥腿就软，见过男人好色，没见过女人这么色的："嗯，还好啦，我们可能会——"

沈孟芝故意拉长声音，想逗逗莫小平，视线不经意又投向了珠宝店里，觉得里面的一个男人好眼熟，这一看不要紧，只见一个模样很狐媚的女人在试戴着钻戒，而一边向她深情凝视的男人不正是昨天给她揩番茄酱、夸她是吸血鬼女郎的帅哥吗？

"小平，你等下，我办点事就回来。"

她搁下电话，快速往店里走，冲那帅哥就是一拳，所有的人都惊呆了，沈孟芝拍了拍手，笑着说："没事了，大家继续。"

而后沈孟芝自顾自走回自己的办公室，准备继续跟小平把话讲完，屁股还没有坐定，销售部张经理跟着后头气冲冲地跑进来："沈孟芝，你再这样，我炒你的鱿鱼！"

沈孟芝优雅地摊了摊手："随便，还有，请去掉'再'字。"

"你——"张经理气得一时说不出话来，"我先向客人道歉，回头找你算账！"

这边，电话里头莫小平在叫："喂喂，孟芝啊，出什么事了啊？"

"还不都是你干的好事，不调查清楚就给我乱拉配，你知不知道我丢脸到家了。"听到外头乱哄哄的，也没法再聊下去，她挂掉了电话，"回头再对你说。"

但心里是郁闷得紧，沈孟芝就算不生气也有点丧气，以往好歹也能维持三个月，这次三天就歇菜了，难道我沈孟芝在爱情这条道上气数已尽？

只见张经理拉着那半脸子红印的男人来到沈孟芝的面前："你向他道歉！人家刚刚还为你求情呢！"

沈孟芝可不怕张经理，而且她也从没有把张经理放在眼里，五十岁的男人，在老董面前谄起媚来旁人都听得面红耳臊得慌，而他却脸不红心不跳，唯独老董却好这口，这人啊，一老可能耳根子就软了，尽挑好的话来听。

但这珠宝公司的老董可是她爸的世交，而且她做得好好的，工作上也是尽职尽责，平时张经理也奈何不了她，现在刚好抓着个靶子，就有万箭齐发的机会了。

沈孟芝站起了身，心想那一记耳光还不够解恨，居然还有脸来见本大神，"本姑娘最恨的就是你们这种吃里爬外、四处撒网、到处留情的男人！吃着碗里的还看着锅里的，都是有老婆的人，还跟老娘相狗屁亲。刚才那一巴掌是给我自己解气，现在再来一巴掌算是给你女人抱不平，怎么会看上你这么个货……"

说完又一个巴掌抢了过去，却被龚炜给抓住了，他的脸涨得通红："我是来向你解释的，不是来挨你巴掌的，你要搞清楚！你这女人怎么这么嚣张这么不讲理，我真是瞎了眼了！"

看样子龚炜是真的非常生气，在做狮子怒吼状："跟我一起来的是我的准嫂子，她快要结婚了，这几天我哥出差在外，抽不出空，让我先陪陪嫂子，一起逛逛珠宝店，看有没有合适嫂子的结婚首饰！看中了他回来了就可以直接买了！"

说完，龚炜就气冲冲地走了，门口站着他那狐狸相的准嫂子，意味深长地看了沈孟芝一眼，也跟着去了。

而沈孟芝却愣在了那里，自言自语地嘟囔着："谁叫你那眼神，虽说你嫂子长得也算可以，但也不能那样子盯着呀……又没有贴上标签，谁知道呢……"

张经理跺着脚，一副痛心疾首的表情："这事我要告诉董事长！"

"去吧，最好再添油加醋多加些情节啊，否则老总会嫌这事太乏味。不送啊。"

看着张经理气急败坏的背影，沈孟芝不禁偷着乐，但又想起了龚炜，想乐也乐不起来了，今天的事确实是自己太不淡定了，平时这么镇定的自己怎么会做了这么一件不淡定的事，这事真有点过分，真是丢死人了。

咦，你说你个大男人不会就这么小肚鸡肠吧，就这么恨死我吧？

沈孟芝与莫小平舒服地躺在美容床上,空气里弥漫着薰衣草的精油香与各种护肤品散发的清香,两人微闭着眼睛,整个人身心舒缓,沉静稳妥,仿佛徜徉于普罗旺斯的紫色花海中。但看样子,莫小平接下来就不会很舒缓了。

美容师戴着个粉色口罩,露着水汪汪的秀长眼儿,摸了摸莫小平的脸:"你的皮肤真不好呀,额头上有好多痘痘,下巴还有痘印,而且毛孔粗大,皮肤虽油但又很缺水,是不是平时都没来做护理呀,很忙吗?"

莫小平,人如其名,脸平,胸平,心也平,目前跟一个艺术家在谈恋爱,这个艺术家为了所谓的理想辞掉了不错的工作,并用所有的积蓄买了一款佳能1Ds Mark III,搞起了摄影,据说去过祖国各地,曾在西藏待了半年,后来实在没钱填肚子了,就回来了,到现在都没找到工作,不过他一说话,总会把我在西藏时怎么怎么样挂在嘴边,把莫小平唬得一惊一乍的,对他自是五体投地,甘为孺子牛了。

沈孟芝心想,莫小平刷的都是自己的年卡,平时当然很少来喽。

她忍俊不禁:"她呀,忙着谈恋爱呢,原以为爱情比做美容还管用,结果嘛,美不成反被毁,哈哈。"

她一笑,美容师的刮眉刀就差点戳了她的皮,"哎哟!"

"你呀,别乱动,说话可以,别做其他表情,我这刀子可不长眼的。"给沈孟芝做美容的是个二十出头的小姑娘,头发裹在粉色的角帽里,露出绛棕红色的刘海,她的声音软软的、细细的,女人听她的声音都会全身酥掉,别说男人。

这下沈孟芝可就乖多了,莫小平可不嘴软:"脸虽然没被滋润好,但我的心暖,心里装着个人感觉好,心里空空的人才寂寥呢。"

沈孟芝嘀咕了一句:"你真中毒太深,无药可医了。"

"你那火暴脾气啊,是男人都会被你吓跑的。"

"你这软柿子,人家只会欺负你。对了,你说龚炜那边咋整好呢,我都不好意思向他道歉了。"

"你无缘无故地赏了人家一巴掌后，又想再补一巴掌，虽然后一巴掌属暴力未遂，你知不知道，当初我给他介绍你的时候，把你形容得多温柔多婉约多端庄多识大体啊，整个薛宝钗转世，你倒好了，来个乾坤大扭转，成了韩片里的野蛮女友。"

"哎哟喂，姐姐，正常状态下，我是挺温柔嘛，我这不是误会他了嘛。"

"解铃还须系铃人，这个问题你自个儿解决去，我没空，我等下还得去照相馆，给小七冲洗照片。"

"整一个免费保姆加提款机，小平，我跟你说句推心置腹的话，跟这样的男人生活会很累的，结婚后会更累。"

"我知道，但他是我的命，我认了。"

"确实，他迟早会要了你的命。"

"我觉得吧我还是比柳如幸福，不知道她现在过得怎么样。这几天他们两个人在丽江逍遥呢，唉，一个女人，为了一个男人甘愿过着偷偷摸摸的日子，那么专业的小三，哎哟喂，这我可真做不到。"

"别给我提她了，她那是犯贱，自作孽不可活。"

一说起柳如，沈孟芝就气不打一处来，竟然爱上了一个已婚男人，而且美其名曰为了爱情可以做任何无条件的牺牲，已婚怕什么呀，她柳如江山都能打得下来还怕征服不了一个男人？越磨得辛苦才越显得感情深厚，能走到一起实在是上帝的恩赐。

一想起柳如说这句话的神情沈孟芝就气炸，本来挺聪明的柳如怎么会犯这个傻，就算那个男人再有钱，也不能犯那个贱啊。

沈孟芝告诉自己淡定淡定再淡定，不能老生气，如果她没把柳如当朋友，还真不想生这个气。她也是不赞成莫小平跟小七来往的，莫小平一副中毒太深非他不嫁的样子，她甚为担忧。莫小平的收入并不高，而且是单身家庭出身的,涉世不深为人单纯,脑子简单,跟着母亲相依为命,守着一个小花店,住在那套破旧又窄小的出租房里,这般境况,还跟脑子经常发热的"艺术家"瓜葛上,别人倒也罢了,偏偏是莫小平这样的姑娘。

沈孟芝认为那个小七不过是利用莫小平的善良,玩弄莫小平的感情罢了,她真不希望莫小平会受到任何伤害。至少,小七的不成熟,或者说,过着太过不现实的生活,并不足以令莫小平托付终身。莫小平是个脆弱的瓷瓶,一碎就是粉身碎骨。这不是沈孟芝希望看到的结果,但是她却深陷其中,令沈孟芝也无能为力。

她们俩的感情很深,时光可以洗刷掉很多东西,包括曾经以为天荒地老的爱情,还有那些当时以为跟不锈钢似的永不生锈的朋友,唯有她与莫小平的友情不变地留了下来,虽然也有过一些小矛盾,但依旧互怜互惜至今。

上面膜的时候,俩人就不说话了,沈孟芝舒舒服服地睡了一小觉。

护理完成后,两个人的肚子都饿了,于是去一间西餐厅点了两份牛排。莫小平说:"看在又是你请客的分上,唉,吃人家的嘴软,好吧,算我好人做到底,我把龚炜约出来,后面的看你造化了,我可不敢打保票。"

"嘿嘿,我就知道,莫小平是世界上最善良最古道热肠最侠义的好姑娘。"

莫小平苦笑着摇了摇头,开始打电话:"喂,龚炜呀,我是小平,还没吃吧,过来吃个饭吧……嗯嗯,就我呗……下次免费给你酒吧做插花好吧,切,什么世道啊,请你吃饭还有贿赂你的嫌疑啊,你以为你是省长厅长还是部长市长啊?"

放下手机莫小平眨了眨眼睛:"搞定了,龚炜嘛,我们认识也挺久了,但我们就不来电,有句话嘛,叫作,太熟了不好下手。他人不错的,人帅脑子也好使,我觉得你们挺配的。等下他来了客气点,好好道个歉吧。女人嘛,可以野蛮点,但不能蛮不讲理,否则就变泼妇啦。"

"去,什么话呢,我沈孟芝是那样的人吗?"

等待的过程中,沈孟芝接到了柳如的电话:"亲爱的,我快要回来啦,你跟小平想要什么礼物,尽管说,漂亮的印度装?波西米亚长裙?尼泊尔牛骨手镯?要不,送一个羊头给你们放厅堂上一天三朝拜,哈哈。"

沈孟芝瓮声瓮气地说:"随便你,羊头就不要了,怕你不好拎,还有,你别把别人的男人拐跑了就行。"

"放心,别人的男人也迟早是我的男人,我都不怕,你怕啥。"

"柳如,你总有一天会后悔的。"

说完沈孟芝就挂掉了电话,莫小平也无奈地笑笑:"唉,她就那脾气,想要的一定要得手,其他都不顾。她以前并不这样,其实,她也挺可怜的,唉,女人婚姻失败真是件可怕的事情。"

沈孟芝沉默了,是的,柳如以前并不这样,她有过一次惨痛的婚姻,如果发生在别人的身上,沈孟芝也只是当小说电视看看,一转头就忘了,但发生在柳如的身上,就那么近,真是想忘都忘不了。

话说柳如是她们中间最早结婚的,曾被她们引为爱情楷模、婚姻标杆,但是,就在她怀孕三个月的时候,男人跟别人勾搭上了。那女人她们都认识,经常去她们喜欢去的一个酒吧,一个晚上烟不离口,而身边的男人走马灯似的换,背地里,她们曾很三八地给那些男人编号,一直编到37号,但是,她们做梦都没有想到38号竟然会是谭真康,也就是柳如的老公,这事确实也够二,二得很三八。

这事给柳如打击太深了,她一直想不通,那个信誓旦旦要与她白头偕老的老公,公然提出要跟她离婚,所以,结果可想而知,婚离了,孩子也没了。那段日子,沈孟芝与莫小平经常守着柳如,怕她想不开,确实,有半年的时间,柳如整个人像被抽掉了魂一样,看着让人担心与心痛。

再后来，柳如突然间像开窍了一样，于是，便成了这个样子，竟然跟已婚男人搅在一起。

想起这些，沈孟芝也只有苦笑，不多时，龚炜来了，看见沈孟芝怔了一下，对莫小平说："你不是说一个人吗？"

"女人的话嘛，不可不信也不能全信，我吃完了还得去照相馆有点事要办，小七还有照片让我去洗，你们慢慢聊，先撤了。"莫小平朝沈孟芝挤了下眼睛，"人我是给你骗过来了，剩下来的事你自个儿办吧。"

说完她拎起包就走了，龚炜在后面大喊："喂，你把我叫来了，自己却跑了，都什么事啊，有没有点责任心啊——"

"有人会负责的——"沈孟芝把菜单递了过去，"行了龚炜，请你吃个饭给你道个歉还不行嘛。"

"你这架势像个道歉的人吗？别人还以为我犯了错呢。如果没一点诚心那就算了。"龚炜说完就要走，看样子还在气头上，不过也难免，想他龚炜从小到大哪受过这等凌辱了，莫大的冤屈啊。

沈孟芝看情形不对，赶忙站起身一把拉住了他："好啦，龚大老板，是我沈孟芝不分青红皂白让您老蒙冤了，在这里，小娘子就给您老赔个不是了。"说完沈孟芝便向龚炜揖了揖躬，"梁兄——"

这两个字可完全是粤剧的腔调，弄得龚炜差点就让自己的口水给呛了。他看了看周围，好些人往这边看了，他还真怕起事来了："行了行了，快坐下，再这么下去人家就当咱俩是神经病了。"

"这么说，咱上次的事就一笔勾销喽，我可不欠你什么了。"

龚炜瞪大眼睛："就这样完了？"

"那还想怎么样啊，我已经向你道歉了，这不又请你吃饭了，难不成，你要再给我补一记耳光啊？"

龚炜想了想："那倒也是，我龚炜是不会对女人动粗的。好吧，这顿饭就你请了，旧怨一笔勾销，人人不记小人过，宰相肚子能撑船。"

沈孟芝狠狠地瞪了他一眼，不过谁叫自己有错在先呢："那你点菜吧，想吃啥尽管点，管饱不管外带哟。"

龚炜倒也喜欢沈孟芝爽直并恩怨分明的性格，至少她不会像有的女子明知自己做错了事情还忸怩作态，想认错又觉得没面子偏要绕几个圈，把人家弄得一头雾水还没搞明白她到底是不是意识到自己犯了错，是不是在道歉。

龚炜点了个套餐，瞅着眼前这个看似外表柔弱，性子却无比刚烈的女子，他神情有点恍惚起来，倘若有一天，他们真的谈恋爱了，然后，真结婚了，如果他只要跟别的女人聊上一两句，她就冲上去给他抡两巴掌咋办？

想起这个，龚炜有点怵了，但上次也确实是事出有因，怪不得沈孟芝，陪着女子看婚戒，谁都以为是一对儿。他这么想想，也有点坦然了，嗯，沈孟芝也非蛮不讲理之人。

此时，沈孟芝已经吃完，就呷着饮料，想着怎么令龚炜对她的印象好转呢，怎么着龚炜也算是个比较靠谱的男人，各方面还过得去，况且还是莫小平介绍的，比那些个六人晚餐里的人物靠谱多了。她一时想不出说什么，只得没话找话："对了，你嫂子挺漂亮的，不过有点风骚……"

"啥？"龚炜停下了拿起来的餐筷。

沈孟芝恨不得给自己掌一嘴巴："我是说挺风情的那种。对了，他们几时结婚？怎么认识的呢。"

沈孟芝赶紧转移话题，按照她对女人一眼洞穿的观察力，她觉得龚炜的嫂子，是属于红色尖晶石类的珠宝，外表固然艳丽，形似红宝石却非红宝石，价值差得远，若非解析其硬度、色性与质体，谁又能分得清？而内在的东西，若非长时间深入了解，谁又会清楚谁呢？

但有一点，媚态外露的女人，是拴不住的，对于这点，沈孟芝倒有点好奇，龚炜的哥哥是个怎么样的人。

"你说我哥跟嫂子吧,他们是在飞机上认识的,我嫂子是空姐呢。那天,我哥在飞机上突然肚子疼,多亏了嫂子帮助,便留了电话,一来两往的,就这么产生了感情。"

"哇,这么浪漫,还是在空中认识的,真是空中奇缘啊。对了,如果你嫂子不介意的话,我给你哥嫂设计一款钻戒,我想他们一定会喜欢的。"

"好啊,不过他们过一个星期就要结婚,时间能来得及吗?"

"应该没什么问题。这样吧,我回头先设计个图纸给他们看,如果他们觉得满意,我们就着手定做,怎么样?"

"好啊,真有你的,道个歉还能捡到一桩生意。行,你把图纸弄好了我给他们看看,看他们意见。"

"那就这么定了,哈,这顿饭请得真值,虽然这钱也不是我赚的。"

正说着,沈孟芝的手机响起,一看,是倪董助理的办公室电话,便说:"不好意思,接个电话。"

"噢——好吧——我马上过去——"

讲完电话沈孟芝就站起身:"今天休息天也来找我,真是的。我得回趟公司了,老董找我,说有急事,下次有空再好好请你,图纸的事弄好了我就通知你。服务员,埋单。"

"行了行了你只管去吧,刚去卫生间的时候,我埋过单了,我龚炜几时让女人埋过单。"

"啊,怎么可以这样——好吧,下次请你,我先走了。"

豪爽的男人没有女人不喜欢,而跟女人约会,也没理由让女人埋单,倘若这点钱也计较,还谈什么爱。沈孟芝是这样认为,但是,倘若女人先说请客的话是另一回事。

沈孟芝又发现了他一个优点,豪爽,虽然这个优点跟爱面子有时看起来像是一码事。

2. 倪氏公子

一路过来，沈孟芝有种不好的预感，果然，一进董事长办公室，沈孟芝就有一种暴风骤雨来临前的沉闷阴暗感。

倪瑞开五十多岁，戴着一副眼镜，身材高大，有着中年发福的迹象，肚子微腆，系着爱马仕的皮带，人看上去沉着稳重。从五官来看，年轻时倒也是帅哥一枚。

"倪叔——"一想起倪瑞开曾经多次提醒她，在公司里，还是以职位相称，而沈孟芝叫惯了倪叔叔，总是改不了口，"董事长，叫我有什么事吗？"

"孟芝，你这孩子，张经理把你的事都告诉我了。"

沈孟芝就知道张经理会来这么一出，不把这事告诉倪董估计他会吃不下去睡不着还拉不出来，是啊，好不容易逮着自己的尾巴，他还能轻易让自己溜过嘛。

"倪叔叔——"沈孟芝嘟着嘴，撒起娇来。

倪瑞开的脸色可并不好看："别来这套，你知道错了吗？你知不知道形象对我们倪氏珠宝来说，有多么重要？如果你不是公司的人，我们不会允许你在这里撒野，况且你还是这里的高级职员啊，你知道后果有多严重吗？别人背后会怎么说，说我们倪氏集团在管理上一塌糊涂，什么狗仗人势、欺人太甚的话都说出来了，这都是我对你平时太宽容的缘故！"

倪瑞开可从来没这么声色俱厉地对沈孟芝讲过话，沈孟芝不禁眼泪在眼眶里转，他看着沈孟芝的样子，觉得自己的语气也有点过重了，稍缓和了一点："孟芝啊，这样的事只能出现一次，下不为例，知道了吗？"

"我知道错了……我已经向人家赔礼道歉了……而且，我准备根据这个客人的喜好亲自设计一款钻戒，当然当然，不是送的，倪伯伯您放心。对方也答应了，只要他们对设计方案满意，还打算在这里订呢。"

倪瑞开的神情缓和多了："知错能改就是好同志，那你要用心设计，我相信你的才能，你呀，真是令人担心。你爸最近好吗？痛风好点了没？最近我太忙了，这不刚刚从瑞典回来，所以一直没空问候一下。"

"老毛病了，最近是好了点了，几时来我家玩吧倪叔叔，我爸老是惦记你呢。"

"嗯，对了，倪天问过两天就回来了，有空你陪他玩。"

"天问要回来啦？太好了，这次打算在家里待多长时间？"

"他啊，已经攻下学位了，在英国待了这么久，就这么一个儿子，还让他一辈子在外面呀，取了学位也差不多了，我也老了，女儿呢还小，他回来刚好，让他熟悉一下这里的环境与公司的情况，以后好接我的班。"

"天问回来继承你大业啊，那真的太好啦！我可以经常看到天问哥哥啦。"

"你乐个啥，这么想我老头子退休啊？我暂时是不会离开公司，至少在五年之内。而且天问对公司的情况也不熟悉，有些东西还一点不懂，全是书本知识，没实干经验，需要我带着他一阵子，让他一步一步地来，从基础做起，扎扎实实地走过来，才能干好实业。"

"倪叔叔高见啊，天问哥回来了，告诉我一声，好久没看到天问哥了，想死我了。"

"这周六你问下老沈看有没空，有空的话我们两家人一起吃个饭，咱两家好久没聚一下了。好在天问也争气，不负众望，现在是英国FGA宝石协会会员。"

"哇，天问哥可真牛。"

话说沈孟芝跟倪天问是从小玩到大的，可谓是青梅竹马。倪瑞开跟沈从青曾是战友，两个人关系特别好，两个人一起当兵的日子可以说是出生入死。他们曾经于1976年去唐山参加震后救援工作，那时候两个人都是血气方刚的小伙子，一直想着怎么样才能实现自己的人生价值，而救人救灾让他们找到了目标，所以，他们拼了命地救人。当时，倪瑞开看见倒陷的砖砾间露着半只血淋淋的手，那只手似乎还动了一下，于是喊来了后头的沈从青，两个人一起努力，把吃奶的力气都使出来了。

但是接着又发生了强烈的余震，大面积的塌方排山倒海般地向他们砸来，沈从青看情况不对，就拉着倪瑞开往下面滚，被他护着的倪瑞开没事，但沈从青的右腿却受了重伤，到现在都不大好使，所以倪瑞开总觉得亏欠了他似的，把沈孟芝当女儿看待，当女儿般地宠着，所以沈孟芝对他也是有恃无恐。而关于那个被压在底下的孩子，成了他们两个人终生的遗憾与愧疚，总觉得是他们没及时把孩子救出来，是他们的过错。

倪瑞开点了点头，但是随即又严肃起来："今天的事情不能再发生第二次。"

"知道啦，我向毛主席发誓还不行嘛。"

"你呀——"倪瑞开无奈地摇摇头，不知怎么说沈孟芝好，不过儿子的回来让他心情大好，很久没跟儿子好好地相聚了，做父母的哪个不想念自己远在异地的孩子呢。

而沈孟芝与倪天问倒有一段口头婚约，沈孟芝就比倪天问小两个月，所以，当时倪瑞开就指着她爱人与沈从青爱人的肚子，开玩笑地指腹为婚。小时候两个人在一起玩，双方父母也是儿媳妇长女婿短地称呼着，俨然是亲家了。虽然后来谁都没把这个玩笑放在心上，毕竟时过境迁了，孩子的婚姻是自由的，家长也不能硬做决定，但是倪瑞开倒真指望沈孟芝会成为自己的媳妇。谁知道倪天问在外国几年，谈了个洋妞当女朋友。倪家其实并不喜欢这个洋妞，也不大乐意找个洋妞做儿媳妇，但因为倪天问执意要跟她在一起，他们倒也无可奈何。

而沈孟芝原本对倪天问也有一丝丝的遐想，她对倪天问确实挺有好感,不过那是十岁之前的事,后来因为搬家的缘故两人偶尔才能见上一面,虽然好感还是一直保留着,也没想得那么多,后来听说他跟洋妞黏在一起后,就断了念头。原来人家好那口啊,你就算掺和了也是白掺和。纯纯的友情如果掺上杂质见面了也会有点尴尬,又何必呢?在情感上,沈孟芝是个明白人,不做掺沙和泥的事儿,所以,她宁可实打实地相亲,也不当厚着脸皮硬贴上去的傻妞。她可是个自重的女人。

况且现在她和龚炜稳步发展中,虽然,没什么突破性的进展,但是,她是慢热的女子,总是期待着一份温而不火、恒久暖心的爱情,就如一杯温度恰恰好的茶,持久弥香,捧在手心,暖着手,喝进去,五脏六腑皆温润。

她想,美好的爱情就是这般样的吧。

走回办公室,她特意装作很不在意地在店里转了一圈,内心突然有了一丝期盼,套住我手指的那个人,会是谁呢?

龚炜吗?

沈孟芝回到家,桌子上已经摆着两个菜,鸡丝豆腐、红烧鲫鱼,都是沈孟芝爱吃的菜。母亲在厨房里忙碌着,而父亲在盯着电视,在看新闻。

"爸,老看这种不靠谱的新闻,有意思吗?"

"怎么不靠谱了?我看你讲话又不靠谱了倒是真的。"反正以他的理解能力,电视里放的都是真理似的,"家事国事天下事,都要事事关心呢。"

"我看你啊,真关心不过来。"

沈孟芝放下包,觉得肚子饿得厉害,随手拿起茶几上的饼干啃了起来,沈从青无奈地摇摇头,带着爱怜的目光,"你啊,马上吃饭了,还吃什么零食,等下正餐又吃不下去了。"

"就吃一两个填下肚子嘛,又不影响吃饭,你说是吧?爸,您不会眼睁睁地看着您的亲生女儿饿晕吧,晕了的话连饭都吃不了了,您说是吧?"

"就你理由多,都是些什么话。"这时,母亲从厨房间端着一盘刚炒好的菜放在餐桌上,"对了,小芝,莫小平给你介绍的那个小伙子咋样,中意不?"

为了稳住民心,沈孟芝只好如实播报:"哪有这么快中不中意的,你中意人家,人家还不一定中意你呢,不过目前我们还算是王八看绿豆,对上眼了。"

"去,你这孩子,又在乱讲话了,你是王八还是人家是王八?越来越不像话了,真是的。"

沈从青也笑了:"如果对眼,就好好认真地谈,别心不在焉,像完成任务似的。要不,老爸打听下他的底?看他到底是个怎么样的人,配不配得上我的女儿。"

"行了老爸,要不是你老掺和着,我还能到现在还没嫁嘛。"

确实有过一次,被沈从青发现,女儿的恋爱对象是不正经的主,沈孟芝也曾经怨恨过,但后来发现,她爸是对的,如果那时真的傻乎乎地从了,她沈孟芝估计现在处于水深火热之中。

"我还不是为了你好嘛,如果你真嫁错了对象,找了个大坏蛋,那真是地狱十八层,一层一层够你受的。"

"这不托您老的福嘛,让我至今没掉进婚姻那地狱。对了,倪叔叔这周六请我们吃饭,说是天问毕业回来啦,大家好好聚下,说好久没见到您这个生死之交的老友,甚是想念,您没别的事吧?"

"真的啊,好好,我就算有天大的事也要推掉,天问回来了真是好,我女儿不就又多一个备用对象啦?你们可是定了娃娃婚的,那时候,我们亲家长亲家短的叫得多热乎。"

"说什么呢爸,都什么年代了,咋还有这种思想,人家都是有女朋友的人了,难道我还插上一脚?你女儿是这么缺德的人吗?"

"不是吧,又交了个女朋友?"

"像他这种高富帅,扑上去的女孩是无数的,没女朋友才奇怪呢。"

"那也不能乱来啊。"母亲有意见了,"芝芝,你可是跟他一起长大的,跟别的女孩不一样,这不是缺德,这叫公平竞争,电视上不是叫PK吗?我一个老妈子都知道,你这豆腐干少女难道还不知道……"

"妈——这叫豆蔻美少女,不是豆腐干啊,你这超级辣妈怎么就学不会呢?"

沈从青也被她们娘俩给逗乐了:"对了,我们过去要不要买点东西?"

"不用了,在酒店吃的,还带什么礼物呢,老土。"

"要不,把我那坛放了十年的杨梅酒带过去。倪瑞开什么好酒没喝过,不过我们自家酿的杨梅酒,估计他有很多年没喝了。"

"随你的便啦,吃饭啦。"

沈从青看着女儿,想想明天的老友相聚,打心底开心。

饭毕,沈孟芝回自己的房间,拿了一张纸与一支铅笔,支着脑袋开始构思着应承给龚炜的钻戒,她自言自语道:在飞机上认识……生病……她帮助了他……飞机……蓝天……白云……

想了一会儿,灵感乍现,有了。

于是便开始动笔了。

3. 家宴

一家人到了酒店,倪瑞开夫妇还有小女儿倪静蔓已经在了。

桌子上已摆好一些冷菜,法国鹅肝、清蒸阳澄湖大闸蟹、酥软子脐鱼、烤黄鱼、拌蔬菜等等,还有沈孟芝最爱吃的江蟹生。

两家人寒暄了几句后,沈孟芝说:"天问可呢?"

倪夫人说:"他啊,一回来忙得连个人影都没有。在路上了,过几分钟就到了。这孩子,就是这样,大家先吃,别管他。"

倪夫人的眼睛里其实是满满的溺爱,倪夫人五十来岁的人了,但保养得很好,看上去跟三十多岁没什么区别,光洁的脸与端庄的气质,似乎跟所有的贵妇人一样,但是,她跟别的贵妇却有着区别,就是亲和力,看上去就像一位话不多,但让人感觉温暖的邻家漂亮阿姨。

不过倪夫人对倪天问确实是溺爱,大凡对儿子溺爱的人,对儿媳妇大多挑剔,沈孟芝的直觉是这样,反正当她的儿媳妇估计也不会过得太舒服。沈孟芝也不多想,反正跟自己没多大关系。有一种人,不必深触,感觉美好就行。

而倪静蔓比沈孟芝小五岁,还在念书,小丫头性子开朗,很活泼,长得很像她爸,而倪天问倒长得像他妈。

倪静蔓撇了撇嘴:"我哥啊,那德行,带着他那洋妞在外面玩呢,洋妞第一回来中国啊,瞧啥都新鲜。"

倪瑞开无奈地笑笑:"如果我们能成亲家有多好,可惜啊——"

这话不知道是不是特意说给他们听的,语外之意是,他指望着他们两家能成亲家,成不了并不关他们家长的事。不过听他一家人的口气,似乎他们并不喜欢倪天问有个外国女朋友,沈孟芝心里莫名其妙地一阵窃喜。该死,关你什么事,你高兴个啥。

沈从青看气氛有点冷下来,赶紧说:"现在的孩子啊,他们的亲事根本就不用我们操心,他们自己都会选择,由着他们去吧,喜欢就好。不过话是这么说,但我家孟芝可真没让我们少操心——"

"爸——"沈孟芝赶紧夹了一大块肉放老爸的碗里,"把嘴堵上。"

"没大没小。"

正说笑着,倪天问风风火火地来了。沈孟芝有几年没见着倪天问了,发现倪天问还真的长得成熟多了,既帅气又有男人味,比龚炜多了一份稳重。龚炜跟他一比，显得有点小毛头了，明显就在气势上拙了一段，倪天问或许是被女人给泡成熟了吧。

"哥，米丽塔怎么没来呢？"

"她呢，一听说我们两亲家吃饭，还有我指腹为婚的媳妇在，吃醋了，不来了。"

"不是吧？真的假的呀——"倪静蔓乐坏了。

倪天问瞪他的小妹："当然是假的，开玩笑开玩笑的，她今天玩得很累，我把她安排到宾馆休息了。"

倪静蔓奇怪地说："干吗到宾馆，住在咱家不是挺好的，又不是没房间。"

"毕竟是没过门的，我觉得不妥。"

倪夫人咳了一声："我们倪家怎么能随随便便让天问带女孩子回来，不过是见过一次面而已，而且婚未订，就不算。"

看来，倪夫人对这未来的洋媳妇也不是很满意。

倪天问看母亲较真了，赶紧把话题给撇开："沈伯伯，很久没看到你了，我先敬你一杯，我喝完，你随意。"

沈孟芝："天问哥，听说你考了英国FGA，恭喜你啊，我敬你一杯，不过你可别抢我的饭碗啊。"

沈从青："你这丫头，怎么讲话的。"

沈孟芝的母亲沈母也说了："就是，人家是未来的小董事长，谁稀罕你这个破职位。"接着她弱弱地问沈孟芝，"我说小芝，这个FGA是什么东西呀？"

沈孟芝说："是FGA，Fellowship of Gemological Association and Gem Testing Laboratory of Great Britain，是指英国宝石协会和宝石检测实验室，是国际上很牛的宝石鉴定权威机构。他们的证书很牛的。"

倪天问笑道:"不过是一个小证书而已,不值一提。孟芝,以后我们也是同事了,我没有工作经验,以后有些地方还得你来提醒提醒,一起做好工作。"

沈孟芝直爽地回答:"那是当然,这是应该的。"

倪瑞开也笑着说:"沈孟芝在倪氏集团做了很多年了,有些事,还真要向她虚心学习。"

沈从青赶紧说:"老倪客气了,这是孟芝应该做的,不过她有时有点小脾气,你也要严厉批评她。"

沈孟芝一看形势不对,赶紧转移话题:"倪阿姨,你脖子上的猫眼石真好看,这可是极品噢。静蔓妹妹,你的头发哪里烫的呀,真好看,改天带我一起去,我也想把头发理一下……"

"好啊,我正想打理下,刚好可以带你去。"

酒席完毕后,倪天问提出送送沈孟芝一家人,沈孟芝说不必啦,自己开车过来的。

"哟,小丫头长大了,好吧,有空来我家玩。"

"我们啊以后有的是机会见着,反正在一个公司里,你说是不,领导?"

倪天问笑了,两家人互相告辞。

一家人在车上,沈母开始唠叨了:"看得出来,倪夫人对天问那门亲事不看好,咱们中国人,骨子里还是挺传统的,跨省的媳妇做父母的都不放心,总感觉外地媳妇没本地媳妇知根知底那么牢靠,更何况还是跨国的,老倪家就这么个儿子,哪能这么轻率就容许一个洋媳妇进自己的大宅?孟芝,我看你的戏份比那洋妞要足,咱就PK下,我还真不信咱家沈孟芝拼不过那洋妞。"

"妈——你看,你又犯瘾症了是不,成不成那也是人家的事,怎么能干插一腿的事,如果他们分手了,那时我还是单身的话,我会尝试下的，但现在就不行，我不能干破坏人家的事是吧，这是女儿的做人原则。况且那也是倪天问个人的事，人家喜欢那洋妞啊，那是他的审美观，现在法律不是规定婚姻自由，其他人无权包办婚姻，即便是父母。强扭的瓜也不甜是吧，到时候，痛苦的不仅仅是两个人，看着两个人痛苦，两家人也会更痛苦啊，你说这事后果有多严重。"

"唉，你摆那么多大道理干什么，我都活了几十年了，难道还不比你明白啊，我看你这个脑子就是拐不过来的。"

沈从青发话了："我觉得还是我的女儿明理，做事光明磊落，既不负人也不负己，好！不愧是我的好女儿！老爸我支持你。"

沈孟芝乐了："看，老爸就比你明理多了，嘿嘿。"

"你们这父女，总有一天会被你们给气死。"

这时沈孟芝的电话响了，是龚炜的："在干什么，出来喝点小酒吧。"

沈孟芝正被母亲唠得心烦，一下子就应了："好，我马上就来。"

她把父母送到家门口，一踩油门就走了："喂，孟芝，这么晚了，你还去哪里啊？"

"约会——"

嗯，省得回去又得受唠叨，不知道自己以后是不是也会变成老妈子一样，估计女人到了一定年纪，就像是不能拒绝衰老一样，不能拒绝那些肚子里冒出来的唠叨虫。

4. 龚炜的小酒吧

为了找龚炜的小酒吧，沈孟芝都绕晕掉了。

居然找了这么个巷子开酒吧，不知道的人还以为是有色发廊，才这么躲着开，名字倒挺有特色，叫"滚吧民谣吧"，现在听摇滚民谣的应该也不怎么多吧，沈孟芝真担心这样的酒吧在这样的位置生存不下去。

酒吧小得真可以，不会超过三十个平方米，不过话说回来，虽然这地方小了点，但是挺有文艺范儿，墙上摆满了林林总总的毛主席语录的海报、印第安羽毛面具、羊的头颅，还有藏族、纳西族的一些工艺品，很有一种古朴的文艺范儿。

沈孟芝估摸着可能还没卫生间，如果客人喝着喝着尿急了怎么办？不过她很快打消了这个顾虑，她看到一道门打着WC的字眼，一进去，就一个马桶、一个洗手盆，还能容一个人，人肥了估计屁股就卡在那里拔不出来了。

沈孟芝光顾着欣赏，都忘了找龚炜在哪了，这时听到两个人在争吵，转过头去，正是龚炜跟一个中年妇女。这会早，酒吧的人还少，所以，他们的声音听上去很响亮，接下去却是越来越刺耳，特别是那个嘴唇抹得红红的中年妇女的声音："连房租都交不起，还开什么酒吧啊，如果明天再不给我交上，给我立马走人！"

龚炜的声音有点低声下气："我又不是不给你，唉，你看生意不怎么好嘛，能不能再宽限几天，我一定会把钱凑够的。"

"不行，就明天了，明天晚上五点前还不交，我把你的东西全扔出去，再重新招租。"

说完就扭着屁股气呼呼地走了，沈孟芝真想不到第一次来找龚炜就碰到这么一出。

当沈孟芝直直地站在龚炜的面前，龚炜才如梦初醒般地噢了一声，七魂六魄也回来了一半："你，刚才都在这里？"

沈孟芝点了点头，他又梦呓似的追问了一句："你刚才都看到了？"

沈孟芝再一次点了点头，龚炜的脸唰地一下就红了，两只手搓过来搓过去，仿佛恨不得钻一个洞把自己给埋了，"我不知道她会赶这时间来找我，不好意思，本来想让你尝尝我调的酒。"

沈孟芝笑了："好啊，你调的酒我还真没喝过。"

龚炜便调了一杯五颜六色的酒给她："这个是专门给你配制的，叫七彩之虹。"

"看上去是挺漂亮的。"沈孟芝轻轻地抿了一口，"嗯，味道不错。"

"对了，还没谢谢你给我哥嫂做的结婚钻戒呢，他们非常满意，这里有一包糖果，是我嫂子特意托我送给你的。"

沈孟芝接过那一小袋包装精美的糖果："谢谢啊，先替我祝福他们白头偕老。"

接着她打开里面的糖果，取出一颗放在嘴里，抬起头，漫不经心地看了他一眼："你欠房租？这生意很差吗？我倒真不知道这里有这么一个酒吧，也没听说，看来知名度真是有待提高。"

"一半是爱好，一半是创业，比如说我喜欢调酒，喜欢民谣乐摇滚乐，人家都说如果把爱好当作创业就不是件好事了，但是我并不这么认为，我认为为自己喜欢的东西而工作是件幸福的事。"

"看来啊，你是个理想主义者。不过这地方也太小了，难成气候啊。"

"唉，这么小房租都难以应付，再大点我吃不消啊，如果亏了我也亏不起啊。"

"你可以找人合伙啊，是赚还是亏全靠自己投入多少精力了，只要用心，没什么做不好的。酒吧确实不好做，竞争大，但是，如果有固定的圈子，人气会慢慢上去的。"

龚炜叹了口气："我也是这么想的，不过说起来容易做起来难。你的建议我会考虑的。做酒吧，靠的是人气，如果股东多，人气倒也是会带动起来，全靠自己一个人弄，确实也累。唉，本来，我想找我哥借些钱的，但是他刚办完喜事，你知道现在讨个老婆有多费钱，首饰要钱，酒席又贵，房子要装修，回礼得花钱，这还都是基本的，不但他的积蓄都花光了，把我老爸老妈多年的积蓄也掏空了。不过还好，房子暂时不用买，我爸的老房子装修一卜就行，车子也是嫂子陪嫁的，否则啊，咱这穷老百姓还真结不起婚了。我家的家底都空了,这回啊,看来我也讨不着老婆了。"

"我觉得吧,这些并不重要,重要的是两个人的感情,情感这东西花多少钱都买不来。只要两个人携手同心,一起努力,总会过得上好日子的。"

"哇,碰上你这样的姑娘,看来我龚炜得下猛劲追了。"

"去,油嘴滑舌。"

两个人边喝边聊着,酒吧里的人陆续多起来,不过也就半座,满座率远远没达到。两个歌手也到位了,看样子,像音乐学校刚毕业的,唱功还行,在那里边弹边唱着民谣类的歌曲《灰姑娘》,气氛还算好。

"我倒是蛮喜欢这样的小酒吧的,很自由轻松,比那种乌烟瘴气的迪吧感觉好多了。"

"人气还算可以吧,但是就是有点入不敷出。"他正说着这句话,这时,一个男人过来,指了指他们那桌,拍了拍他的肩膀,"龚总,送一个果盘吧。"

龚炜很爽快地应着,沈孟芝低声地说:"你看他们消费才多少呀,就送果盘,现在水果多贵呀。"

"老客人老客人,我不想失去老客呀。"

这边刚搞定,一个看上去甜死人的妞儿贴过来了:"龚哥哥——"那尾音拖得可长了,听得沈孟芝立马毛孔倒竖,"龚哥哥——送我杯鸡尾酒吧。"

"噢噢,好的,我叫小卫调一杯。"那妞儿就屁颠屁颠地找了个位置坐下。

沈孟芝有些气闷了:"你还开什么酒吧啊,你这样的人也出来做生意,真是丢死人,干脆全部免费,这酒吧叫什么什么滚吧民谣吧,还不如改成两个字叫'赔吧',赔酒赔菜赔歌把你自个儿也赔进去!"

"你小声点,我觉得赚不赚钱并不重要,重要的是爱好,懂不?"

"如果你的爱好能让你喝凉水也饿不着的话,我一点没意见。"沈孟芝语气带着冷嘲热讽,"一个连房租都交不起的老板,就要被人赶跑了,又怎么能继续你的爱好。"

龚炜想了想:"也对,可是,跟他们也熟了,都是些老客,当朋友来着,人家既然提了就不好意思拒绝。"

沈孟芝故意提高了声音,好些人便往这边看,包括要求送东西的家伙:"送一次是可以,但不能每次都这样送,如果真是你的朋友,就应该为你着想,而不是光想着占便宜。"

龚炜压低声音,双手作拱:"行了我的姑奶奶,就算我求求你了,我们出去走走吧,这样,他们也不会找我了,我家的伙计是做不了主的。"

"好。"

两个人正欲起身,这时门口刚进来一个男人,对着龚炜很亲热地喊:"龚大老板,要出去呀?"

"是呀,怎么了小热?"

"我等下有几个朋友过来,你能不能送点下酒菜?"

沈孟芝正欲说话,龚炜赶紧说:"好,我送盘牛肉干给你,不过,下不为例啦。"

沈孟芝这下可忍不住了:"龚大老板啊,现在连个房租也交不了,可能你们啊,以后也没机会来这里了。"

"这样啊,这是真的吗,龚炜?"

龚炜苦笑着点了点头,地方小,而沈孟芝又故意扯着个嗓音,所以,酒吧里的人都听得很明白。

沈孟沈趁机说:"可不是,刚刚房东还来过,下最后通牒,明天就是最后期限了,再不交这里只得关门了。"

这个叫小热的小伙,想了想,拍了拍掌:"朋友们,龚炜兄弟的慷概大家都是知道的,大家都把这里当作自己的家似的,现在,民谣吧面临着困境,我们能帮得上忙的,就帮一下,毕竟,我们在这里也度过很多个难忘而美好的夜晚。"

说完,他掏出了两百块给龚炜:"这只是一点小意思,你先拿着——以后民谣吧弄得有声有色了,请我喝酒就行。"

"这——这怎么好意思——"龚炜拿着钱,有点进退两难,这时,大家也纷纷过来,一百两百三百地捐,这场面,看得沈孟芝都有点感动。那个要酒的女孩子也拿着钱来,红着脸说:"小炜哥,以后,我再也不让你送酒了,明天,我一个朋友过生日,我叫他把预订的包厢撤了,让他们来这里消费。"

"谢谢谢谢谢谢——"

除了说谢谢,龚炜真不知道该如何表达此时的心情,他清了清嗓子:"谢谢大家的帮忙和对滚吧民谣吧的支持与厚爱。冲着大家对滚吧民谣吧的这份厚爱,我龚炜,一定要把滚吧民谣吧好好办下去!哪天有盈利了,酒吧运转正常了,我请大家喝酒,大家能喝多少就喝多少,好不好?"

"好!"酒吧里响起了掌声。

这会,他们也不想出去了,就在酒吧里待着,吧友们一共凑了两千来块,拿着钱,龚炜还是愁肠百结。

两个人走出酒吧,沈孟芝问:"还差多少?"

"还差五万多呢。"

沈孟芝想了想,既然是莫小平介绍的,龚炜这个人也应该信得过,便问:"那你能筹得到吗?"

龚炜这时手机响了:"你等等。"

沈孟芝点了点头,龚炜接起手机:"刚才在开车啊,怪不得打了两个电话都没人接,也没什么特别的事,问候下嘛……是这样的,最近手头紧……哥们,你平时不是挺有钱的吗,五万都没有?三万,三万有没有,那两万,两万总有吧,什么,五千?只有五千啊?好吧五千就五千,我明天早上就去找你,你可得把钱给我准备好了。"

龚炜对沈孟芝笑得有点尴尬:"我还有几个朋友,再问问。"

"喂,小杨,在干吗呢,找你个事,最近手头有点紧……啥,你被人追债?还欠了人家二十万?我手头真没有真没有,不好意思不好意思……"

龚炜拿着手机的样子像拿着一个烫手的芋头,赶紧给按掉了,听得沈孟芝可乐了,笑得咯咯响。

龚炜愤愤地说:"我靠,我还没向他借钱,他倒向我借了,娘的,平时个个装阔佬,挺有钱的样子,一提到借钱,全成了缩头乌龟。"

龚炜再继续借:"二蛋,听说你最近交了个女朋友,很风流快活吧,恭喜你啊,我就开门见山对你说吧,哥我最近有点缺钱,能不能?啥——"

对方也不知道说些什么听得龚炜都把手机拿得老远,然后过一会就嗯一声过一会就嗯一声,最后估计他实在受不了:"我说二蛋,我手机没电了,不跟你说了啊,就这样了啊。"

龚炜这会完全蔫了:"我说至于嘛,我就提了缺钱,还没说多少钱,他就开始说交个女朋友得有多花钱,下班要去接,费油钱,吃饭得他请,逛街他得陪着逛,花的都是他的钱啊,自己如果不买给她就不乐意给脸色。过个节就更不得了,花得送,礼物得送,吃饭还得请,最后还得花好几百开房间。如果谈成了,还得买房子借钱首付按揭一屁股完不成的债……说得没完没了,越说越缺钱。交个女朋友搞得像被鬼子扫荡了一般,搞得比我也不知道惨多少倍,再谈下去,他除了倒向我借钱外,还得把女朋友送我了。"

沈孟芝都乐坏了:"那还不好,你倒捡了个便宜。"

龚炜撇了撇嘴:"这样的女朋友我可无福消受,也消受不起,唉,你说借点钱就这么难吗?又不算多是吧,怎么说我也是干事的人吧,不是游手好闲的,也逃不到哪里去是吧。"

"你啊,就没几个上心点的朋友,不过,钱不好赚,各人有各人的难处,现在钱也挺难借的,现在身负几个亿跑路的老板还少吗?这样吧,我手头倒有点余钱,我转你卡上,你先收着,不过话说前头,借条你得写给我,有了钱你也得还我,我可很会催债的。"

龚炜有点意想不到:"你真的吗?你就这么相信我?"

这回龚炜倒真是有点惊讶了,他们之间就几面之缘,也没有发展到男女朋友的地步,而沈孟芝肯把钱借给他,他觉得有点吃惊,其实,他并没有想过向沈孟芝借钱,而且,一般情况下他也不会向女人借钱,毕竟,男女之间的关系太微妙了。

"不管我们以后怎么样,但现在,在借钱这件事上,我是把你当作朋友来着,你别有什么思想负担,也不用以身相许。"

"哈哈,我还真想以身相许。沈孟芝,真的太谢谢你了,这次,你帮了我大忙,钱我会尽快还上的。我会努力在管理上改善一些,而且,我也想把酒吧做大。莫小平跟小七也是我的常客呢,民谣吧还是有些固定的客源,并不会因为眼前的困难就把自己给打倒了。"

沈孟芝倒有点欣赏龚炜,这样的男人,为理想而奋斗,虽然目前还没什么起色,而且日子过得还挺窘迫,"嗯,我支持你,这样吧,就算以后我们做不成情人,我还是希望我们是朋友!"

"一言为定!"龚炜使劲拍了下沈孟芝的手掌。

沈孟芝心里有点不好的预感,怎么冲"朋友"的方向发展去了?老娘缺的可是男朋友!而不是朋友!

转念一想,如果以后跟龚炜真在一起了,他一定会惦记着自己在他最困难的时候帮过一把,那么,他们之间的感情便更加坚不可摧了。

这么一想,沈孟芝心情又大好。

5. 女人们的那点事儿

莫小平一下班，骑着一辆电瓶车，赶往母亲的花店。

却见一个中年男人缩头缩脑地在边上探望，又不进去，她感觉很奇怪，这家伙不会是探子吧，白天来探，晚上来偷东西的。

"喂！"莫小平大喊一声，那人吓了一跳，看见莫小平，拔腿就跑。

莫小平感觉很纳闷，店里没人，朝楼上叫，原来莫母在接水，她们租的这套房楼下用来做花店，楼上是厨房卧室连在一起，简陋、窄小。

"妈，赶紧下来看看，有没有东西少了。"

"怎么了，出什么事了？"

"刚才看到一个男人，鬼鬼祟祟的，不像什么好人，可能是来偷东西的。你以后要小心点，如果有钱你就放银行里，店里有点零钱就行了。"

莫母的脸色有点不大好："我知道了，你去楼下把筒子里那些刚到的玫瑰花修剪下，我去烧点菜，房东刚来过，说租金又涨了。"

"如果实在不行，我们这店不要了吧，再租个光住的，不用花这么多租金，我会好好工作养你的，你也不用每天起早贪黑的。"

莫母慈祥地看着自己的女儿："你这么懂事我就很知足了，虽然现在店里利润越来越差，但是还能赚点生活费的，唉，就是不能多赚点钱给你买房子。"

"妈，应该是我要努力赚钱给你买房子才是。你都辛苦这么多年了，把我养到这么大，我现在自己在工作了，我想再开个网店啥的，先做做话费充值和代销品，等信用上去了，自己再进点货放网上卖。"

"唉，再怎么存，再怎么赚，我们这点小钱，永远也跟不上这房价，好不容易说要跌了吧，都跌不到零头，再怎么跌也回不了五年前的房价。对了你跟那个小七怎么样了？唉，你啊，就不能让我省点心，你说他，没个工作，还没一点上进心，这样的男人靠不住啊。小平，我真害怕你会跟我当初一样。"

莫母又开始忧心忡忡了,莫小平倒是好奇了,因为母亲很少提自己的以前,她也不敢提,只隐隐知道父亲喜欢上别的女人,撇下她们母女俩卷走家里所有的钱财跑了,而婆家还赶了她们母女走,她们在娘家住了一段时间,但母亲的兄弟成亲后房子太挤就搬出去了,那时莫小平才不到两岁,真是一部血泪史啊。

小的时候看见别人都有爸爸,不懂事的她向母亲提起了好几次,但都被母亲凶巴巴地顶回去,要么干脆不搭理她的话,后来再也不敢提了。

莫小平小心翼翼地说:"妈……那,那个人还活着吗?"对于爸这个称呼莫小平也生疏地出不了口。

莫母闷声闷气地说:"死了。"

莫小平再也不敢多问了,怕又惹母亲生气:"好了,妈,你去楼上做饭吧,店里我来。"

莫小平开始给花做修剪,正忙着,沈孟芝打来电话:"小平啊,柳如从云南回来了,据说被高原的紫外线晒成了猪肝色,我还没见着,她晚上请我们吃饭,你来啊?"

"不是吧,我晚上要陪老妈吃饭啊,怎么不早说。"

"行了行了我们等你。"

"我——我还是——喂——"

沈孟芝已经挂掉了电话,莫小平有点无奈,她看看天色已很暗了,也可以打烊了,便关好店门到楼上:"妈,孟芝、柳如她们请我吃饭呢。"

"怎么不早说啊,饭菜都烧得差不多了,我一个人哪里吃得了啊。"

"妈呀,你吃不了放冰箱里明天吃吧,妈——"莫小平撒起娇来。

"好吧,好吧,你去吧,不过早点回来,别玩到半夜三更的,明天还得上班呢。今天有点凉,套个外套出去啊——"

还没讲完,莫小平已经像阵风一样地席卷出去了,莫母看着莫小平的背影,重重地叹了口气:"女大不中留啊!"

莫小平一到餐厅的包厢,沈孟芝与柳如已经在那里了,只见柳如顶着个宽檐花边帽,还戴着一副墨镜,身上的吊带裙子花团锦簇,很多的刺绣与缀珠,很印度风情,乍一看,还以为是个明星,旁边有个四十来岁的男人,不用猜,就知道是她的现任姘头陈景佳。

鉴于他的尴尬身份,莫小平只是含笑朝他点了点头。

莫小平便对柳如说:"你今天的打扮还真招眼,像只花蝴蝶似的,不过你的皮肤还行吧,没孟芝说得可怕,还没变成猪肝色。"

柳如白了沈孟芝一眼:"都是些什么话。小平、孟芝,你们想吃什么尽管点啊,别替他省钱。"

陈景佳点头附和,莫小平笑笑:"你们随便点好了,我反正不挑食,做东的来点就行。"

陈景佳说:"菜倒是点了几个了,你们如果有喜欢的继续点。"

莫小平说:"那就先上吧,不够再点也不迟。"

"也好。"

这时,沈孟芝朝柳如是那个皱眉头:"行了,把墨镜拿下,就咱这几个人还装什么酷,你不嫌看不清,我还嫌太装腕儿,把自己整得跟大明星似的。"

柳如说:"哎哟,我眼角都晒出了小雀斑,我这样做,还不是为了让你们更赏心悦目嘛。"

沈孟芝嘲讽道:"你说——你是让我们更赏心悦目,还是让——"

柳如看了陈景佳一眼,陈景佳搂着她,那恩爱的样子,俨然像一对新婚夫妇,沈孟芝说:"说实话,你们到底有什么打算,女人的青春是耗不起的,你们在一起也一年多了吧?陈景佳,你是不是真的爱着柳如?我就直说了吧,有没有打算要娶她?"

事实上，柳如叫了陈景佳跟她们一起吃饭的目的沈孟芝的心里是明了的，她不想逼得太紧，但也不想拖得太久，是想借她们的口探陈景佳的心思。

三个女人的目光像聚光灯般地，齐齐对准了陈景佳，陈景佳额头开始渗汗了："当然爱，当然是有感情的，没感情我们怎么能在一起这么久是吧？我也想娶她，但是，你们总得给我时间，我有两个孩子，妻子都一直为家庭操劳，我，我——"

莫小平看着这架势，也只好跟着应和着："这些只是借口吧，你是不是没真心对柳如，只是抱着玩玩的心态？"

这时的陈景佳处于三面楚歌的状态，还有一面是可以出入的大门，陈景佳的手机非常合时宜地响起，陈景佳救命般地拿起手机，朝着那面唯一没有女人的大门走去："我出去接个电话。"

过了不到两分钟，陈景佳一脸的抱歉："公司里出了点事，我得马上过去，你们先吃，卡放在这里，等下吃完刷就行。"

然后回头刮了下柳如的鼻子："你别胡思乱想，回头我再联系你，要听话，嗯？"

柳如温柔似水地点了点头。

陈景佳说完便一阵风似的消失了，三个女人看着空空的门口发了一阵呆，沈孟芝发话了："他根本就不想娶你，找个借口跑了，连我这样的白痴都看出来了，您还看不出来吗，大姐？"

柳如一改刚才的温柔，咬牙切齿地说："我会有办法让他娶我的，不就是那边有孩子嘛。"

莫小平吓一跳："柳如啊，你不会想怀孕吧？万一真有了，他又下不了离婚的决心，惨的是你啊。柳如，你真的别这样，这个男人真的不值得，他是有家庭的人，破坏别人的家庭真的不好。"

一说这个柳如更来气了："我的家庭还不是被别人给破坏的啊，我曾以为自己是天底下最幸福的女人，结果却发现自己是天底下最傻帽最苦逼的女人，去他妈的家庭。"

沈孟芝："那是那对狗男女对不起你，要不你把你前夫抢回来，不就报复回来了嘛。陈景佳老婆又没对不起你，是吧，你啊，弄错对象喽。要不，我们仨今天就计划计划，怎么把那对狗男女给折腾一番。"

柳如没好气地说："别提他们了，一想起他们就恶心，吃饭的胃口都没了。"

沈孟芝啧啧地说："你看你就拿软柿子捏，你好歹现在也是单身女人，是个自由身，天下光棍你尽管下手，想跟谁恋爱就跟谁恋爱，只要对方也情愿，你看你，你还有什么不满足的呀？"

柳如说："我呸，我是那么乱来的女人嘛，真是的。毛头小子大多要钱没钱，要房没房，事业基本还在打桩，连个地基都没搞定，等他有点出息，老娘黄花菜都凉了，都成高龄产妇了，都不知道那时还能不能生孩子了。所以啊，还是拿现成的成功男人下手便捷，我真不想跟个毛头小子耗上十来年，终于熬出个正果，结果被小三一把给摘了。前车之鉴还不够惨烈吗？我说小平啊，你还在跟那个穷小子耗着吗？赶紧的，"她做了一个掰玉米的姿势，"断了，听我的，没错。"

沈孟芝把一口菜塞进了柳如的嘴巴，朝莫小平眨了眨眼睛："穷小子可能会有出息的一天，有钱人也可能会有变成穷光蛋的一天，你还是管自己的事吧，自己都烂事一堆，还有空管别人。"

莫小平嘿嘿笑："就是，我的事你还是别操心了。"

"我还不是关心你们嘛，谁叫你们是我的最佳损友。"

"对了，晚上我们去民谣吧玩吧。"

"民谣吧是啥东东？能跳舞吗？"

沈孟芝与莫小平同时呸了一声："俗！"

莫小平说："好啊，我把小七也叫来，让他给我们唱唱，他唱得可动听了。"

柳如不屑地说:"还真是多才多艺,又玩摄影,还会写游记,在我们的报纸也发过豆腐块,文笔么也算过得去。原来还会唱歌,话说,我也会唱啊。"

沈孟芝:"你那公鸡嗓门,除了喔喔喔还会啥呀?"

柳如放下手里的杯子,扑过去捏沈孟芝的脸蛋:"敢这么说我,看我不撕烂你的嘴——"

包厢里嬉笑成一团。

滚吧民谣吧里,莫小平如痴如醉地看着小七在唱歌,小七留着一字胡,在唱《我的歌声里》,很磁性的嗓音,不紧不慢娓娓轻唱,柳如与沈孟芝也认真地倾听着,末了,热烈鼓掌。

接着,他又唱了有着中国摇滚教父之称的谢天笑的一首歌《约定的地方》,那么激烈的摇滚乐居然也被他演绎得那么好,顿时,尖叫声、欢呼声、鼓掌声,全场的气氛直达到高点。

柳如暗地对沈孟芝说:"唉,我觉得我开始眼红莫小平了。可是啊,这种单纯的感情我已经享用不起了。"

龚炜过来送了盘水果:"谢谢各位来捧场,小七可是民谣吧的御用歌手,只要是你们这几位美女要听,他可以随时为你们唱。"

小七笑着说:"嗯,还不收费。"

大家一阵笑,沈孟芝把柳如推了出去:"喂,大伙有没靠谱的好男人介绍,这位姑娘急嫁,各位抓紧啊,走过路过不要错过。"

柳如知道沈孟芝是好心,但是她的心里现在除了陈景佳还能容得下谁,只是一想到陈景佳的态度她又觉得恼火:"行了,你这么一喊,全世界人都知道我是个没人要的老姑娘了,给姐留点面子行不?"

龚炜笑道:"好好,大家喝酒喝酒,前几天沈孟芝帮了我一个大忙,今天算我请客,你们可别客气。"

一直不知情的柳如叫了："哎，你们个个都背着我搞地下情，让我情何以堪，沈孟芝，先罚你一杯。"

这回轮到沈孟芝叫了："什么叫地下情啊，我跟龚炜，到目前为止，可什么都没有。"

大家说说笑笑时间很快地过去，末了，小七送莫小平回去，龚炜执意要送沈孟芝与柳如，被沈孟芝拒绝了："行了，你回去吧，我们今天都喝了酒，打车就行。"

"那好吧，到家给我报个平安。"

"嗯。"

龚炜便进去了，柳如说："先陪我散下步吧。"

看她心情郁结的样子，沈孟芝点了点头，柳如说："我刚打了他电话，但是，他不接，最后竟然还关机了，气死我了。你说，他会不会觉得我逼婚逼得太紧，怕了我，是不是准备要逃离我？"

"他肯定在家里，怕老婆知道他有外遇。我觉得这样倒真是最好结局，你也死了这心，再重新找个明明白白的男人，恋爱，结婚，生一堆孩子。"

"去，又说远了。不行，我得想办法使出撒手锏，要不然，我去他公司里闹，这样大家都知道我跟他的关系，说不定他老婆就会跟他离婚。如果他真不爱我也不会陪我旅游呀，我觉得他对我还是真心的。"

"你敢这样做的话，那你可是史上最嚣张也最傻帽的小三了。你这么一闹，他的脸还往哪里搁，男人最爱面子了，你毁了他的面子，他对你百分百就没感情了，就算有感情也会把那感情给掐死掉，你没见过男人被小三逼急了就杀小三灭口的事吗？前几天微博里转得很疯的就有这么一桩真事。好吧，就算他真的跟你结婚，他还会继续有另外的小三。你自个儿衡量吧，我困了得回去了，明早还得上班呢。"

"等等，那我要不要装怀孕，看他反应，如果这样他还不离婚，我也没什么好说的,趁早放了,如果成功了,那就最好。"

沈孟芝盯了她的肚子:"你可真损,随便你吧,你爱咋地就咋地,对我没损失,这办法对你倒也没什么损失,你实在闲得慌就试试吧,我可不配合你了,喂,出租车——"

她扬手叫了辆出租,就上去了:"快上来,我带你一程。"

柳如无精打采地跟着上了车。

6. 骚动

沈孟芝一到公司,便被通知开会。

在会议室,她看到穿着白衬衫与黑马甲的倪天问坐在那里,帅气又精神。女同事们一阵骚动,如此帅气的钻石王老五,标准的高富帅,可是众女的攻逐目标啊,特别是公司里有名的"骚包女"罗丝,更是双眼发绿,蠢蠢欲动。她是倪氏集团的珠宝模特,一头微红卷发,双目含春,粉唇微启,穿着束腰拢胸蕾丝半透装,下身是超短紧身包臀裙,还穿着黑丝袜,桌子之上,一对爆乳呼之欲出,桌子之下,是肉感匀称的大腿,男人看到没有不流鼻血的。

这会,罗丝轻轻地对坐在旁边的沈孟芝嘀咕着:"这位公子爷,将是我的最新目标。沈孟芝,要不要加入队伍?"

沈孟芝耸了耸肩膀,嘿嘿两声:"你在的地方,还有人敢参队?"

罗丝得意地笑了,确实,只要是有钱的男人她都不想放过,她觉得,凭自己的长相,是所向披靡的,没搞不定的男人,结果经常能成功地搞到床上,但是,却一直没能成功地搞一件婚纱穿穿。人家只有玩她的心,而无娶她的意,所以罗丝同学,至今还在滚滚红尘里打着滚儿。

这时,倪瑞开来了,大家便不再吭声了,个个毕恭毕敬大气都不喘一声。

会议上，倪瑞开很郑重地介绍自己的独子："这是我的儿子倪天问，刚留学回来。现在，由他来担任公司的副总经理。现在他还在学习阶段，有些东西还不太熟，得向你们多多学习，有什么做得不好的、不到位的，希望你们多提意见。等他能操作得游刃有余了，能够独当一面了，我再慢慢退出来。老了不中用了，也该回家享享清福啊。所以，以后大家有什么重要事情就找他吧，他解决不了找总经理，总经理解决不了的话，自然会找我，希望你们能给倪经理一个锻炼的机会，能够愉快地合作。"

然后人事部经理一一给倪天问介绍到会的各部门公司精英，介绍到罗丝的时候，罗丝媚笑着站起身弯下腰，乳沟都能见到底了。

介绍完毕，倪天问站起身鞠了一躬，淡淡地笑，一副不失尊者为上的范儿："我还是新手，请大家多多关照。全靠大家的共同努力，才会有倪氏珠宝的今天，也只有我们团结在一起，一起奋斗创新，才会让倪氏珠宝的明天更加璀璨美好。对了，4月26日，我们有个新款珠宝发布会，到时会有很多记者光临，大家准备一下，希望我们的第一次合作能够成功。"

这时，他把脸转向了沈孟芝："这次的珠宝发布会，由沈孟芝负责，我把控主要事项。我知道沈孟芝以前也弄过类似的发布会，所以有经验。具体的工作安排与策划我跟沈孟芝商量下，弄出一个策划方案，到时大家可能得辛苦一段时间了，抓紧做好前期工作。这次的发布会只许成功，我相信大家的能力，也相信我们的团体精神，都互相好好配合吧。"

倪天问的话柔中带刚，看来也是一个人精，沈孟芝想。

散会后，沈孟芝得整一个方案给倪天问，她这个珠宝鉴定师兼部门副经理有点团团转了，召集手下开了一个小会，初步定了方案，定了后还要经过倪天问与倪瑞开的批审与修改，如果方案确定便要紧锣密鼓地开始着手工作了，这两个星期也够她忙的了。

这会沈孟芝忙完手头的活，肚子已经咕噜咕噜地叫了，外面的天色早已黑掉，一看时间已八点多了，这会，沈孟芝真能吃下一头牛。她从抽屉里拿出一块饼干放嘴巴里，拎起包向外头冲，边含糊不清地嘀咕着："再饿下去，老娘真没胸了。"

她一头撞到一个软绵绵的物体上，吓一大跳，抬头一看，竟然是倪天问，倪天问有点责备的口气："怎么了丫头，走路这么冒失？"

"天问哥——倪总，你还在啊？"

"是啊，不过现在下班了，下班时间你继续叫我天问哥吧。对了，你刚才说什么……没胸？"

沈孟芝的脸唰地一下红了："讨厌啦，现在都八点了，还没吃饭，看见什么都想吃了。"

"我也饿啊，饿得脸都变白净了，你没发现？"

"额——嗯，确实，从男人味变成小白脸味了。"

"什么话嘛，小丫头，一起去吃吧，现在这地方你比我熟，带我去吃好吃的。"

"好啊，你请客都好说。"

"去，几时轮到你请客了。"

"我说说嘛。"

"你坐我的车好了。"

坐在倪天问的车上，沈孟芝想了想："天问哥，你好像从没单独请我吃过东西，这次一定不能便宜你。"

"谁说的啊，你个没良心的小丫头片子，我可请你吃了很多次的冰糖葫芦与花生牛轧糖，还偷过柚子给你吃呢，那时，我自己都舍不得吃呢。"

"哎哟喂，都几十年前的事了，亏你还记得，这些小东西，不算不算，英雄不提陈年事。"

"你个没良心的家伙，说吧，去哪吃？"

倪天问跟她讲话的口气依然像以前那样，显得这么亲昵，令沈孟芝有点想入非非。她偷偷地瞄了倪天问一眼，倪天问的侧面很好看，直挺的鼻子，坚毅的唇线，目光相对来说比较柔和，此时他正目不转睛地盯着前方的路，不禁令沈孟芝想起了有那么一段时间，她曾经暗恋过他。

这种暗恋不深不浅，如春天的青草般默默生长，开不出芬芳的花，也结不出香甜的果，更没有强烈的占有欲，只是一个少女单纯的怀春情怀，藏在心底，默然成长，只要看着，就很安然。

后来，随着长大，这种感觉也就淡了，倪天问对她再亲热，也不过是兄妹般的情感，这点，沈孟芝是清楚的，所以，当她知道他谈了几场恋爱，她只是希望他能够快乐幸福就足够，并没有太多的非分之想。

如果当初，他们能在一起，现在会是怎么样？或许，已经有一对可爱的儿女了。沈孟芝不止一次地这样遐想过，但是，仅是想象而已，爱是两个人的事，一个人是结不出果的，对于一份结不出果的感情，沈孟芝是淡然的。

或许，像现在这样，也挺好。

沈孟芝把倪天问带到一个法式餐厅，这里简直像一个十七世纪的法国宫殿，富丽堂皇，异彩纷呈，但光线很柔和，有一股奢靡之风，令人置身于一种浪漫又温馨的文艺气息之中。

倪天问一看就笑了："你可真会找地方，这地方够小资的，真适合情人们来，也很适合求婚。"

沈孟芝脸一红，她有一个愿望，如果遇上相爱的男子，一定要跟他在这里共进晚餐，这个愿望，她可不会告诉倪天问的。

"谢谢你帮我实现愿望。"

"什么——"倪天问翻着菜单，十分疑惑地看着沈孟芝。

"没什么，快点菜吧，我快饿晕过去了。"

"柳橙鹅肝酱、香煎龙利鱼、法国羊鞍扒、法式烩土豆，你也吃牛排吧？嗯，再来两份嫩牛排、一瓶红酒，小芝，你看看再要点什么？"

"够多了，会吃撑的，先这样吧，不够再加菜。"

"好，先这样。"倪天问把菜单递给了服务员，他转眼看了看周围的客人，每张桌上都有一束红玫瑰，"今天什么日子啊，不是情人节啊，也不是白色情人节，七夕么，还差远着呢。"

沈孟芝也疑惑："我也不知道，可能是玫瑰节吧，哈哈。"

一转眼，服务员递过来一束："今天我们店里有做活动，只要是到场的女士，都会赠上一束花，请收纳。"

两个人，你看看我，我看看你，倪天问说："不，不，我们不是那个——那个——"倪天问那俩字一下子说不出口，都不知道怎么表达了。

沈孟芝一把接了过来："谢谢，谢谢啦。"

然后对着倪天问瞪眼睛："白送的干吗不要啊，你不要人家也会要，是鲜花都会枯萎的，找不到怜惜人，它们凋零得更快了。"

"这个，也有道理——"

"放心吧，你怕啥，我又不会误会你的，我这辈子还没有人给我送过花呢，真是悲剧啊。"

"不是吧，早说，我买束更好的给你啊。"

"免了，省得有人尴尬，上菜了，吃吧。"说实在的，倪天问刚才的失态还真令沈孟芝感觉很受伤，就算暂时让你以情人的身份送束玫瑰给我，也不至于反应这么强烈吧。

沈孟芝化悲痛为食欲，扫光了所有的菜，另外，又补了两个很贵的菜，她心想，不让你大出血，你就不知道啥叫真正的悲痛。

一结账，两千大洋。

倪天问有点喊冤了："唉，千万别得罪女人，我爸才给我五千块的月薪，这会就被你砍去了一半。"

"不是吧，你爸这么小气。不过嘛，公司反正迟早都是你的，别急。"

"我还有个妹妹呢。不过我才不急呢,我只想把公司弄好,别栽在我的手上。"

"什么话,我相信你的能力。"

两人边吃边聊,不知不觉间,喝饱吃足,眼前的菜也扫光。两个人便出了餐馆,到了门口,倪天问对沈孟芝说:"我送你回去吧?"

这时,沈孟芝的手机响起,是龚炜:"有没有空,来我这里玩?我新调制了一种鸡尾酒,来尝尝?"

沈孟芝想了想:"今天太累了,改天吧,明天还得早起。"

"好吧,等等。"

"怎么了?"

"想你了。"

沈孟芝笑了,倪天问看着她,有点出神:"谈恋爱了吧?看你这张脸,整个就像是泡在爱情所调制的蜜饯里,看了真让人嫉妒。"

沈孟芝摸了摸脸,喃喃地说:"有吗?"然后调皮地笑笑,"如你所愿吧,我也该为爱情绽放一次了,对吧?"

"不会吧,你没谈过恋爱?不会一直为哥守身如玉吧。"倪天问明显是无心地开玩笑。

"如果说,是呢?"

此时他们已经到了车库里,倪天问打开了车门,依旧是无心的玩味:"那我会好好考虑的。"

"考虑什么?"

"考虑我们之间是不是应该再续旧姻缘呀。"

这会,沈孟芝不再说话了,倪天问那无心的语气明显刺痛了她,这会,她才知道,其实她还是在意倪天问的,心里的某个角落,还是属于他的。

这时倪天问的手机响了:"米丽塔,今天我加班,现在在回去的路上了。嗯，我马上就到了。"

车子里的空气突然安静了下来，谁都没有再说话，可能是这几天真的太累了，温饱之后倦意便来袭。倪天问把沈孟芝送到她家门口，下车前，沈孟芝突然问了一句："你，真的，爱她吗？"

倪天问怔了一下，还没来得及回答，沈孟芝就下车了。

是的，她其实并不想知道答案。

这一晚，她虽然感觉累，但是睡得并不好，脑子里总是不停地想象着倪天问与米丽塔在一起的情景，米丽塔一定是个性感尤物，而且很懂得怎么俘虏男人的心。

只是，一想到他们缠绵在一起的情景，沈孟芝突然有一种心如刀绞的痛。

或许，倪天问真不该在这个时候出现，在她的情感还在漂泊的时候；或许，她真的应该跟龚炜好好发展下去。

7. 珠宝酒会

会议室里，倪天问以及公司主要人员都在场。

沈孟芝拿着手头的资料："我想了以下的方案，各位听听可行否，一、我想把这个发布会办成酒会的形式，除了接受各路记者的采访外，还可以给我们的顾客，也就是太太小姐们互相交流的机会，营造一种浪漫奢侈的氛围，符合我们奢侈品的定位；二、请我们的明星代言人佩戴我们主推的'爱琴海之恋'，以明星效应达到炒作效果；三、现场销售新款。这次我们推出了十余款新款首饰，趁热打铁，在会场的一边设销售部，如果在场的阔太太小姐们感兴趣的，或者男人们有心购买讨美人欢心的，他们可以现场购买并佩戴这些名贵的珠宝，继续她们的酒会，很增面子的事。而且她们有比富跟风心理，况且有记者在场，自然会忙着给她们拍照,增加她们的曝光度,这样直接提高我们的销售业绩;四、可以跟慈善机构合作,抽出现场销售额的几个点作为善款捐给慈善机构,这样我们倪氏集团就更有口碑,名利与人心双收。"

沈孟芝读完计划书,然后停顿了下:"大家意下如何?"

大家纷纷点头称不错,这时,一向跟沈孟芝唱反调的销售部张经理发话了:"记者发布会跟酒会搞在一起,会不会感觉有点乱糟糟的,一个是严肃正统的场面,一个是轻松的PARTY,风马牛不相及嘛。"

倪天问说:"那张经理你觉得呢?"

"可以分开来弄,比如发布会我们在白天弄,晚上再来个酒会。"

沈孟芝说:"我也这么想过,但是,我觉得买东西特别是这类高档奢侈品,更多的是要营造一种购买的气氛,看到喜欢的就可以马上购买,这样才能更好地推动购买欲。"

倪天问看了看别的人:"大家还有没有别的意见?"

设计师于蓝说:"我觉得沈孟芝的方案不错,完全可以把发布会与酒会同时都弄得很好,两者之间并没有什么冲突。"

还有几个同事也都纷纷赞同沈孟芝的方案,倪天问点了点头:"大家的想法与我差不多,就按沈孟芝的方案吧。至于具体的发布会程序,需邀请的嘉宾名单,还有酒会需要添置的东西,沈孟芝弄个具体程序方案给我,如没问题就按程序走。对了,各路的记者都通知到,大家各就各位,现在就着手开始准备工作。剩下的时间不多了,于蓝也赶紧把新款的首饰进行最后的严格验收。大家不要有差错,我相信你们,这次,是我跟你们的第一次合作,希望我们都能把这次的活动给做好。明早开小会,你们向我汇报进展。散会。"

大家走出会议室,没在会议上的罗丝跟在沈孟芝的屁股后面一扭一扭地走:"孟芝,听说要请那个代言人过来呀?"

沈孟芝边走边说:"没错。"

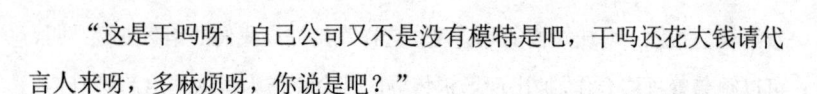

"这是干吗呀,自己公司又不是没有模特是吧,干吗还花大钱请代言人来呀,多麻烦呀,你说是吧?"

"'爱琴海之恋'非一般的珠宝,上千万的东西,能随便找个模特戴吗?明星自有明星的好处,她这一戴,东西自然更值钱了,而且明星名气大,'爱琴海之恋'的名气也会跟着上去。"

"那可以让我戴呀,你说是吧,我长得又不比那个什么女星喻冰差,这样,我的名气也能上去了,然后我的照片也会出现在各大媒体的网站、报纸、杂志,我一定会变成大红人的。芝芝,你说好不好?我一定不会忘了你的大恩大德。以后我成名了,就有出场费了,可以拿很多很多钱,我会给你——"

罗丝还在继续构想着她的美梦,沈孟芝却没空听她再继续扯淡:"行了行了,我真没空听你说白日梦,还有很多事要做。"

这时,她已到了自己的办公室门口,门一关,把罗丝关在了门外。

罗丝噘着嘴巴,哼了一声,然后很不乐意地扭着屁股走了。

新款珠宝发布酒会终于开始,沈孟芝忙得黑眼圈都快出来了。昨晚,她给自己敷了一个睡眠面膜,起床后化了一个精致的妆,再穿上一件紫色的大摆连衣裙,突然感觉那个自信又美丽的沈孟芝回来了。

这段时间昏天暗地地工作,几乎都忘了自己长什么模样了,不过倒是能时刻看到倪天问,而且最近他们走得特别近,令她的心有点宽慰却又有点纠结起来。是的,她只想快点结束这个发布会,也好把自己的心情、身体与工作频率调节到正常状态。

发布会请了女明星喻冰做珠宝代言人,沈孟芝看了看手表,问助理:"喻冰怎么还没到?"

助理打电话过去问:"已经接到了,在机场了,半小时内会到。"

"赶紧赶紧,还有一个多小时就要开会了,她还得化妆,你让小宋他们赶紧啊。"

"好。"

会场已经到了很多记者,柳如作为日报的记者也赶过来了:"孟芝,有没有第一手资料,听说大明星喻冰也会过来。"

"对,已经到机场了,我们设计的新款首饰等下会在会场上亮相的,一些资料也会做详细说明的,你到时好好看着好了,我今天可忙了,你可别给我添乱。"

"喂,那位帅哥就是你老董的儿子吧,还是你青梅竹马吧?钻石王老五啊,你得赶紧下手,迟了就吃不到了。"

沈孟芝看了下周围:"说什么呢,人家可是有女朋友的。行了,我还有很多事要做,你先玩你的。"

"喂,我还没说完呢——"

沈孟芝懒得理她了,今天她可是丝毫都怠懈不得。陆陆续续,各路名媛新贵基本到场,珠光宝气的太太与白富美们互相很友好地打着招呼,没几秒钟的工夫话题便转到了自己身上戴着的首饰上去,无非是炫富来着,沈孟芝其实对此并不感冒。她感觉自己面部的肌肉都笑僵了,有时候,老顶着一个夸张的表情真是一件痛苦的事。

她看看倪天问,正被骚包罗丝缠着。罗丝作为倪氏集团的珠宝模特,自然也是经化妆师的精心雕琢,所以,也是性感尤物,今天的着装也比平时端庄大方得多,微露美胸,脖子上戴着一条造型非常别致的雪花形状的红宝石项链,也是公司这次推出的新款,非常美艳夺目。

至于他们在聊些什么,沈孟芝没听到,只看到倪天问眼神闪躲,想逃的样子,看得沈孟芝忍俊不禁。

但是他估计没想到,他真正想逃的人还在后面,罗丝跟她比起来,真正的小巫见大巫。

这时,外面一阵骚动,有人大叫:"喻冰到了,喻冰到了。"

这时,大家众星捧月似的拥着喻冰进来,沈孟芝作为这次策划的负责人赶紧去接应:"喻美人,辛苦辛苦了。哇,真漂亮,比电视上还好看。"

对于女人来说,夸她漂亮估计是世界上最动听的一句好话,有时候杀伤力比"我爱你"这句话还大。

喻冰确实挺漂亮,身材修长,肤如凝脂,明眸皓齿,还有那双电眼很勾人,在娱乐圈混久的女人可能对什么样的男人都能驾轻就熟,对女人反而矜持有度,保持着几分高傲又不欠亲和感,这就叫气场。所以,罗丝这点就差多了,见惯大场面的人就是不一样。看到她,沈孟芝就觉得服,唉,自己如果有她的十分之一精明,估计也不会落到相亲的境地了。

对于这样的大人物,倪天问这个副总经理自然得出场相迎,沈孟芝便介绍起他:"这是倪天问经理,负责这次的活动,是倪董的儿子。"

这时喻冰眼睛里散发的那个电流波大得惊人,沈孟芝看得有点心惊胆战,真怕倪天问会触电身亡。

倪天问伸出手还没来得及讲话,喻冰就紧紧地握着他的手,嗲声嗲气地说:"你就是倪氏珠宝家的公子呀,也是未来的继承人倪天问吧,想不到这么年轻帅气呀。"

看来到之前这个喻冰已经把倪氏这个家族摸了个底朝天了。

倪天问有点不好意思地握着喻冰的手:"过奖了,想不到喻小姐比电视里还漂亮,真是百闻不如一见。"

倪天问奉承的话咋跟我讲的一样,沈孟芝心里有点不妙的感觉,她狠狠地喝了口杯子里的香槟,缓了下神,人家米丽塔都不担心,我操哪门子的心呀。真是的。

但是,看喻冰的那个劲,貌似要把倪天问往死里黏,倪天问明显有点招架不住了,几次向沈孟芝投来眼神求救,沈孟芝暗自好笑,跟几个同事笑作一团,无视倪天问的求救信号,而罗丝却很不服气:"不就是有点名气嘛,如果哪位大导演看中我,我一定会比她更有出息,神气什么嘛。唉,我的大导演大伯乐,您在哪里哟……"

幸好发布会的时间快到,喻冰需要补妆与换衣服,等下老董夫人将亲自给她戴上倪氏珠宝这次首推的"爱琴海之恋",她被化妆师催着进化妆室了。

晚会正式开始,男女主持人一个是省台知名的主持人,还有个是CCTV级别的。主持人报幕,倪董上台致辞,说的是倪氏集团创业三十年来取得的卓越成就,接着道出了今天的重要主题,介绍了新设计的十余款新首饰,主要推介了罗丝脖子上的"雪光千年不泯爱"红宝石项链,与另一个模特手上的"蝶恋花"猫眼钻戒,而主打的重头戏便是"爱琴海之恋"的发售。

接着几个歌舞节目后,重新装扮一新的喻冰出场了。她一出现,粉丝就像是打了鸡血一样,看来,明星就是明星,有时候明星效应就是鸡血效应,还是有一定的刺激气氛的作用。

只见喻冰穿着一件很华美的纯白晚礼服,美艳绝伦,惊艳全场,接着主持人宣布:"现在由倪氏珠宝的董事长夫人给喻冰亲手佩戴上'爱琴海之恋'。"

现场掌声一片,当倪夫人打开精致的首饰盒,从中取出"爱琴海之恋"时,全场鸦雀无声,好一会才有骚动,那光彩夺目的亮泽像一道神光,让人为之惊叹。

倪夫人边为喻冰佩戴项链,边开始介绍:"'爱琴海之恋'由我们的首席设计师于蓝设计,它的周边由二十一颗蓝宝石镶嵌而成,而中间的这颗蓝钻,重12.78克拉,虽然比不上世界历史上最有名的'永恒之光'与'希望之星',但都是难得一见的极品蓝钻,而这样的钻石品质,在国际市场上也是屈指可数的。"

身穿一袭白色礼服的喻冰配上这光彩夺目的蓝钻项链,惊为天人,记者们纷纷不停地拍照,闪光灯此起彼伏,喻冰也不停地摆出各种姿势。

接着是倪天问乍露头角的机会:"现场将接受征订各种新款首饰,最左边是我们的销售人员,如果各位感兴趣,可以向他们咨询,可以要求试戴。我们倪氏珠宝承诺,这次的发布会兼酒会所产生的销售额,将在现场捐出百分之十作为善款,献给福利院。"

现场一片掌声与欢呼声,纷纷赞许倪氏珠宝的善举。

接着是自由酒会,品酒的品酒,吃点心的吃点心,跳舞的跳舞,还有好些人在销售处咨询与试戴首饰,而喻冰被各路记者围得水泄不通接受各种采访,当然她旁边还有两位倪氏公司安排的保镖陪在左右,除了保证她的安全之外,也是为了保证"爱琴海之恋"的安全,毕竟,这款首饰非一般的首饰能比。

看着这样的场面,倪瑞开甚是满意,回头对倪天问与沈孟芝说:"这次的活动搞得不错,很成功。"

倪天问笑着说:"这次全靠小芝,要不是她,估计也不会做得这么好。"

沈孟芝笑道:"都是大家一起努力的结果。这次同事们也很辛苦,主要还有天问哥的鼎力支持与帮助,一句话,我们配合得好呗。"

倪瑞开笑了:"我真没看错你。"

他们都笑了,晚会快结束时,主持人宣布,这次的销售额达800万元,倪瑞开在现场开了80万的支票,送给了福利院的院长,院长表示万分感谢。

酒会散后,客人们基本上走得差不多了,沈孟芝他们收拾妥当,也可以走人了。

这时的沈孟芝像是放空了一样,连日来的疲惫困倦席卷而来,到了门口,突然想起今天喝了点酒,正想打车回去时,看见倪天问在一辆车里向她招手:"进来吧,我送你。"

沈孟芝看了看车内:"倪董与夫人呢?"

"司机已经送他们先回去了。"

"那好吧。"

进了车,沈孟芝突然想到了什么:"今天这样的酒会,你怎么没带女朋友来啊?"

"本来我也想叫她来的,但是我妈说,今天媒体人太多,她来了的话媒体肯定会把目光对准她,说我们俩的时机还不成熟,暂时先不要公开关系。没办法,只能瞒着她了,不知道她会不会知道,知道了肯定很不高兴。唉。"

正说着,手机就响了起来:"米丽塔,你在哪里?怎么这么吵?在酒吧,喝醉了啊,哪个酒吧,我马上过去。"

"你去接米丽塔吧,我换个车就行。"

"没事,我们一起过去接她吧,然后再送你。"

"这不好吧,都什么时间了,怕她会误会。"

"这有什么呀,不会的。"倪天问胸有成竹地说,沈孟芝也只好由着他了。说实在的,她觉得不适合跟着,而且半夜三更的,男女在一车,最容易引起误解。倪天问是把她当妹妹看没想那么多,但人家并不一定会这么想。但是沈孟芝居然由着倪天问把自己拉过去。难道她在心底里企盼着米丽塔对他们产生误会?

"唉,这几天都没空陪着米丽塔,也难怪她会生闷气。"

"现在活动也终于结束了,你也要好好陪着她了,她一个人在这里人生地不熟的,你还不理她,确实心情会不好。"

"嗯,这边轻松点后,我准备给她在公司里安排个职位,这样,她也能在这里好好地待下去了。"

"对了,你们是怎么认识的?"

"我在英国留学时,利用课外时间,收了几个想学汉语的学生,米丽塔是我的学生之一。也不算很浪漫吧。"

"师生恋啊,也算也算。"

说话间,他们来到了酒吧门口,沈孟芝在车里等他们,不一会儿,倪天问就拉来了醉醺醺的米丽塔,米丽塔用口音奇怪的普通话说着:"我就要喝……我没……没醉……你们都不要我……都不理我……喝死了也没人管……"

到了车里,她发现车里还有个女人:"她,她是谁?"

"她是我同事,我们公司今天有一场活动,刚散会回来,我送她一程。"

米丽塔盯着沈孟芝从头看到尾,盯得沈孟芝有点毛骨悚然:"你的衣服真好看,能借给我穿吗?"

说完便动手摸沈孟芝的衣服,沈孟芝慌了,真怕这个洋妞会干出什么不雅的事,挡住了她的手:"你这么喜欢这件衣服,这样,我回家脱下来,洗洗送给你好吧?"

倪天问哭笑不得:"米丽塔,明天起我有空了,明天我不上班陪你去逛街,你喜欢什么样的衣服,我就给你买好吗?"

"你可不许骗人,骗人就不是人……对,是小狗……"

"好好,我不骗人,骗你就是小狗。"

到了沈孟芝的家门口,沈孟芝边下车边说:"米丽塔,你有空可以找我玩,你们慢走。"

她扬着手看着他们的车开远,感觉这个英国妞还是蛮可爱的嘛,不过她怎么没对我们之间产生任何怀疑呢?难道我跟倪天问看上去真的差得很远?还是她对倪天问太放心?要不然,只有一个可能。

那就是中国女人跟英国女人的脑子长得不一样。

8. 柳如的如意算盘

莫小平来到一幢旧公寓，一楼有一排的信箱，她看了看601信箱里有信件，便用钥匙取了出来，一个大信封，看上面的落款，里面装的应该是旅游杂志，到了楼上，她敲了敲601的门，喊着："小七——"

这是小七租住的房子，其实他家也在这个城市，离这也不是太远，但是他嫌父母太啰唆，他喜欢自由理想的生活，便租了这个地方，龚炜说他是生活在自己乌托邦王国的人。

莫小平没听到响动，便拿钥匙开门，小七嫌老给她开门太烦，便给她也配了套钥匙，包括信箱的，他经常几天不出门，如果有信件，让她顺便带上来。

进去一看，一个星期没来清理，乱得跟狗窝一样，而小七抱着枕头躺在床上睡得很沉，床边的笔记本还开着。莫小平叹了口气，把信件放在桌子上，把笔记本给关掉。

然后她开始打扫房间。有时候，她真不明白，如果没有她，小七该怎么活下去，没有个正经八百的工作，黑白颠倒，饮食不规律，有时候一个星期不出门，有时候，一个月不在家，一直在路上旅行。

等莫小平把房间收拾得差不多了，小七终于醒了，他伸了个懒腰，惊讶地看着莫小平："你几时过来的？"

莫小平没好气地说："你昨晚几点睡觉的？把你扔河里估计都不知道。"

"四点多吧。"

"你就不能找个正常点的工作？就算是自由职业，生活有规律点行不？该睡觉的时候睡觉，该吃饭的时候吃饭。"

为了这点，他们没少吵架，有时候，莫小平真的感觉身心俱疲，感觉自己真是自作孽不可活，找了这个自私而孩子气的男人当男朋友。这样的男人，他的世界里只有他自己。

但每次生气,小七都会唱着情歌逗她开心,又让她想起他的好,觉得这个世界只有他是爱她的。但是这样的男人只适合谈恋爱,绝对不适合结婚,这点莫小平心如明镜。所以她很珍惜他们的感情,把每一天都当作最后一天过。所有的女人,要的都是稳稳妥妥的婚姻,而不是飘浮在半空的风花雪月,那些只是调味品。

"这世界上没了自由活着还有什么意思。"有时候莫小平真不明白小七的脑子里长了什么东西,但是,她爱他,她可以容忍他的一切,包括坏习惯,她想努力改变他的坏习惯,但是,总是徒劳。她不知道她还能容忍多久,有时候,爱情就是一场犯贱吧。

"桌子上有信件,你看下。"

小七看了看桌子上的信,打了开来:"这本杂志用了我的摄影作品,这张应该是稿费通知单,我得去邮局取。"

接着他亲了亲单子:"有钱了,真好。"

莫小平说:"顶多一两百吧,有什么可乐的。"

"小平,昨天一个朋友,建议我把历年来的游记与摄影作品整理部分出来,他可以试试帮我投给出版社。"

"那好啊,你赶紧做事啊,还这么晚睡,电脑上还是挂机游戏,什么是主次都分不清楚。"

"我准备今天开工嘛。额,今天是周六了吗?白天有时间到我这。"

"你啊,我看你都忘了现在是猴年马月。你饿了吧?我去给你煮点东西吃吃。"

"冰箱里都没东西了……"

"你有几天没出门了?行了,赶紧穿好衣服,我们去外面随便吃点,然后采购些东西来,这么大个人了,饿死了都活该。"

莫小平把小七从床上拉起来,但小七一把拉过她:"有好几天没看到你了,想死我了,不如先把你吃了吧。"

于是便开始嬉笑着亲她,莫小平一边躲避,一边笑骂:"臭死我了,都没有刷牙。"

而柳如在这个时间很不合时宜地打电话过来："喂，莫小平，你在干吗呢？一起吃个饭？有重要的事跟你们商量下，现在沈孟芝也比较有时间了，咱也应该聚一下了吧。"

"这个，我可以带家属吗？"

"谁啊？小七？男人有点不宜啊。"

"那我不去了，你跟沈孟芝一起吃吧。"

"喂，见过重色轻友，也没见过像你这样的，好吧，我就把小七当娘们一并收了，你们一起来吧。"

莫小平一把抓起小七："赶紧，蹭饭。"

小七弱弱地说："你们一帮娘们，就我一个男的，你说合适吗？"

莫小平找出一套衣服往他身上扔去："有什么不合适，赶紧把这衣服换上。"

那头，柳如已经在向沈孟芝吐苦水："真不想吃记者这碗饭了，整天跑东跑西，拿着卖白菜的钱操着卖白粉的心。今天还被人追着骂，说我的一篇报道有虚假成分，肯定是收了人家的钱，他说我收了，我说我没收，他能信吗？"

沈孟芝眨了眨眼睛："那你到底收没收？"

"你——"柳如一时气咽说不出话来，"气死我了，别人怀疑我也就算了，你居然也怀疑我！本姑娘虽然爱钱，但取之有道，在工作上，我是个有原则的人，才不稀罕这点小钱。对了孟芝，要不，你透露点你公司的绯闻给我，让我也好翻身扬眉吐气。好新闻难找啊。那个倪公子好像有个外国女朋友？几时给我搞几张照片？好不好嘛？"

"你想让我做卧底？门都没有，这也是我的原则，对别人的私事我一向不感兴趣，男欢女爱是理所当然的事情，就你们这些狗仔，爱八卦这些。"

正说着，莫小平与小七过来了，沈孟芝皱了下眉头："小七，你怎么越来越像个山顶洞人,这胡子长得,真犀利。"

"人家是艺术家嘛,艺术家不都这样的嘛,怎么能跟犀利哥相提并论。你们赶紧坐下来点菜。"柳如说。

莫小平随便点了几个:"柳如呀,有啥重要的事跟我们商量呀?"

小七在这么多女人面前话少,应和着说:"是呀,有什么好帮忙的。"

"我决定为了我伟大的爱情决战到底。"

一听到这话,沈孟芝站起身:"我可以把刚才吃的东西全吐出来吗?"

莫小平拉着小七:"走,咱换一个位置。"

柳如拉住了他们:"干什么呀,真是的,我这不是找你们商量嘛。现在,我决定快刀斩乱麻,要么要他离婚,要么我跟他分手,只有这两条路,不想再拖下去了。要不,我装怀孕吧,看他什么反应,如果他要我打掉,我就跟他分手,如果他为了孩子跟我在一起,我就成功了。"

沈孟芝白了白眼:"真恶俗,如果没别的办法,你就装吧。这还用跟我们商量。"

柳如说:"我得搞到一张内宫孕B超单啊,没证据陈景佳是不会相信的。我在医院没有熟人,孟芝不是有个亲戚在医院工作的?"

"以前是有,后来就调到别的地方去了。"

"这样啊,那怎么办啊?"

这时小七发话了:"我有个表姐倒在医院工作,平时很少联系,要不我让她帮下忙?"

"好啊,让她找B超室的同事弄张孕检单,怀孕一两个月,名字换成我的打印张就行了。看来是天助我也,小平带着小七来真是非常对啊。"

柳如越说越高兴:"几时我当上老板娘了,你们都来我公司吧,一定能让你们吃香的喝辣的,想咋地就咋地。小七也来,我也给你安排份工作,直接归我属下,谁想欺负你们,门都没有。"

柳如又开始她的春秋白日梦了,沈孟芝与莫小平看着她直叹气摇头,她已是病入膏肓,谁的话都听不进去了。试想下,一个靠岳父起家的男人,怎么可能会为了一个你,放弃自己的事业、自己的孩子、自己的家庭,怎么会放弃自己的地位与安逸跟着一无是处、什么都没有的你瞎折腾?况且他是婚姻过错方,想离婚,估计只能净身出户才能离得了,所以,纵然你再青春再美丽,也不过是他掌心的一抹蚊子血,怎及他臂上的朱砂痣。

这时餐馆里的人越来越多,开始有点嘈杂,从门口进来一男一女,女的穿着包臀超短裙,一头短发,长相一般,不过骚劲十足,男的三十多岁,高过女人一个头。他们亲昵地挽着手,在柳如背后不远的位置坐下,这儿位置刚好对着沈孟芝。沈孟芝用指头敲了敲柳如的手,轻声地说:"看看后面,真是冤家路窄,还是缘分未尽哪。"

那是柳如的前夫谭真康,柳如向后扫了一眼,刚才的高兴劲看来已荡然无存,沈孟芝看她脸色不对怕她受刺激:"要不,我们撤吧?"

柳如白了她一眼:"撤什么啊,我还没吃饱呢。"她突然拉过小七对莫小平说,"借你的小七用一下,马上还的。"

小七只得坐柳如的身边,柳如低声地说:"赶紧喂我。"

小七无助地看看莫小平,莫小平笑着点了点头:"听她的。"

于是,柳如故意提高声音:"我不想吃饭我不想吃饭,我想减肥!"

小七很配合地用温柔的语调说:"乖,饭是要吃的,不吃怎么行,你现在刚刚好,增一分就胖,减一分就瘦,减什么肥啊,那个叫林志玲的台湾妞身材都没你好,听话,好好吃。"

"好吧,那你喂我——"

"好好,我喂你,我喂你。"

俩人这肉麻劲自然引得周围的食客投来羡慕死人的眼光,包括柳如的死敌。莫小平在一旁咬牙切齿做嫉妒状,低低地吼:"等会看我怎么收拾你俩!"

柳如的前夫谭真康自然也发现了柳如她们,朝这边看来,沈孟芝才发现新大陆似的向他打招呼:"老谭,真巧啊,你们也在这啊,缘分缘分哪。"

谭真康有点不自然地笑笑,旁边的女人自然也认得他们,她低声地说:"要不我们换一个地方。"

谭真康说:"不好吧,刚刚点了菜。"

沈孟芝又叫了:"人生若只如初见,何事秋风悲画扇。等闲变却故人心,却道故人心易变。这句话谁写的,这么酸,好像是清代的那个纳兰性德吧。能在这里再相逢真是缘分啊,老谭,来这里坐吧,咱很久没碰面了,一起吃怎么样?"

谭真康赶紧摆了摆头:"不必了,不必了。"

这时,柳如发话了:"过来吧,我介绍男朋友给你认识。"

柳如都这么说了,谭真康也不好意思再拒绝了,对女人说:"我去下就来。"

一过去,柳如就拉着他坐下来,还给他理了理衣服,挑了挑头发,谭真康如坐针毡任由她摆布:"你好像瘦了呀,你老婆没照顾好你吗,还是想我想的?不用太想我了,我啊,可好了,吃得好睡得好玩得好,有好朋友陪着我,还有男朋友宠着我,想去哪里就去哪里,想吃什么就吃什么,我的生活呀,从来没像现在这么舒畅过,以前啊,还真是白活了。"

谭真康嗫嚅地说:"柳如,对不起,你过得好就行,我得——过去了——"

"哎哟,急什么呀,我还没介绍男朋友给你认识呢,他叫黄建七,在湖滨花苑有一套房子,还有辆奥迪,自己开着一家公司,有百号员工,也就混口饭吃吧,饿不着就行,我呢,要求也不高。他叫谭真康,给人打工的。"

这牛吹的,小七都不由得脸红,他出于礼貌伸出了手,而谭真康也尴尬地回握了下,然后起身:"不好意思,我老婆在那呢,我要回去了。"

柳如是好不容易逮到他,这样的好机会哪能轻易放过,她用手臂半拦着他:"别嘛,再待会嘛。咱叙叙旧。"

谭真康看这架势,更是不敢逗留,轻轻地推她:"不好意思,我得回自己座位上了。"

半推半就间,柳如突然叫道:"你,你怎么摸我啊?"

谭真康一时间就蒙了,没搞懂柳如葫芦里卖的是什么药:"什么?"

柳如提高了声音:"我们都分手了,你怎么还摸我,还想占我便宜啊,你怎么能这样啊,建七,呜——"

沈孟芝赶紧给小七使了个眼色,小七便一巴掌甩了过来,把谭真康甩得半张脸都肿了起来:"你敢当着我的面调戏小如,太过分了,我打——"

说完还要打,沈孟芝看这戏也不能演得太过分了,否则会有人报警,柳如这会解下气就好,便赶紧与莫小平拦住了小七:"行了行了,老谭你赶紧走。"

谭真康是哑巴吃黄连,有苦说不出,赶紧拉着女人甩下一百块就跑出了餐厅,一餐厅的人都看着他们指指点点。

瞅着他们慌不择路逃跑的情形,这伙人全乐了,柳如这回可真解气了:"这回全亏了你们,让我终于解了这几年来一直压在心底的闷气。一直想给他一巴掌,但一直没机会送给他,这回好了,终于完成心愿了,晚上你们想去哪乐,说吧,费用包我身上。"

沈孟芝冷笑:"那都是他自找的。"

这时莫小平看着小七:"你看到了吧,如果有一天你做了对不起我的事,咱一帮姐们是不会放过你的,今天的戏就是预演。"

小七叫道:"我哪敢啊,如果你不抛弃我,我小七绝对不会抛弃莫小平的,我,我对天发誓。"

莫小平满意地点了点头:"好了,还发誓,幼稚。等下我们找龚炜玩吧,很久没去摇滚吧了,沈孟芝是不是也有段时间没见着他了。"

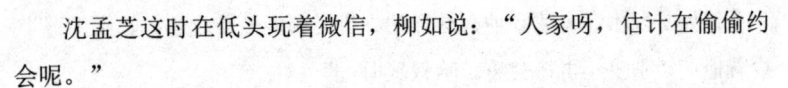

沈孟芝这时在低头玩着微信,柳如说:"人家呀,估计在偷偷约会呢。"

沈孟芝扬了扬手机,说:"哪有呀,那段时间太忙了,你们不是也约不着我,不过,联系还是有的。"

"承认了吧。"

"龚炜说,酒吧新来了个女魔术师,咱去看看吧。"

9. 女魔术师

一伙人在酒吧,看见龚炜的小酒吧简直被挤得水泄不通。这样的状况他们在摇滚吧可真没有见过。

"今天什么日子啊,生意会这么好?"几个人硬是挤了进去,却见一个身材火爆的美女身着黑色的紧身皮装,戴着一顶黑色鸭舌帽,正在表演魔术,俊气的脸面无表情专神投入,那样子帅气极了,连女人都看着欢心。

只见她拿着一把黑色的伞在做魔术,伞一张开里面空空如也,她转了个身,再一张开伞一只鸽子扑腾着飞了出来,再一合一张便是一朵玫瑰花,递给了周围的女孩。然后她开始花样耍酒瓶,瓶子在空中飞转,烈酒喷出小火花,简直跟马戏团的技师有的拼。现场气氛异常热烈,欢呼声尖叫声响成一片,年轻人就是爱看新鲜的玩意、爱热闹扎堆啊。

表演告一段落,大家各就各位,龚炜拉着女魔术师来到大伙的面前:"给你们介绍下,这是民谣吧新来的魔术师走走,调酒也很厉害,会调各种鸡尾酒,以后我们准备一起合作,把民谣吧办得更大更好。"

"哇,真没见过这么帅气的女人,从此我柳如就有偶像了,连吴彦祖都要退居其二了。"柳如叫道。

"这是沈孟芝、莫小平、柳如、小七。"

柳如推了推沈孟芝,咬着耳朵:"劲敌出现了。"

沈孟芝白了她一眼，赶紧向走走敬酒："看样子挺年轻的，这么有能耐，耍得真漂亮，真是了不起啊。走走，这些东西你学了多久了？应该挺难的吧，一般人还真玩不了。"

"差不多三年吧，反正我就是喜欢各种稀奇古怪的东西，也待过很多地方，我爸一看见我就叹气，说，我怎么会生了这么个野丫头，完全不像女孩子。"

大家一阵哄笑，沈孟芝笑着说："那你算是来对了地方，这里有很多异类啊，比如我们的摄影师小七就是一位。你看上去就挺古灵精怪的，还会啥？"

"我啊，会的东西可多了，除了魔术与花样调酒，还会塔罗牌算命呢。"

一听算命，这群女人可就疯了："走走，赶紧给我算算，我几时会遇上我的真命天子，几时会结婚，几时会生孩子，几时会发横财，会有几次桃花运啊……"

这时，其他的女人一看这里有玩算命的，都纷纷凑过来，于是，酒吧里几乎所有的女人都围着走走，要求给算命，走走喊道："一个一个来啊，别挤啊，我快成肉饼了。"

龚炜拉着沈孟芝："我们去外面说说话吧，好久没看到你了。"

他们俩便出去了。

外面的风很清凉，月光透过薄薄的云层，洒下朦胧的薄纱，小巷子尤为静谧。走几步就是大路了，所以，民谣吧也不算很偏僻。

沈孟芝笑着说："这个宝贝你是哪里找到的？还真是奇才。"

"不是我找的，是她自己投奔来的，那天她随朋友来这里玩，或许对这里感觉还不错吧，找上我，说自己也想搞一个酒吧，但一个人太累，想找个合伙人。这些年她都在外地，今年才回来，想在这里扎根了，当然我这酒吧她是看不上的，她想弄个大点的，位置也好点的，问我有没有兴趣跟她合作,毕竟我也有些固定的客户圈。我说你有什么优势啊,她说自己会魔术调酒还有点小武艺,当场就给我表演了,真是人才啊。我说我没那么多资金啊,她说资金包她身上,我负责管理,并给我分部分干股。你说,这个人来路是不是有点问题?怎么感觉跟馅饼砸我头上似的,砸得我都犯迷糊了。这几天我们晚上在酒吧,招揽人气,白天在开始找店面了。"

沈孟芝也觉得走走这个人来历有点奇怪,该不会是龚炜的追求者吧,或者是钱多得花不了?随便找了个人一起花?反正一定是打龚炜的主意,否则这么大的好事怎么会让龚炜一个人捡了呢。

"她估计是个白富美,看上你了,要养你这小白脸。"

"去,我觉得她绝对没这意思。"

"那,是不是你看上她了,这样一个古灵精怪的妞谁不喜欢呀。"

"她是挺可爱的,而且感觉很神秘,但不是我的菜啊,我觉得这个人来历不明,反正,我就是觉得不怎么安心——啊,不会是有人派她来暗杀我的吧?"

"说什么呢,你一无背景,二无保镖护着,想杀你还不容易,早就下手了,还跟你折腾什么酒吧,吃饱了撑着。"

"也是。"龚炜搔了搔头发,"那我真不明白了,反正我也想把酒吧弄好,管他呢,不过我会留意走走这个人的,看她到底是居心何在。"

"嗯,不过有时也不用想得太复杂,也有可能你撞上狗屎运了。那我们回去吧,我还得恭喜你呢。以后啊有什么需要我帮助的,说一下,能帮的我会尽量帮,办一个有规模的酒吧并不容易。"

"一定一定。"

两个人回到酒吧,只见走走身边的人也散得差不多了,看来,她的算命效率挺不错。

沈孟芝问有点喝高了的柳如:"你的命算得怎么样?哪个是你的真命天子呀?"

"唉,说我的缘分还没到,近期还可能会遭遇某种突变,我心里有一种不好的预感。孟芝,不瞒你说,陈景佳好几天没打电话过来了,我打过去,他都说自己在忙着什么事。现在他对我不冷不热的,好像都在避着我。"

"那就放了呗。"

"我不甘心啊,我们都快两年了,我屁都没捞着,还白白耗上了最宝贵的两年青春,我有病啊。"

"嗯,说得有理,要不,让他补给你青春损失费?再补一箱青春宝?"

"我才不稀罕,我要的是他的所有。"

"他如果选择了你,就什么都没有了,还有什么所有,大姐。"

"不会的——我现在就给他打电话,让他过来陪我,否则、否则——"

于是柳如便开始打,但是明显打了很久都没人接,柳如咬牙切齿地说:"我如果不下狠招,我就不是柳如!"

10. 溃散

事实上,柳如的内心也很困惑要不要继续这份情感。当初她之所以跟陈景佳好上,跟她受的创伤也有关系,而女人无论在什么情况下跟男人好上,都容易产生真感情,投入了就很难出来。

有时候,柳如怀疑自己争的不过是一口气,而不是真的想嫁给陈景佳,但是,如果陈景佳真的是因为自己的逼婚而离开了自己,或根本只是想玩她,不想跟她结婚,她又觉得自己窝囊极了,是个彻头彻尾的失败者。

她只是想知道,她在陈景佳的心目中,有着什么样的地位。

事实上她要求的并不多,她只想要一份执子之手,与之偕老的爱情,为什么有的人那么轻易得到,而她柳如为什么一定要付出那么惨重的代价,重要的是,付出了惨重的代价,都没有得到,是的,她不甘心,真不甘心，别人有的，她一定也要得到。

在小七的帮助下，柳如顺利地拿到了妊娠单。看着那张单子，她想起了自己与前夫的孩子，没来得及到这世上，没看上一眼，也不知道是男孩还是女孩就消失的骨肉，心如刀绞，捧着那张单子哭了一整夜。

第二天傍晚，柳如下了班后给陈景佳打电话，这回他接了电话："景佳，别躲着我，这样下去什么问题都解决不了，我有重要的事情跟你商量。"

陈景佳沉默了下："也好，我也有事跟你说。"

在家里，柳如等着陈景佳的工夫，给他做了他最爱喝的柚子蜂蜜茶，如果他喜欢，她想一辈子都给他做，或许，这是他最后一次喝到她亲手做的柚子茶了。

柳如看见陈景佳来了，很高兴，递给他一杯温度适中的柚子茶，吹了吹气："有一段时间没喝到我做的茶了吧，喝喝看，不烫了。"

陈景佳脸色复杂地接过她手中的杯子："你有什么事想跟我说？你先说吧。"

柳如从桌子上拿起那张单子，一脸幸福地扬了扬："亲爱的，你看看，这是什么？"

说完便递给他那张妊娠单。

当陈景佳看到那张妊娠单时，脸色变得死灰，人一颤，手上的杯子差点掉在地上，额头上的汗雨点般地滴下来。

为了掩饰内心的惶恐，他抿了口茶，然后放在桌子上。

柳如看见他有这么大的反应，心里一阵刺痛，但假装没有觉察，很温柔地拿起一张纸巾给他擦脸："怎么了，很热吗，亲爱的？"

接着她抱住了陈景佳："景佳，我们终于有了自己的孩子，我真开心，不管怎么样，我们以后都会在一起，我们要让我们的宝宝过上最好的生活，是吗？"

陈景佳的心全乱了，本来，这次过来，他是想跟柳如摊开来说，叫柳如不要再来找他了,他们结束了,他已经不爱她了,他也不可能为了她而离婚。

陈景佳懊恼地揪自己的头发:"怎么会这么巧,唉,怎么会这样,这可怎么好?"

"怎么了,你不想要我们的孩子吗?"

"不,不——柳如,我不是这个意思,这事来得太突然了,我,我——没有丝毫心理准备。"

"我能理解……"

陈景佳的脑子在飞速转着,到底是阅历匪浅的人:不,我不能要这个孩子,否则,我陈景佳这辈子就完蛋了,我也不能给予柳如幸福的生活,到时候,非但害了自己一家人,也害了柳如与孩子,不,不能要。

陈景佳的脑子渐渐变得清晰,他恢复了理智,推开了柳如:"柳如,对不起,我们不能要这个孩子,你去打掉吧。"

说完,陈景佳从皮包里拿出两叠钱:"你去医院吧,好好休息几天,买些营养品,我,我可能也无法陪你。"

柳如不能相信陈景佳会说出这样的话,这种可能性在她的想象中已不止一次地出现,但害怕的东西一旦成了现实,她一时无法接受。

她的眼泪哗哗地下来了:"景佳,你真的不要我们的孩子吗?你也不想要我了吗?"

他又从包里抽出一张银行卡:"柳如,我们到此为止吧。这是十万元,希望你以后不要再来找我了。如果被我老婆知道了,她也不会放过你的,你还是好自为之吧。"

这时的柳如多少日子以来压在心底的情绪一下子全爆发出来了。

她歇斯底里地拿起钱与银行卡狠狠地砸他,揪他的衣服:"好自为之?你什么意思?那当初你干吗去了?你为什么要三番五次地追我,跟我在一起后又告诉我其实你已经结婚,有孩子的,又说什么这辈子只爱我,根本不爱你的妻子,跟她只是利益关系没有任何感情,为什么口口声声地说有一天会娶我的,为什么现在又抛弃我?为什么为什么为什么?!你告诉我啊,为什么!"

然后她又软了下来,带着近乎乞求的口气,希望用她无底线的温柔与软弱来感化陈景佳。

她感觉自己活得已经彻底没有尊严了,眼泪雨一般地滴下:"你不是真的不爱我了吧?你是不是又爱上别人了?一定不是的,你是迫不得已的对吗?没关系,我可以等,我会一直等着你的,不要离开我好不好?"

陈景佳冷冷地甩开了她的手:"我已经受不了你了,也不再爱你了,放开我。以后不要再来找我,我和你没有任何关系了。"

说完他推开门,她扑了上去,但陈景佳很用力地甩掉了她的手,头也不回地走了。

"陈景佳!你回来!"

只有她凄凉的声音在回荡,这次,她对男人是彻底寒了心,如果不是装怀孕,真不知道自己是不是又要再一次打掉孩子,还是要把孩子生下来,然后承受着常人无法想象的艰辛,与他相依为命,不,柳如没有这样的勇气,一想到这个问题,柳如就万分痛苦。

孩子是无辜的,却成了男人推卸责任的陪葬品。

为什么,受伤害的永远是女人。

有时候,爱比死,更冷。

11. 挑逗

因为广告拍摄需要,喻冰暂时留了下来。

倪天问本以为这事交给摄影师就行了,自己偶尔去摄影棚看看,有空陪陪米丽塔,这段时间,她确实够寂寞的,一个人在异国,就自己这么个男朋友,自己又忙,都没能好好地陪她。所以闹情绪酗酒也是能理解的。

但事情并没有他想得这么简单，喻冰怎么说也是他公司的形象代言人，国内也算是有点名气的女星，怠慢不得。虽然他有意避开，但是却躲不开来，因为喻冰总是有意无意地点名要他陪着录制。倪天问陪了一次，实在觉得没自己什么事，再说拍片的事自己又不怎么懂，去了还碍事，推托说手头忙着便遣了沈孟芝过去。

沈孟芝到了摄影棚，喻冰一看是她，很生气："倪天问怎么不来？他不来我哪有什么状态工作啊。"

沈孟芝赔着笑："喻大美人，他在开会呢，一时来不了。你先去换衣服吧，你看，眉毛都淡了，眼睫毛都歪掉了，让化妆师重新弄下吧，补补妆，乖，咱的喻美人可是无可挑剔的大美人，怎么会受得了这样的瑕疵呢。叶助理，赶紧给喻美人整整。"

一直在旁边无奈地赔着笑脸的叶助理赶紧上去，想顺势给她补好妆，好着手工作了，喻冰可没那么好糊弄："那倪天问还来不来？"

"来的，怎么不来，他那边会议开好了就过来。"

沈孟芝好说歹说，喻冰才肯继续拍摄与录制，沈孟芝嘘了一口气，给倪天问打电话："这女人真不好侍候，这么会闹情绪，你等下就过来吧，躲得过初一也躲不过十五，这两天拍完了就让她走人了，你就算当三陪的也就陪这几天会死啊，赶紧过来，我招架不了，等下又会抽起来说自己累了要休息什么的，又说自己昨天晚上没睡好，状态不佳，又一会儿要补做一个面膜等等，不是一般的啰唆，这样拖下去，搞不好一个星期都拍不完，全公司的人都跟着受罪。"

倪天问有气无力地说："好吧，只能这样了，你让我缓口气，我就过去。唉，谁让老爸跟她签了合同。"

过了一会儿，倪天问便来了，喻冰一看到他，那蔫蔫的劲儿马上像是打了鸡血似的，整个人都挺了。

"倪公子，你可真忙，终于来了呀。"喻冰嗲嗲地说，然后像只奔放的花蝴蝶般转了一圈，"你看，我这身打扮漂亮不？"

"美极了美极了。"倪天问一时也不知道该用什么词来形容。

"人家肚子好饿噢,早上就吃了点水果,到现在都没吃东西呢。"

"这样啊。"倪天问搔了搔脑袋,她都这么说了,你总不能让她饿着肚子继续工作吧,否则如果她在记者那边牢骚了几句,大家都会觉得他这个倪氏珠宝的准董事冷血无情,不懂怜香惜玉,自己被这么说倒无所谓,他不想公司的名誉受到一丝的影响。

倪天问想让她尽快完成工作,这样,完成之后好着手后续的宣传活动,她也好尽快走人,他把求助的目光投向了沈孟芝,而沈孟芝摊了摊手表示爱莫能助。

倪天问看了看表,确实也快到吃饭的时间了:"这样吧,这组拍完了我就带你去吃大餐,怎么样?再忍下,就当减肥喽。"

喻冰欣然同意,这回,她一下子变成了极配合的敬业人员,快速地摆好姿势,听从摄影师的指示抓拍一组。拍摄总算告一段落后,喻冰便低调地换了便装,她也怕记者骚扰。

沈孟芝吩咐工作人员把首饰放好,锁进保险柜里。

当倪天问说带沈孟芝一同去时,喻冰一脸不悦,沈孟芝可不想当受气的灯泡,便找个理由拒绝了,倪天问只好独自带着低调装扮后的喻冰出去了。

车上,倪天问随便跟她聊着:"最近是不是有什么片子要拍?"

"是呀,马上有一个电影要拍,接着还有部电视剧。今年的档期都排得满满的,过两个月还要去香港领奖,唉,真是累死我了,真想过着普通人的生活,想干什么就干什么,不用这样整天赶着,多累人。"

"你这样的生活也是普通人羡慕不来的呀,有多少人想当明星都没成功。以后越来越红了,在国际上也有影响力了,可别忘了我们倪氏珠宝呀。"

"哎,要不是董事长跟夫人执意留我,我本来也马上走的,不过我也挺喜欢这里的,气候好,空气也还行。女人嘛,都要嫁人的,事业再成功又有什么用,还不是一样要嫁人生子的,我倒是喜欢那种相夫教子的平静生活,不用飞来飞去的。唉,你不知道,一出门啊,人家就要你签名啊拍照啊,一点自由都没有,吃个饭都不自在,多烦呀。拍片子也辛苦,经常是吃不好睡不好,还到处奔波,现在还算年轻身子骨还经得住,等年纪大点哪经得起这般折腾,你说是吧?"

倪天问笑而不语了,喻冰的言外之意他哪能听不出来,只能听她在那里不停地骄傲地唠叨着。

到了餐馆,为了不引人注意并避免不必要的麻烦,他要了间包房。

这下喻冰就自由了,摘掉帽子,散落一头长发,脱掉外套,里面的低胸真丝吊带短裙哗啦一声,就映入了倪天问的眼睛,那胸跟罗丝有的一拼。因为面对面地坐着,倪天问想不看都难,总不能老是斜着眼睛看别处吧,人家还以为你斗鸡眼。

他赶紧叫道:"服务员,菜单。"

为了不直视对面的喻冰,倪天问拿着电子菜单本像看学术书籍似的把里面的菜式研究个遍,服务员在旁边都快站软了腿。

喻冰叫了起来:"饿死我了,你是在看小说还是在点菜啊,给我。"

她一把夺了过来摘掉了墨镜,服务员在旁边站得腰痛,也有点不耐烦了,便把视线投向了喻冰:"要不,等你们想好了,我再来吧。咦,你是不是那个大明星喻冰呀?听说喻冰这几天也到这边了呢。"

喻冰赶紧摇了摇头:"不是呢,我怎么是喻冰呢,只是长得跟她有点像,同事都这么说嘿嘿。"

接着她点了几个菜,又点了瓶法国干红,把菜单递了过来:"赶紧上菜吧,你出去吧。"

服务员走了后,喻冰支着下巴,含情脉脉地看着倪天问,与其说看,不如说是频频放电,倪天问真怕自己会被电晕过去。说实在的,喻冰虽然长得好看,但不是自己喜欢的类型,他还是挺喜欢他的米丽塔,米丽塔很实在,真性情,不会装。

"倪公子,你有女朋友了吗?"

这句话真是点醒了倪天问:"有的,有的,我有一个女朋友,我们感情挺好的。"

喻冰突然笑得花枝乱颤,笑得倪天问有点莫名其妙。

"像你这样的男人,没女朋友才奇怪呢,是吧?"

倪天问不好意思地笑笑,不知道如何回答,喻冰继续娇笑:"不过最重要的是,是不是适合自己,是不是郎才女貌珠联璧合天生一对,你说是吧?这世界上漂亮的女人多着呢,最重要的是,是不是配得起你这样的男人。你觉得我说的话有道理吗?"

她把"配得上"这三个字说得很重,倪天问真怕她会霸王硬上弓,调戏自己。

"嘿嘿,说的也是,其实我对女朋友的要求并不高——"他不想继续谈论这个问题,"菜上来了,赶紧吃吧,饿坏了吧。"

于是他们便专心吃饭,喻冰看样子也确实有点饿了,倪天问倒真希望她一直闭嘴,可惜往往事与愿违,喻冰的肚子里填了点食物,脑细胞又开始活跃,嘴皮子也更活了,开始打听他家的产业,他父亲的创业史,还有现在是不是另外还投资什么生意,等等,然后又开始挖他的恋爱史,反正是不把他祖宗三代挖个遍她好像就不停下来。

倪天问实在是受不了了,开始还是实打实回答,最后便边吃边嗯一声,终于把眼前的食物消灭得差不多。看喻冰的样子,也应该吃得差不多了,得,赶紧撤吧,他看了看手上的表:"时间也差不多了,我下午还有事情要做,你还要拍广告,我送你去摄影棚。"

"什么嘛,刚吃了饭,至少也得休息下呀。我有午睡的习惯呢,你知不知道,午睡对一个女人的皮肤有多重要呀。"

倪天问实在是无奈了,不过有些人也确实有午休的习惯:"那,我送你去酒店。我的车子先停在这里,刚喝了酒就不开了,让公司的司机来开回去,我们打车过去,到了那你好好休息会吧,我等会再去接你。"

"嗯。"

到了酒店，倪天问并没有下车的意思："你上去好好休息吧，我先去公司，等下派司机把车从餐厅开过来接你。"

喻冰嘟囔着也没有下车的意思："这怎么行啊，我一个人万一有人绑架我怎么办？再说，如果有粉丝发现我，肯定会把我围个水泄不通，我哪还能睡觉啊。"

倪天问没办法，只得陪她上去。

到了门口，倪天问想告辞，又被喻冰抓住了手："进来坐下嘛，我给你倒杯水醒醒酒，人家后天就要走了嘛，多陪我下嘛。"

倪天问只得随她进去，喻冰一关好门，就紧紧地从背后抱着倪天问，脸贴着倪天问的脖子，对他吹着气，低低地娇柔地说："如果你希望我留下，我就不走。"

"喻冰——"倪天问不知道该怎么拒绝，这种被女人强抱的事还是第一次遇上，还没经验。

喻冰转到了他的面前，一双如水明眸定定地看着他，手依然紧紧地环绕着他的腰，就像一棵枝繁叶茂的藤萝植物。倪天问想推开她，却发现全身无力。

"天问，从第一次见你的时候，我就喜欢你，真的，我从没有这么喜欢过一个人。天问，你是不是也喜欢我，只是不说出来，其实，你对我也动心的是不是？"

"……"

喻冰说话的时候，气息就吹进了他的脖子，痒得人春心荡漾："你不用说，宝贝……"

她开始吻着倪天问的脖子、胸膛、下巴、耳朵，见他并没有抗拒的意思，便大胆地抱住了他的头，开始亲他的鼻子、额头，最后落在了嘴巴上。她的吻细细密密地落下来，像春天的雨滴一样令人舒畅，令人春心萌动，倪天问的呼吸重了起来，他感觉自己再也抵御不了了，他也是个正常男人啊。不管了，理智已经被他抛在了脑后，他狠狠地搂住了喻冰，反被动为主动，激情地亲吻，然后把她扔到床上，两个人都像是干柴烈火迫不及待，正要上演少儿不宜情节时，倪天问的手机很不合时宜地响了起来。

开始倪天问并不想理会，你说多扫兴啊，但手机音乐声还是非常坚持不懈地响着，倪天问没办法，只得接起手机，喻冰生气地说："这谁啊，真讨厌！"

倪天问接起手机，却是沈孟芝："我没打扰你们的好事吧？天问哥你不会真的沦陷了吧，现在还没回来，大家都等着你们录广告啊。"

倪天问一下子清醒过来，天，自己都在干什么啊，该死，怎么会这么容易受诱惑呢，男人啊男人，看来，男人没几个好东西，这话是对的。

他套好衣服就冲了出去："你先午睡，半个小时后我让司机来接你。"

喻冰气极了，到嘴的肉馒馒就这么跑了，她把床上的枕头与被子都扔在地上："倪天问！你这浑蛋！我还真不信我会搞不定你！"

12. 走出迷途

柳如从外头采访回来，到了单位，在门口看到同事们聚成一团叽叽喳喳的，估计又在八卦什么事了，作为一名记者，她太熟悉这类情景了，但是一见她进来，全场立刻鸦雀无声各就各位。她感觉今天的气氛有点奇怪，但是自己的心情不佳，也没心情去理会这些。

她坐下来，给电脑开了机，趁电脑在龟爬的工夫，整理下手头的文件，然后去给自己倒杯茶，这时总编助理过来："柳如，总编叫你过去下。"

柳如进了总编室，带上门，刘总编看着她，叹了口气，却什么都没说，越是这样柳如越觉得心里堵得慌，难道是自己的工作出了问题？还是？

"柳如，你干了多久了？"

"快四年了吧。"

"噢,快四年了,时间过得可真是快,记得你那时什么都不会,是个勤奋又好学的小姑娘,现在,都算得上资深了,唉,真快。"

柳如不知道总编葫芦里卖的是什么药,难道他对剩女都产生意见了,不至于啊,只得继续听他说:"柳如,本来,你的私事我是不想管的,现在的年轻人,都有自己的想法、自己的追求,这本身没什么错,但是,如果追求的是不该或不值得追求的东西,不仅伤害了别人,也伤害自己,你是个知识青年,应该明白这理儿。"

这话怎么越听越不对劲了,不会是自己跟陈景佳的事都传到单位里去了吧?

"你知不知道,早上陈景佳的老婆过来大闹报社了,一定要我开除你这样道德沦丧破坏人家家庭的记者,那些难听的话我也转达不出来,你知不知道这事造成的影响多大?本来这是你个人的事情,我也知道你以前离过婚的事,但那都是过去了,人嘛,要好好地理智地展望未来,有些东西,不是你的,抢也没用,是你的,谁都抢不走。"

柳如真是惊呆了,她真不知道陈景佳老婆几时知道了自己的存在,而且连自己的单位都被她挖出来了,这肯定是陈景佳告诉他的,一想到这,柳如就气不打一处来,这个男人完全没把自己当回事,自己真是傻啊,居然还为他要死要活的。

"刘总编,您说得对,谢谢您指点迷津,令我醍醐灌顶,我——已经决定退出了,不会再介入他们的生活了。"

刘总编有点惊讶于柳如这么容易就知错了:"你说的可是真心话?"

柳如斩钉截铁地点点头,不像是忽悠人的样子。刘总编点点头,语重心长地说:"知错能改就好,还算是没酿成大错。柳如啊,你是个好姑娘,还年轻,以后有的是机会,你说,你这样的姑娘,还怕找不到好婆家吗?是吧,男人看不上你,那是他们的损失,如果我是年轻的单身族,我也会追你的噢。"

柳如想不到平时那么苛刻严厉的总编会说出这样安慰的话，令她感到欣慰许多："那刘总，你还开除我吗？"

"你能不能保证再也不找那男人了？"

"我保证，我柳如就算死，也不想再看到那男人的嘴脸了，想想都恶心。"

刘总编点了点头："好，就冲你这句话，我不会开除你的，如果他老婆再来问，我就说已经给你记过处理了，而且你已经保证不会再介入他们的家庭了，她应该也没话说了。"

柳如还真不想为了这么个男人把自己的工作丢了，她虽然心情依旧有些难受，但是突然有一种重获新生的感觉，她感激地说："谢谢您刘总编，我一定会努力工作的。"

"嗯，你去吧。"

柳如走了几步，一想到回到岗位，同事们又会投来那种异样的目光，感觉自己难以承受，是啊，人人喊打的小三，过街老鼠啊，她柳如哪能气定神闲地装作什么都不在乎的样子？

"刘总编——"

"嗯？"

"最近有外派采访的任务吗？"

"噢，过两天倒是有个去山区采访支教老师的任务，那地方深山老林比较偏僻，本想派两个男记者去的，这样吧，我安排你跟小南一起去。"

"谢谢刘总编。"

柳如一打开门，好家伙，原来这些一向有八卦精神的小记者们全聚在门口偷听他们的谈话，这会一下子作鸟兽散。

柳如突然感到痛心，相处多年的同事也不过是把她当笑话看，在这里她还能抬得起头吗？她还有脸在这里继续待下去吗？天天接受别人异样的目光吗？或许，她只有离开这里，才能给自己一个真正重新开始的机会，但是，真要离开，她又觉得心里有万般的不舍。唉，柳如啊柳如，你真是自作孽不可活啊。

这时,一位女同事笑着对她说:"柳如,刚才的话我们都听到了,真为你感到高兴。以后啊,我们还是同事,还能天天在一起。我们刚才还在担心呢,总编会不会真的开了你,看来啊,总编也舍不得你,真好啊。"

众同事也纷纷聚过来说:"是啊,柳如,真是祝贺你啊。"

原来同事们担心的是这个啊,柳如为刚才自己对他们的误解有点面红耳赤:"我也舍不得你们呀,我也喜欢这个工作。"

另一个男同事说:"柳如啊,要不要在咱家的报纸上给你登个征婚广告,好男人还不排队排到肯德基那边去,你想挑肥的就挑肥的,想要瘦的就要瘦的,吃腻了换下口味再挑,你这样的条件,还怕没有男人?"

女同事生气道:"什么啊,你以为啃鸡腿啊,真是的,什么乱七八糟的。柳如啊,以后如果有谁再欺负你,我们就冲上去先揍一顿再说。"

大家你一言我一语,柳如感动得泪光闪闪,她觉得自己其实挺幸福的,以前怎么就没有意识到呢,总是把男女间的感情放在了头一位,其实同事间的情谊也很重要。至少,同事关系好,工作起来也开心,人活着,不只有家庭。

有这么一群好同事,还有个好领导,又想起沈孟芝与莫小平这两个铁闺密,还有关心自己疼自己的父母,是的,自己还有什么不知足的,为了那样一个男人寻死觅活的,真是脑抽筋了。

"谢谢你们,真的。"

这时,副总编过来喊道:"大家赶紧工作,接着有个重要的桃色新闻要刊出,等着看好戏。嘿嘿,明天啊,大家肯定会抢着看咱家的报纸的,这次啊,全是小南的功劳。"

这群有八卦精神的同事们又纷纷围向了小南,问到底是什么事。

而小南同学睁着两只兔子眼,神秘莫测地嘿嘿笑:"跟倪氏珠宝有关系,其他的无可奉告。下午排版印刷的时候自然就知道,有什么好问的。累死我了,昨晚通宵写的稿,我去休息室躺会去。"

柳如有一种不好的预感。

13. 桃色事件

倪天问一到公司,就被父亲叫到了办公室。

倪瑞开气呼呼地拿着一份报纸朝他扔过去:"你自己看。"

倪天问一看报纸的内容,脑子一下子就炸了,上面竟然有喻冰跟自己一起吃饭,一起进宾馆以及他们亲昵的照片。

这都怎么回事啊,他不知道,那天那个餐馆的服务员是报社小南的堂妹,她一看到这个女人貌似女星喻冰,就喊他过来探个虚实,小南透过包间门上的玻璃小方块,看到他们忸忸怩怩的样子,感觉这两个人可能会有暧昧关系,那可是重大的桃色新闻,于是他便一直偷偷地跟着他们俩,想不到就真的让他逮到一出又一出的好戏了,为了拍到房间里的情况,他还爬到宾馆的阳台上,差点摔了下来。

倪天问急着说:"爸,我们真的没有什么啊——"

"你说没什么就没什么啊,事实都摆在这里了,难道这些照片都是假的?"

"这个,倒是不假。"倪天问低下了头。

"所以,你说的话,我就算能信,别人能信吗?捅出这样的事来,真是丢人。"

训也训了骂也骂了,接着倪瑞开语气一转,声音也轻了不少:"不过丢人归丢人,这事也未免是坏事,喻冰这么有名,如果有她这样的人帮我们倪氏珠宝炒作,我们的名气也更大了。你看,如果这样的新闻上了新浪头条:喻冰跟倪氏珠宝集团的富二代公子秘密来往。那多有看头是吧。"

倪天问目瞪口呆地看着自己的父亲,仿佛从来不认识他似的,倪瑞开继续说:"我知道你想什么,小子,不过我们商人毕竟是商人,利益永远放在第一位,如果没有利益做基石,我们怎么能做得这么大,所有的痴心妄想都是没有用的,我们只要实实在在的东西,只要是积极的有利于我们倪氏集团的东西,我们都不要放过,要好好挖掘,好好炒作。倪氏珠宝能有今天,除了努力外,靠的也是运气,必要的时候,并不排斥炒作手段,我怎么就没想到你来这么一出呢,嘿嘿,不愧是我倪瑞开的儿子。我说喻冰好像挺喜欢你的——"

倪瑞开似乎对自己儿子的桃色新闻颇为得意,倪天问本以为老爸会继续痛骂他一顿,最轻也会摆一番大道理训他一顿,他甚至连挨揍的准备都有了,但是绝对没有想到父亲对他的态度是如此峰回路转,父亲竟然还夸他做得好。

但是,此时的倪天问并没有因此感到欣喜,而是觉得自己的老爸越来越看不透,或许,事实上他并不了解自己的父亲,并且,他开始感觉到,他一向敬仰的父亲,并没有他想象中那么完美。

他便把昨天发生的事情一五一十地告诉了倪瑞开,倪瑞开沉思了下:"儿子啊,喻冰肯定很生气,你赶紧给她道歉,我们谁都可以得罪,但不能得罪名人,他们一句话可能就会造成我们的重大损失。"

"你还真想让你儿子献身啊,我不能对不起米丽塔。"

"她就一个普通家庭出身的小丫头,还是八竿子都打不到一块的英国人,有什么价值可用?论才干没才干,还不如沈孟芝有能力,孟芝至少能帮助我们公司做很多事。论长相、名气、影响力,连喻冰的一角衣袖都不如,如果喻冰真喜欢你,那是你的福气,有很多富家公子都求不来,如果娶她当媳妇,我们倪氏珠宝也定能锦上添花,以后的路也会越走越宽广。"

倪天问真没想到父亲会是如此势利的人,这回真生气了:"爸,您这话我真不爱听,在您的心目中就只有利益与价值,它们永远都摆在头一位!那我又算什么,我的情感与婚姻我自己会做主,您少操点心!"

说完便带门出去，倪瑞开气得直吹胡子瞪眼："反了反了，竟然这么跟我说话，我还不是为了你好啊！"

倪天问回到自己的办公室，窝着一肚子的闷气，他真不明白，在他的心目中一向豁达睿智的父亲，原来不过是个彻头彻尾的庸俗商人，而且，利令智昏到把自己儿子的情感婚姻也当作是一场交易，这多浑球啊，他实在是不能接受父亲是这么一个人的事实，一棵大树在心里轰然倒塌的滋味，真不好受。

这时，他想到米丽塔，那个喻冰应该明天就走了，他就可以把米丽塔安排进来了。避开喻冰，是不想让米丽塔产生误会，否则只会更加多出无端的麻烦，因为喻冰太会缠人了，对米丽塔，他心里只有越来越多的歉意，原以为在国内，他会弥补她很多，却不想，结果是亏欠得更多。他打个电话给她："米丽塔，你在干吗呢？我想你了。"

那边的声音听起来挺吵，像是在路上："无聊呗，在街上闲逛呢。刚刚从超市里出来，拎着一袋零食呢。前面有个杂志摊，我去买几本英文杂志看看，来打发时间。唉，这日子过得比在英国无聊多了。"

"我的小宝贝，你再忍耐下，这两天我就把你安排进我的公司，这样，你就能天天见到我了，也不会无聊了，你说呢？"

"真的啊，那太好了，我都快无聊死了，随便安排我做什么事都行，我什么都能干，不会的我也会学起来的，我的 IQ 还是可以的啦——"

"你这么聪明，有什么学不会呢。"这时，倪天问像是突然想到了什么，"米丽塔，千万别去杂志摊，赶紧离开，你去商场买衣服吧，花多少钱都算我的……"

那边的米丽塔边翻着一本本的杂志一边问："干吗要离开杂志摊呀？我还没找到自己想看的呢。我要多找几本，慢慢看——"

这时她被杂志旁边摆放得非常醒目的一份报纸吸引了，感觉报纸上的男人有点熟悉，她好奇心顿起，放下手里的杂志，拿起了那份报纸，虽然不能完全看懂中文，但是照片是看得懂的，当她看清楚那是倪天问与一个女人的亲昵照片时,她对着电话大吼:"SHITSHITSHIT!"

"米丽塔,你看到什么了,你不要相信啊,那是记者捏造的,喂——喂——你在哪里?事情不是你想象的那样——"

但是,米丽塔已经挂掉了电话,再打已经关机。倪天问狠狠地捶自己的脑袋,真是该死的墨菲定律应验了,越担心什么,就越发生什么,米丽塔在这里没一个朋友,再受这样的打击,真不知会做出什么样的事情来。

他抓起外套就往外跑,跟对面过来的沈孟芝差点碰上,沈孟芝莫名其妙地看着慌不择路的他喊一声:"发生什么事了啊?"

"没空解释,回来再说!"

倪天问开着车找遍了这个城市所有的杂志摊,都没有发现米丽塔的身影,这时发现前头有个车祸,听说撞伤的是个女孩,他赶紧冲了过去,"米丽塔米丽塔!是我对不起你啊……"抱着伤者就哭。

这时旁边的一个男人说:"你要干什么啊,我要赶紧送我老婆去医院啊。"

他低头一看,却是个陌生女子,赶紧道歉后退,在众人的哄笑声中,他坐回车里继续找。来到广场旁边,突然想起他们曾经经常在这里玩,米丽塔很喜欢广场一角的鸽子群,经常买东西喂它们吃。

于是他便来到鸽子群活动的地方,见有一女子坐在台阶上,头垂在膝盖中间,一动不动的,样子很像是米丽塔,他不能确定,怕又认错了,便叫着:"米丽塔。"

那女子抬起了头,原来真是米丽塔,看见倪天问向她走过来,别过脸去。

"米丽塔,你要相信我,那天我们喝了些酒,是有点意乱情迷,但并没有做那事,真的没有,我的心里只有你,那天我想起了你,就跑了出来,我对天发誓。我发誓,我倪天问如果做了对不起米丽塔的事,天打五雷轰。"

倪天问边打着手势边发着毒誓。

米丽塔的情绪很低落:"或许,是我离开的时候了,我不应该来这里,这里并不属于我,我也不属于这里,我好寂寞,我好想家,我好——哇……"

话还没说完,眼泪鼻涕一齐下,看得倪天问一阵心酸,确实,这段时间他太忽略米丽塔的感受了,是他对不起她,而且,喻冰的事,自己也确实没有禁得住诱惑,虽然最后不了了之。

他搂着米丽塔,轻轻地抚摸着她的头发:"好了,宝贝,我们回去吧。是我不好,没有好好照顾你,明天,我就安排你到公司里工作,我要天天看着你,陪着你,一切不美好的事情都会过去的,现在起,我们永远在一起,好不好?"

米丽塔这时的情绪稍稍缓和了点,她抹了下眼泪点了点头。

到了现在,米丽塔还有什么可选择,要么留下来,要么离开。倘若离开她便失去了她的爱情,失去了倪天问,他们之间就再也没有未来,她为了他已经放弃了这么多,放弃了自己的故乡,放弃了跟亲人在一起的机会,也放弃了自己的事业,难道就这样离开吗?不,她不甘心。

"这次,你不许再骗我噢。"

倪天问怜爱地刮了下她的鼻子,然后紧紧地抱着她:"不会的,傻瓜。"

倪天问亲自下厨,给米丽塔做了好些菜,麻婆豆腐、尖椒炒牛肉、红烧糖醋鱼,还有个老鸭鲜菌汤,都甚是美味。倪天问其实很喜欢烧菜,米丽塔也喜欢中国菜,吃得也很是欢喜,眼看着他们之间又能重归于好,倪天问心里很高兴。

然后他给自己与米丽塔都倒上红酒:"赶紧吃吧,今天烧得还行吧?"

"你知道我来中国还有个原因是什么?"

"什么呀?"

"就是能天天吃到中国菜呗。"

"你这丫头,你喜欢呀,我以后就天天做给你吃,而且,每天换一个菜单,看你吃不吃腻。先为我们未来的美好生活干一杯。"

"好,干杯——"两个人正举着杯子憧憬着美好的未来,还没来得及喝一口,沈孟芝的电话就打过来了。

"天问,报纸上的事我们都知道了,你也不用解释了。喻冰今天情绪很不好,一会儿这样不行一会儿那样不好,弄得我们很累,不过她还是把任务给完成了。明天她就要坐飞机走了,晚上我们在酒吧给她举行一个小小的送别会,至少你也来意思一下吧,我不知道你们之间发生了什么,也不知道喻冰为什么今天心情这么不好,也不想知道,做男人应该心胸宽广些,你最好来下。"

倪天问看着米丽塔,米丽塔也正盯着他,生怕他又逃走:"孟芝,我现在跟米丽塔在一起吃饭,我们刚刚才消除了误会。"

孟芝想了下:"这样吧,你跟米丽塔一起来吧,人多热闹,米丽塔也爱热闹,而且有我们这么多人在,喻冰也不会把你们怎么着的。有米丽塔在吧,她也没机会色诱你了,你说是吧?"

倪天问觉得她说的话挺有理,但又怕米丽塔会不让他过去,她看过照片,应该还认得出跟他调过情的喻冰,但如果不去,确实有失礼貌,于是小心翼翼地征求米丽塔的意见。米丽塔真是个善解人意的姑娘,她很爽快地答应了,而且听说要带她一起去,能跟大家一起玩更开心了,看来小姑娘还真是快寂寞疯了。

于是两个人高高兴兴地吃完饭,倪天问收拾筷碗,而米丽塔开始精心打扮,可不能输给情敌呀。

她把衣柜里的衣服全搬了出来,一件一件地试,这件露太多了显得轻浮,这件太简单了把自己都显单调了,那件又过于可爱了,像个娃娃似的,那件又太过夸张,人家还以为你是在时装走秀……米丽塔试一件扔一件,嘴巴里不停地念叨着。还好,最近无聊,衣服倒是买了一大堆。

最后她选了件V领蓝纹束腰真丝连衣裙,端庄中带着一点点的小性感,简单大方。然后她又开始选配饰。倪天问倒是送了她很多首饰,她件件都喜欢。项链选好了开始试耳环,看搭不搭衣服与项链,选好耳环然后又开始选鞋子,选妥了鞋子后,平时一直素颜的米丽塔打算好好化妆,嗯,今天一定要打扮得漂漂亮亮,可不能在众人面前丢倪天问的脸。

而倪天问早已把碗筷收拾妥当,把地都拖了一遍,看米丽塔还是没有动静,喊道:"米丽塔你到底好了没有啊?"回房间一看那乱七八糟的东西全堆在一起,有点吓着了,再看看她那张涂得花花绿绿的脸:"你这是干什么,怎么乱成这样。天啊你的脸,怎么了啊?你这是去唱戏还是去喝酒啊?"

"唱戏?戏我还没唱过——不是参加PARTY嘛,我当然要打扮漂亮点,我以后啊要天天这样打扮,美美的。"

"我的姑奶奶,就是在酒吧喝点酒,大家聚一下而已,又不是什么隆重的化装舞会。"

"奶奶?你叫我奶奶?不是你爸爸的妈妈才叫奶奶的吗?"

倪天问哭笑不得:"行了行了,你赶紧收拾好,他们已经到那里了,我再给你十分钟时间啊。"

"不是吧,还不知道要拿什么包呢,等下啊。"

倪天问出去拿了条毛巾,递给她:"把脸擦擦。"

"干什么呀,不是挺好看的。你觉得我化妆化得不够好吗?"

"不是不够好,是非常不好,赶紧擦掉。"

米丽塔只得边嘟囔边擦着脸上抹得厚厚的粉与唇膏,倪天问心里还真是纳闷了,米丽塔平时穿着非常随便,经常是一件T恤衫或衬衫再加一条牛仔裤与球鞋,平时送给她的衣服首饰她都舍不得穿戴,化妆也顶多化点淡妆,这会哪根筋不对了,突然把自己打扮得像只火鸡似的?

当米丽塔重新化了个淡妆再次站在他的面前,他哭笑不得:"米丽塔,你的项链够醒目的,再戴这种繁杂的耳环,人家以为你是卖首饰的。"

倪天问给米丽塔挑了对简单的珍珠耳钉，然后便拉着她出去，米丽塔叫道："慢点啊，我穿着高跟鞋呢。"

刚到门口，倪天问的手机响起，他以为是沈孟芝又要催他，就接起来："已经出发了，我们马上就到。"

却是他老爸的声音："天问，你是不是去参加喻冰的欢送会？"

"噢，爸爸，是的，我们现在就过去。"

"很好。对了，你们？你跟谁一起去。"

"我跟米丽塔一起去啊。"

"不行，你不能跟她一起去。"

倪天问一时没听明白，倪瑞开重复了一次，倪天问就更不明白了。"为什么？"他停下了脚步，"米丽塔，你等我下，我先打完电话。"

米丽塔点了点头，在路边候着，而倪天问就往前走，不想让她听到自己的谈话："为什么不能跟她一起去啊？"

"你有没有想过，有喻冰在的地方肯定会有记者，今天刚刚出了你跟喻冰玩暧昧的新闻，你又带着另一个女孩子出现在她的面前，记者又会生谣，会说你怎么花心，怎么玩世不恭，对喻冰并不真心，昨天还跟她发生了肌肤之亲，今天就跟另一个女孩好上了。这对喻冰的名声并没有什么影响，顶多说是你玩了她，她是弱者，你始乱终弃，你便顶着一个花花公子的名号了，骂声一片啊。你想想，被他们这么一报道，便会说我们倪氏珠宝的人都是道德败坏，你爸爸你爷爷可能都会被挖出是非来。"

倪天问真没想过这么点小小的事都会这么复杂，他瞬时凌乱了："那怎么办啊？"

"儿子，如果你真爱米丽塔，过段时间再公开吧，不差这几天。现在公开对她也不利。喻冰马上就走的，她走了，你跟她的绯闻就会淡掉了，女星嘛，谁没点绯闻，淡了你想怎么样就怎么样了。再忍一天吧，不，是一个晚上，米丽塔晚上绝对不能出现。"

倪天问看着打扮了一个晚上的米丽塔正用期盼的目光看着他,他怎么忍心扔下她,独自去呢?"我——我——我怎么向米丽塔解释啊?"

"这个你自己想吧。就这样,你赶紧过去,米丽塔绝对不能过去。"

倪天问呆呆地站着,不知道该如何是好,而米丽塔在一边静静地看着他,然后缓缓地走过来,关切地问:"发生什么事了?"

倪天问不知道该怎么向她解释,对于这个欢送会,她是那么期待,"米丽塔,你能不能,能不能……别去了……"

他低下头,真不忍心看到米丽塔一脸失望的表情。"为什么?"

"我不好向你解释,米丽塔,对不起。这样吧,你先回去,我明天就给你安排到公司上班,明早我去接你,好不好?"

倪天问用乞求的目光看着米丽塔,他越来越感觉自己真不是个男人。

米丽塔久久地看着他,或许她在问自己,还能再相信他吗?为了他,她背井离乡,遭受了一次次的冷落与孤独,她已觉得自己全然没了自我与自尊,她是不是该继续忍气吞声,用最卑微的声音告诉自己,为了爱,她什么都能承受。

或许,这是最后一次,米丽塔告诉自己,这是最后一次相信他了。

她点了点头,没有任何言语,然后独自走回公寓。

倪天问看着她的背影,第一次发现她的身影是如此孤独,看得他揪心地疼痛。

米丽塔,等着我,我一定会好好爱你,我发誓!

倪天问到了酒吧,酒吧里人声喧杂,很多人在舞池里跳舞,气氛倒挺好。

沈孟芝先看到他,朝他挥了挥手,然后往后面看了又看:"这边——咦,米丽塔怎么没来呢?"

倪天问吞吞吐吐地说:"她——突然——身子有点不舒服,就不过来了。"

喻冰一看到倪天问来了，很高兴，把倪天问一把拉了过来："倪公子，你迟到了，先罚三杯。"

看样子，喻冰已经有点醉了，倪天问迟疑了一下，一想起那天晚上他们激吻时的情景，真有点害臊。沈孟芝用手指头捅了一下他："让你喝就喝呗，喻大美人都这么说，你还好意思不喝呀？"接着她低声地说，"最后一个晚上了，别惹她不高兴，你明白？明天咱就自由了。"

倪天问点了点头，他爽快地拿起杯子，连饮三杯，然后装作什么事都没有发生："谢谢喻小姐这么支持本公司，并顺利地完成任务，这次的合作非常愉快，希望以后还有机会。"

倪天问说的都是些场面上的客套话，喻冰也像是什么事情都没有发生："你们付给我代言费与广告费的呀，拿了你们的钱总得为你们做事是吧？我也不是没职业道德的人，怎么说你也是我的东家嘛。"

倪天问心里想，有这自知之明就好，嘴里却说："那也是喻小姐您给我们面子。"

沈孟芝听着都觉得这两个人虚伪得慌，因为里面吵，所以两个都是扯着声音喊，你说，前几天他们俩人的那点暧昧事都路人皆知，这会还在你主我宾地客套着，这两个人难道都是影视学院出身的啊。

喻冰这次随身还跟着两个人，一个是经纪人，还有一个保镖，一般情况下，都不离左右，沈孟芝还有她部门的几个人很客气地招待着。

倪天问一来啊，气氛真是好了很多，喻冰在这种场合也很放得开，心情一好，便在酒吧里大跳劲舞，跳了会然后又拉着倪天问过去。

倪天问叫道："我不大会跳啊。"

"没事嘛，不就蹦迪嘛，随便跳，想怎么跳就怎么跳嘛。就这样，你跟着我跳好了，放开来，自然点，很好。"

两个人越跳距离越拉近，最后脸都快贴着了，酒吧里人很多，倪天问也没处躲，然后喻冰又来了那招："天问，我是真心喜欢你的……"

倪天问假装没听见："什么啊？"

喻冰再重复了一次,倪天问还是装没听到,她干脆搂住了他的腰,脸贴着他的脸,倪天问无法用蛮力将她推开,也无可奈何。

而沈孟芝一干人看着这一切,笑得肚子都快破了,感觉倪天问也是真心可怜。

倪天问腾出来一只手,朝着他们挥挥手求救,沈孟芝指着身边的两个男同事:"你们过去吧,对喻冰进行反骚扰,把你们未来的老董给解救下来。"

对于这等美差,两个男同事自然是乐得屁颠屁颠,手舞足蹈一阵,把倪天问给挤出来了,而喻冰也无可奈何。

倪天问一回座位就一屁股坐下来,只见他都满头大汗了,对沈孟芝说:"不行了,我得回去洗个澡,这个喻冰太难缠了。"

"得,有美人投怀送抱的,高兴还来不及,真是得了便宜还卖乖。"

"去,便宜让你得去,我无福消受。不行,我得走了,就说我肚子痛,回家去了,反正礼已到,等会你跟她打个招呼,否则我还真怕她会吃了我。"

沈孟芝点了点头:"也好。"

倪天问前脚刚走,喻冰后脚就跑了过来:"倪天问呢?"

"他啊,刚才喝多了肚子不舒服先回去了。"

"怎么也不跟我招呼声啊。"

沈孟芝赔笑道:"肚子痛得比较突然,来不及跟你打招呼了。他祝您一路顺风,越来越漂亮。还有明天会有司机到你们下榻的酒店,把您给送到机场。"

"这么巴不得我走。"喻冰嘟起了嘴,很不高兴,喃喃自语,"去,我喻冰才不稀罕,比你长得帅、家底比你厚的人多了去了,谁稀罕呢,哼。小美小武我们回酒店。"

"这么快就走了啊,不多玩会啊?"

沈孟芝冲着他们的背影喊,经纪人回头给她赔了一个笑脸算是礼貌了。其实沈孟芝也累得不行了,这几天喻冰在,她的日子很不好过,被折腾得够呛,人都要虚脱了。

她一想起明天会是个全新的开始,至少近期没有大的活动,心情就大好。

而倪天问出来时本想给米丽塔打个电话,问她肚子饿了没,睡了没,又想起今天他的行动那么伤她的心,便觉得自己没脸向她讨好了,只好发了个短信:我已经回家了,明天我接你去公司,我爱你宝贝。

14. 走走与龚炜的新酒吧

走走一屁股坐在了天桥的台阶上,有气无力地说:"累死我了,想不到找个合适的店面这么不容易啊,都已经好几天啊,我的腿都快断了。"

龚炜也靠在栏杆上喘着气:"你以为呢,像过家家那样啊,随便找个地方东西摆一下,油漆刷一下就行啊。"

"早知道这样,就找个现成的酒吧干了。唉,不能找居民住宅区,不能找太偏僻的地方,又不能找太拥挤的黄金地带,租金还得合适的,比找个男人嫁还难啊。"

"找我这样的男人就靠谱,嘿嘿,不开玩笑,我说走走,你不会反悔了吧?前面就是酒吧一条街了,我们去那里看看吧,酒吧集中的地方比较好,人家都喜欢往那里蹿。"

"好吧,这次再没有合适的,我真不想找了。"走走起了身,两个人走到了那条街上。这条街倒真是酒吧文化一条街,各种类型的都有,还有几家烧烤店,夜市应该也热闹,走了一圈,倒真有两三家酒吧要转让。

因为是白天,这里的店面基本上都关着,龚炜从窗口探望着:"这里的位置倒是不错,我们要进去看看里面的大小怎么样,硬件设施怎么样,是不是有消防证,还有租金怎么样,其他的装修方面倒不要紧,我们自己来,自己想怎么弄就怎么弄。"

走走又一屁股坐在门口:"那你打电话呗,我实在没力气了。"

"喂,就你这体力,还是走南闯北,爬过雪山,暴走过墨脱的,真怀疑你是怎么上去的,估计是人背着上去的。"

"那里至少还有美景可以欣赏,这里呢,除了车子就是房子,除了房子就是人,没其他东西了,连天空都只能看到一个角。"

"别狡辩了。"

龚炜照着转让贴纸上的电话号码打了过去,叫来了转让方,于是两个人便一家一家地看。一共三家,有一家倒是比较中意,大小也比较适中,太大了不好驾驭,缺少感觉,费用也高,太小了不成气候实属白折腾,这次他们是要好好干一番,而不是钱多了搞个店给自己玩。

两人跟转让方磨了一阵,价谈妥了后就马上签了合同,原来的转让方跟房东的合同还有半年到期,为了妥善起见,把房东也找过来一起谈,几个人折腾了大半天,总算把事情给搞定了。他们跟房东也签了半年后的合同,并准备预付部分钱,免得他们刚装修好,房东又变卦,所有的装修费就打了水漂。

一切都搞定后,两个人心情异常开心与轻松,想不到事情突然会变得这么顺利,真是守得云开见月明,眼前像是豁然出了一条光明大道。

但龚炜还是有点担心:"走走,转让费要五万,一年的房租要三十来万呢,还有装修费用,再加上酒吧歌手与服务员,电费水费各种开支,估计要一百多万呢,你能拿出这个钱吗?你知道,我没那么多钱,这边一切弄好了那个小酒吧就退掉,我还得还债……"

"这个你就不用操心了,我啊会魔术,有个魔术叫印钞机,我只要动动手指头,钱啊就哗啦啦地掉下来了。"

龚炜半信半疑地看着她:"有这等事吗?真的假的啊?"

"嘿嘿,当然是假的喽。"

"去,我还指望着你教我呢。"

"我看你是想钱想疯了,这都信了。放心吧,钱的事我来解决,你只要把酒吧先装修好,以后酒吧也由你管理,这个你比我有经验。当然,账呢是由我管的,这是后话,现在我们首要的任务是怎么装修,咱们得弄个图纸出来,好好弄,我想想——对了,你去过丽江吗?"

龚炜摇了摇头,走走继续说:"我真是挺喜欢丽江那些酒吧的装修风格,很古老的原木结构,里面有很多民族图腾的雕刻作品,有纳西族、藏族,还有印度、尼泊尔、泰国的一些工艺品,很多稀奇古怪的玩意儿,太喜欢了。还有漂亮的植物盆栽,随处可见,像个花园似的,古色古香的,我真想永远待在那个地方。空气又特好,周边玩的地方又特多,不像城市里啊,真无聊,而且老是雾霾天,感觉吸进去的全是毒气。怪不得这里的医院病人这么多,环境这么差,当然会有很多短命鬼。"

"那你干吗回来啊,你是这里的人吗?"

"废话,当然是了,老爸喊我回来了,说我都二十五了,老大不小了,还整天周游列国像个野孩子似的,逮都逮不着,要我收心啊。"

"叫你收心你就收心,你还是挺听话的嘛。"

"没办法,他不给我钱啊,我也没办法到处游走了。不过我留下来,是有条件的,只要他答应给我资金创业,所以,他不答应也只好答应,如果没个我喜欢的工作干,我才不会留在这里,太没劲了,整天生活在汽车尾气中,又没地方玩。"

"看来啊,你是有钱人家的小姐,真是羡慕死我了。你老爸真大方,一甩就是上百万的,不过他能放心你想怎么做就怎么做吗?不怕钱打水漂了?"

"要验收啊。我这是先斩后奏,明天叫他过来看一下这地方,不过他不同意也得同意,合同都已经签了。"

"你可真有一手,唉,你老爸对你可真好。"

"你老爸对你就不好吗?"

龚炜的脸马上晴转多云:"不提了。"

他越是不提,走走越是好奇:"这样吧,我来给你算一卦吧,看你家到底是个啥子情况,怎么样?"说完她就把手伸进她那个特大的花布包。

龚炜摆了摆手:"行了行了,不用算,我自己招不就行了,其实啊,他还算是个不错的父亲,只是喜欢喝酒,一喝酒就喜欢摔东西,不喝酒的时候,人还是挺不错的。"

"切,这么简单,我还以为复杂着呢。"

"其实啊,我们家真不那么容易,他也没钱,在工厂里当司机,一个月拿着两三千块,日子过得很紧巴。我不是还有个哥哥嘛,我妈没工作,所以,一家四口全靠他,他也不容易。他对哥哥好一点,对我一般,有时候看我的眼神怪怪的,好像我不是他亲生的似的。现在哥哥参加工作了,家里日子也稍微好过了点,我妈妈也打打零工。但是,我哥不是前段时间刚结婚嘛,村里分的卖田钱都花进去了。唉,他们这辈子真是为我们操了不少心,只是我没用,不能好好赚钱孝敬他们俩。"

"唉,想不到你的家庭以前这么贫困,放心吧,等咱把酒吧搞好了,就会有大笔大笔的钱赚,到时啊,你就可以天天让你爸妈吃香的喝辣的,吃一碗,倒一碗。"

龚炜笑了:"我没多想,只要酒吧能赚上点小钱就好了,我也当发点薪水。这样吧,我明天找人做设计方案,装修方面的麻烦事全我来,你来指点江山就行,我们一定要做一个全市最有文艺范儿的特色酒吧。"

走走一拍他的肩膀:"看来我这钱花得值!"

15. 打架的女人

正常状态下的米丽塔确实挺迷人,英国白种人,肤白鼻翘唇红,身材比一般的白种女娇小,不过醉酒状态的米丽塔也挺可爱。

沈孟芝看到她,就会想到那天晚上她要穿自己身上裙子时的醉态,忍俊不禁。

而米丽塔看到她，估计也想起了那天晚上的事，有点脸红："那天真不好意思，多喝了。"

在一旁的倪天问纠正道："是喝多了，你啊，以后不能再乱喝了。这是沈孟芝，以后你是她的助理，你们就是同事了。孟芝，米丽塔中文不怎么好，也没什么技能，安排在你的部门，你给罩着点啊。"

倪天问把她安排在别的部门确实不放心，一个外国人，中文不怎么好，又没什么特长，又是他安排的，跟个花瓶似的，肯定会有很多的闲话。而且他跟米丽塔之间的男女关系目前还不能公开，而沈孟芝冲着他的面子，当然会安排些简单的事情给她做，而别人也不会说三道四的。

"好，以后米丽塔跟我就是一条战线上的，你放心吧，有我在，没人会欺负她。"

倪天问点点头："这次，算我欠你一个人情。"

"得，又不是大事。"沈孟芝心想，养着一个闲人，又不花我的钱，关我什么事，何乐而不为呢，顶多让米丽塔打打电话打打字什么的，做点简单的事，没事就随她的便想歇就歇着。让她歇着估计比做事强，至少不添乱，况且人家以后很有可能就是自己的老板娘，她敢折腾自己未来的老板娘吗，不是自找抽呀。

就这样，米丽塔就成了沈孟芝的尾巴，总是喜欢形影不离地跟着她，估计她也是把沈孟芝当好朋友吧。米丽塔倒也是挺可怜的，一个人在异国，没一个朋友，男朋友嘛，有自己的工作要做，现在有了沈孟芝，自然是当亲人般的。

因为米丽塔的到来，沈孟芝的办公室突然就热闹起来，总会有一些男同事过来以各种理由串门。

"孟芝啊，我那里的打印机坏了，让我用下啊。"

"孟芝啊，办公室的饮水机不出水了，来这借下水。"

"孟芝啊，你这里有铅笔刨吗？我就知道，你这里肯定有。"

这些男同事喊着孟芝的名字，全是冲着跟米丽塔搭讪的。还有在食堂吃饭的时候，总会有男同事围在她们旁边套近乎，而米丽塔因为突然有这么多人对她示友好，她当然是非常高兴了，所以总是会笑得很甜地叫这个哥哥，叫那个叔叔。

而另一边是女同事嫉妒的眼光，沈孟芝真后悔自己接了这么个烫手的山芋，感觉自己一向平静的工作状态全乱了。

沈孟芝嘀咕着："一个洋妞至于这么热手嘛，真是的，我这个才貌双全的人却没人来献殷勤，这些男人真是瞎了眼，去，我才不稀罕呢。"

"孟芝啊——"

沈孟芝不耐烦地摇了摇头："米丽塔在卫生间，你自个儿找去。"

"怎么了？谁说我找米丽塔？"

抬头一看，原来是倪天问，沈孟芝更没有好气："你的小萝莉可吃香了，总会有人来找她。"

"哈，你是不是眼红嫉妒恨了？"

"那些没眼光的，我才不稀罕呢。"

"什么？"

倪天问瞪大了眼睛，沈孟芝发现自己说错了话，便赔笑道："嘿嘿，我不是说你啦。"

"好啊，说我没眼光是吧，回头我告诉米丽塔，有你好看的。怎么，她还没回来吗？"

"我说我没猜错吧，你就是来找她的。"

话虽这么说，沈孟芝这才想起，米丽塔确实有好大一会儿没回来了，这时，突然听到外面乱哄哄的，很吵的样子。

感觉事情不对劲，两个人赶紧跑出去，却见女卫生间门口围了好些人，挤进去一看，有两个女人居然撕打在一起，那不是罗丝与米丽塔嘛！米丽塔用英文骂，而罗丝用中文对骂，骂得很国际范啊，沈孟芝脑子一下就炸开了，赶紧把这两个人用力给扯开。

却见米丽塔头发散乱，罗丝也好不到哪里去，本来就比较暴露的衣服也破了，后果可想而知，脖子也有道划伤，她抢天呼地地叫着："天啊，我的脖子破了，我的脖子破了，怎么见人啊！"

沈孟芝心想真险，娘啊，如果是罗丝的脸上有了伤，她不跟米丽塔拼命，去警察局告米丽塔毁她容才奇怪呢。

倪天问挡在她们两个人的中间，声色俱厉地说："你们到底怎么回事啊？上班时间居然打起架，严重扰乱了正常的工作秩序！沈孟芝，找件衣服给罗丝换上，换好后，你们都到我办公室来。"

本来这是人事部的事情，但倪天问怕人事部对新来的米丽塔很严格，帮衬着罗丝，把主要的责任都推到她身上，把她开除了就惨了，自己不是心机白费，于是赶紧先由自己亲自来处理这件事情。

这时，办公室只有倪天问与米丽塔，罗丝随沈孟芝换衣服去了，米丽塔一下子就扑到了倪天问的怀里抽泣着："我在卫生间洗手的时候，不小心把水甩到了她的身上，她就骂我臭老外洋鬼子，说早就看我不顺眼了，抢她的风的什么头，我也不明白什么意思。我一直说对不起，然后拿起旁边的毛巾给她擦擦，她突然就尖叫起来，说我变态，摸她的这里……然后我们就打起来了……是她先打我的……"

她指了一下胸部，一脸无辜的样子，倪天问真是哭笑不得，看来，米丽塔的到来给罗丝造成了地位上的威胁，但是她又不是模特啊，对她的工作并不造成任何影响啊，这女人啊，真会无理取闹。

倪天问拿起一张纸巾给她擦去脸上的泪痕，爱怜地说："你看，都哭成小花猫了，以后，你一看见她就躲远点，就像老鼠见了猫一样的，跑。"

米丽塔很迷惑地看着他："为什么我看见她就跑，不是她看见我要跑？"

"咳，这个嘛，她这个人比较不讲道理，而你呢是讲道理的人，很淑女的人，对吧，咱不跟她一般见识，吵不起，咱就躲嘛。"

"像她这样的人为什么不把她给开除了呢？"

米丽塔很想不明白，因为她实在觉得自己没什么错，就不小心甩到一点水况且她还道歉了，怎么还骂人打人，也太没有修养了吧。

"这个……"倪天问还真没想到这一点，他来公司才多长时间，虽然米丽塔说得不无道理，但毕竟是两个女人因为嫉妒心的问题而产生的纠纷，他真不希望自己一来就开除员工，让人感觉自己是个很苛刻的人，不过给罗丝以必要的处分是应该的，免得以后还有类似的事情发生。

这时门口响起了脚步声，倪天问赶紧放开了米丽塔，然后打电话叫了人事部的经理过来。

沈孟芝跟罗丝一起进来，倪天问指了指罗丝与米丽塔："你们两个打架，按照公司的第21条规章制度，两个都应该处罚。"

罗丝一听要对她进行处罚，她不干了："为什么要罚我啊？是她打伤了我是吧，你们看，你们看，这么长这么红的一口子，我都毁容了，你让我以后怎么见人啊，你们知不知道，女人的这张脸对女人来说何等重要！不行，你这个鬼妹得赔我医药费。"

罗丝一说起自己脖子上的划伤，情绪就激动起来，而米丽塔有点蒙了，瞅着罗丝老半天："鬼妹是什么意思，是说我吗？"

倪天问对罗丝摆了摆手："你先冷静下好不好，是你先动手打人是不是？谁先动手谁就是过错方，负主要责任，米丽塔动手是为了正当防卫。当然，米丽塔也有不对的地方……"倪天问最后又加了一句，免得他偏向米丽塔，罗丝估计要跳起来了。

人事部于经理看着罗丝气成那样，估计都开始怜香惜玉了，他对米丽塔说："你才来几天啊就打架，太没有规矩了，倪总，要不……"

倪天问说："我们要做到是非分明，不能感情用事也不能偏袒任何一方。"

于经理忙不迭地点头："是是是，这样，你们都一并受罚，罗丝负主要责任，罚半个月的津贴，伤口去医院看看，公司报销。米丽塔这个月罚双休加班，加班期间不计薪，倪总你看怎么样？"

这下，两个人都没异议，而米丽塔压根也不在乎薪水的事，倪天问点了点头："好，就这么办。公示下，要整一整风气，免得以后还有类似的事情发生。都多大的人了，在上班时间打架，太没有组织纪律了。"

"是是是。"

于经理跟罗丝都出去了，沈孟芝拉着米丽塔回自己的岗位。"你啊，以后离那罗丝远点。她啊，这几天火气大呢，前几天被那喻冰压着风头，好不容易挺了出来，你又出现了，把她的风头又抢了过去，你说她能不生气吗？"

"风的头——到底是什么东西呀，能吃吗？很重要？"

沈孟芝没想到米丽塔会问这么一个问题，唉，跟洋妞姐真是不好解释，怎么解释她也不一定会懂，沈孟芝挺了挺胸，又指了指脸蛋："就是别人的比她大，这里又比她好看，她就不高兴了。"

米丽塔突然就同情起罗丝来，噘着嘴巴说："那她真可怜，看见谁都会不高兴了。"

这话如果让罗丝听到，罗丝估计会自杀。

16. 从天而降的老爹

莫小平是公司的出纳，她正在用计算器核算着账本上的数字，手机坚持不懈地响起。

那头的小七是一脸兴奋："小平，告诉你一个好消息，我的游记有人要了，一家出版社要跟我签合同，准备给我出书呢。"

"是真的吗？那——要花钱的吗？"

"不是咱给他们花钱，是他们给咱花钱，咱拿的是版税！虽然钱不多，还不够我去这些地方的路费呢，但毕竟是我的第一本书，能出也不错了，而且编辑还让我多整理些游记与摄影作品，如果有合适的话，可以出系列游记呢。"

"真的啊,太好了。我就说,我的眼光没错,我的小七是世界上最棒的,以后一定会成为有名的摄影家作家旅游家画家歌唱家家家——"

"行了,哪有这么多家家的,我只要有你存在的一个家就行了。晚上咱庆贺下?"

"好啊,那我不是又不能陪我妈吃饭了……"

"这个,本来也想跟你妈一起吃的,但我又觉得太约束了。你也知道,我这个人,就喜欢无拘无束的感觉。这样吧,我买点礼物给你带过去给她,她一定会高兴的。"

"嗯,那也行,我妈这人嘴巴硬,心软着呢。"

这些话,坐在莫小平旁边的男同事听得一字不漏,他说:"哎哟喂,还有这么天真的人,这年头当个什么家能当饭吃?还不如出家呢。"

"你个土包子懂什么呢。"

"我说莫小平,你这么好的姑娘,咋不找个靠谱点的男朋友,比如我吧——"

莫小平拿了一支笔就投了过去:"你——我还真没听你说过一句靠谱的话!下班喽,走人喽,约会去喽,喽喽喽,啦啦啦……"

男同事看着她的背影,做百思不得其解状:"这年头,什么样的雄性动物都能配上种,为什么像我这样的好男人,就没人要呢?"

莫小平跟小七约会完毕后回到家,前门店面是关着的,晚上她走的都是后门。

这会她却发现后门是虚掩的,她有点吃惊,因为母亲平时是非常小心谨慎的,锁好了门她都要再看个两三次才放心睡觉,她经常唠叨的话是:不怕一万就怕万一,害人之心不可有,防人之心不可无,防患于未然,小心驶得万年船,只要做好防范工作,基本上可以杜绝意外事件的发生。

不会是进贼了吧?

一想到这个莫小平就高度紧张起来,老妈没出什么事吧?她进了门,轻轻地上楼梯,楼梯拐角处有一把木柄地拖,拖布都掉得差不多了,莫母舍不得扔,就专门用来拖楼梯。她拿起拖把,蹑手蹑脚地往楼上走,听到有个男人的声音,声音有点低听不清楚在讲什么,接着莫母突然大叫道:"你想要什么啊,你拿去啊,你都可以拿去,但是你不能得到小平!"

天啊,畜生!莫小平全身的血气都往头顶上冲,这狗贼,抢东西不说,还想要把我怎么样,难道母亲已经被侮辱了啊?

男人的声音也高了起来:"我就要小平!我也要你!你们两个我都要!"

王八蛋!畜生!莫小平已经愤怒得忍无可忍,她冲了上去,照着那个男人的脑袋就是狠狠一棒!那男人闷不吭声地就瘫在地上。这时的莫小平有点失去了理智,一想到母亲受到了侮辱她就控制不了,又举起了拖把,大叫道:"我打死打死你!"

莫母一时间没反应过来,这时终于清醒过来,一把拉住了莫小平:"你这是干什么啊?"

"这狗贼,偷东西就偷东西,没一点职业操守,妈,他是不是把你怎么了啊?赶紧报警啊!还愣在这里干什么啊!你去拿绳子把这强盗捆起来。你大爷的,竟然想抢我们莫家的东西,哼,门都没有!"

莫小平又踢了他一脚,然后就拿起手机准备报警,莫母似乎被从天而降的莫小平吓得魂都没了,这时,看到她拨的是110,赶紧来抢莫小平的手机:"不能报警不能报啊。"

"为什么啊?"莫小平莫名其妙地看着母亲,把手机举得高高的,"你总得说个原因吧,这个人这么欺负你,你还不许我报警,妈,你这是怎么了?你不说原因我就报警,做人不能太软弱,这次放过他,下次又会来抢劫啊。"

"抢劫?"莫母愣了下,最后叹了口气,"他是你父亲。"

"我父亲？"莫小平一时没明白，"父亲"这两个字是什么意思，过了二十几年没爹的日子，突然间冒出一个父亲来，你让她怎么能马上回过神来。

这时手机已经接通了，对方在不断地问道："请问发生什么事在什么地点？"

莫小平赶紧接起电话："不好意思警察同志，误会误会，打扰了。"

"真的没事吗？"

"真的没事，真的没事，我把我家的亲戚当贼了，不好意思。"

断了电话，莫小平又看着母亲等着她的回答，莫母叹了口气："这事说来话长，对了，他怎么还没动静，不会被你打死了吧——"

莫小平这才慌了神，如果这个男人真是她父亲的话，她不是杀了自己的亲爹？噢上帝，那我不是成了杀人犯了啊，下辈子都要在牢房里度过了。她赶紧蹲下来给男人又是掐人中，又是不停地压胸，这些都是电视里学的，人家都是这么干的，试试看吧。

看着那男人，她咋感觉这么面熟，像哪里见过似的，突然想起，前几天在店门口瞎转悠的、她以为不怀好意的人，不就是这个人吗？

"妈，这个人是不是上次找过我们的？"

"嗯，找过我的，他想见见你，但是我没答应，于是他在外面等，偷偷地看你。"

"原来这样的。咦，他真是我亲生父亲吗？看着这长相，还真有点像。妈，他不是一直没来看我们的吗，现在怎么想到我们娘俩了？唉，他不会真的没气了吧，还没动静，不对，鼻子里有呼吸啊，应该死不了吧？"

莫母也蹲下来探鼻息，放下心了，然后又一次叹气："放心吧，死不了。"

这时，中年男人苏醒过来了，他摸了摸头，咧嘴号了一声，然后揉着脑袋，估计那里痛得不轻，看起来都有点肿了。莫小平感觉自己平时力气也挺小的，打起她的亲生老爸来，怎么会突生神力呢，估计是这老家伙也该打。

"小平？是你，真的是你吗？小平，我对不起你，对不起你们娘俩啊。"

说完，他竟然老泪纵横起来，莫小平是头一次见到男人哭，还是自己的老爸哭。都说女人的眼泪最有杀伤力，那是你没见过男人哭，莫小平突然间有点同情眼前的老男人，而莫母一把拉走莫小平，大声地说："你不觉得现在说对不起太迟了！你回去吧，我们家不欢迎你，以后再也不要来我们这，否则我见一次打一次。"

一向温柔的莫母这时突然发起了飙，拿起了旁边的扫把就朝莫父没头没脑地打，莫小平也慌了："妈，有话好好说，别打啊！"

莫父一边抱着脑袋一边闪躲："玉莲，你怎么到现在都不肯原谅我啊？"

莫小平看情形不对，看样子，是没办法好好说话了，她一边拦着母亲，一边对父亲说："你赶紧先回去，等哪次妈心情好点再说。"

她把父亲往外面推，他终于下楼走了，一边走还一边喊："玉莲，我是不会死心的。"

莫母这才把扫帚扔在一边，自己跌坐在沙发上号啕大哭起来。莫小平赶紧把门都给关好，免得让邻居听到看笑话。刚才都这么大的动静，很多人都探出脑袋了，你说都这么大把年纪的人了，还这么大叫大闹。

莫小平拿了纸巾给母亲："妈，别哭了。"

莫母突然抱着莫小平继续哭，哭得莫小平也很心酸，她想起了很多小时候的事情。那时候，母亲一边背着她一边沿街叫卖着，风呼呼地刮，剔骨般的寒冷，她脸上的皮肤又红又糙都开裂了，没一个安定的居所。一到冬天，母亲的手指头与她的手指头都长得肿烂的冻疮，天气一暖，两个人就痒得抱着哭。那时候，一个星期能吃到一个肉包，她就感觉到很幸福，而母亲总是把好吃的东西留给莫小平，自己舍不得吃。

而现在比起以前,已经是无限的幸福了,莫小平已经很知足的,最不堪的日子都已经熬过来了,现在唯一的梦想,就是想努力赚钱买个小居室,让母亲过上安稳的晚年生活。可是,拿着并不多的工资,她怎么能实现这个梦想呢?于是她利用空余时间开网店,先是充话费与代销厂家的东西,来攒信用,等信用攒到一个钻时,她想自己卖实物。

目前快到一个钻了,她准备在下个休息日去批发市场进批货,放网店上卖。

"妈,我准备进一批货放网上卖,还有把你的花店也放网上去。我一定要让你住上自己的房子,要让你过上舒服的日子。"

"小平,我这辈子做得最正确的事情就是生下你,并养大你,你让我觉得我受再多的苦都值得。"

"妈——妈——"母女俩抱在一起。待莫母情绪稳定了,莫小平想到了什么,抬起了头:"妈,这个人到底是怎么回事?他真的是我的亲生父亲吗?"

莫母愤愤地说:"这种人,根本不配当你的父亲。"

"妈,到底是怎么回事,你就告诉我吧,我都这么大了,以前我是不敢问,怕惹您伤心,现在事情都到了这个份上了,你总得让我明白是怎么回事,父亲为什么会抛弃我们。"

莫母叹了口气:"都是些陈年旧事了,不想提了,不过既然你想知道,我就告诉你吧。当年我怀孕的时候,他跟别的女人好上了,想赶我出门,但是碍于我有了他的骨肉,婆婆公公没同意,于是他跟那女的私奔了,再也没有音信,那之后,婆婆与公公怨我赶走了他们的儿子,把一切的错都怪到我的头上,好不容易生下了你,他们又怨我生的是个女儿,而不是儿子,月子都没完,就把我赶了出来。于是我们只好住在你姥姥家,头两年还好,但是,随着你的两个舅舅讨了媳妇,又生了孩子,他们开始嫌我们占地方又碍眼,我们母女又没容身之地了,就这样我背着你开始到处讨生活……那些日子真的不想再提起了。"

一说起这些，莫母的眼泪就掉了出来，而对于那些苦难的日子，莫小平也是有印象的，冷与饿在她的心里刻下了深深的烙印。

"以前我是那么恨他，一想起就想撕了他，后来我也慢慢忘了你爸这个人了。但是，前段时间，他突然出现了，说是找我们找了好久才找到的。我问他你找我们干什么。他说一些对不起的屁话，我就把他赶出去了，他的话我一句都不想听。后来他又找我好几次，想跟我谈谈，但一看到他我就会想起那些苦难的日子，我就把他打跑了。那天在门口你也看到了，他可能想见你一眼，今天晚上过来，在下面叫着，非要我跟他谈谈，希望我们能跟着他，他会让我们过上好日子，做他的白日梦！两句没说又吵起来，后来你就把他当贼打晕了。"

"那他现在过得到底怎么样，为什么想接我们回去？你都没问过啊？"

"我才不想知道呢，我们也不可能跟他，看见这个老头，我就想恶心。我呸，见他一次我就打一次，打跑他为止。你知不知道，没看到他还没关系，我当这个人从没有存在过，一看见他那些新恨旧怨都一齐涌上来，想杀死他的心都有。"

"唉，妈——"莫小平还是理解母亲的，毕竟母亲这辈子过得太辛苦了，为了她也没有再嫁，一个人背负着所有的担子。

她安慰起老妈："好了，你去睡吧。别想太多了，我是不会离开你的。以后就算是嫁人，我也会带着你一起，娶一送一，否则就不嫁，嘿嘿。"

"你呀——"一想起莫小平现在跟那个不靠谱的小七在一起，她又有点担忧了，真怕女儿以后会重蹈自己的覆辙。叹了口气，回房间睡觉了。

而莫小平却睡不着了，突然间冒出这么个爹，而且还没搞清他的具体情况，他以前不是有个姘头的吗？如果是，应该也有子女，为什么让自己和妈妈跟着他？

她感觉事情并没有表面那么简单。或许他真的是良心发现，又或许有什么难言之隐吧。

17. 下乡记

柳如与同事小南坐在公交车上,这已是他们第四次转车了。

柳如再也忍不住叫了起来:"天啊,这是什么鸟地方啊,我都不知道哪是东南西北了。唉,到这么偏僻的地方,总编也不派个车给我们,真是中国的周扒皮与外国的葛朗台综合体啊。好累噢,我也是嘴贱,好好的地方不待,非要申请跑到这里来,真想回去了。"

小南歪着脑袋,眯缝着眼睛梦呓般地说:"回去你也得再转四趟车。"

"你好好地看着外面,别再养神了,免得又坐过头。"

"坐过头有什么,大不了再坐回来呗。"

"你信不信我会掐死你。"

柳如怒发冲冠,咬牙切齿,伸出一对爪子就要掐小南,小南赶紧投降:"好了好了,姑奶奶,我这不看着嘛,跟司机讲过了,到了就会喊我们下的。"

然后他又开始发起牢骚:"别人都以为我捡到好活,和美女一起出差,会是什么好事,我真怀疑我还没回报社,已经壮烈牺牲于你的魔爪之下。"

"算你有自知之明,所以你别惹我,哼。"

小南突然想到了什么,来了精神:"柳如,你的那一位,是不是都没来找你?"

柳如知道他说的是陈景佳,现在她最忌讳有人提起这个人,她狠狠地用眼光诅咒了小南一遍,然后把帽檐放低,盖在脸上,装死了。

"苦难是一种财富,如果人生都是一帆风顺的,就没什么东西可值得回忆。这话不是我说的,是一部电影里的台词,原话记不清了,大概就这个意思吧。"

刮了人家一巴掌,又假惺惺地来安慰,柳如真心讨厌,话都不想说了。柳如突然有点后悔,自己的运气怎么就这么背,就连一同出差的男人,也没一根正常的神经,我柳如几时能否极泰来啊。

过了不知多久,司机停了下来:"千岙小学到了,有谁去千岙小学的,下去吧。前面那条路,一直走过去,再向右拐,走个十几分钟就能看到了。"

小南、柳如下了车,继续走路,柳如真恨不得立即生出一对翅膀飞回城里去:"在这个山旮旯里教书,不是傻子就是神仙。"

"得,你以为人家都跟你一样,自私自利,只会生活在自己的世界里。"

"喂,我生活在自己的世界怎么了?这是我的自由我的权利,关你狗屁事。"

小南发现,只要一开口他们两个人就会吵架:"真是前世的冤家撞窄路上了。"

终于到了学校,柳如真不知道在这个城市的边缘山区,会有那么落后的地方,还有那么简陋的学校。墙体是用砖砌的,表面水泥都没有抹上,他们脚下的操场,就是一个简简单单的草地,没有任何玩乐设施,甚至连篮球架都没有一个。

里面传来了琅琅的读书声,孩子们很认真地坐在课桌前拿着书本跟着老师在读书。

而讲台上的山区老师,应该就是他们要采访的对象,只是柳如想不到这老师会这么年轻,三十来岁的模样,重点还是个男人,身材敦实,皮肤黝黑,模样不俊不丑,属于耐看型的,一身的运动装,看上去充满着活力。

他们等他下了课后,便进了办公室进行采访。这里就两个老师,还有一个是这里的老教师姓赵,以前别的记者曾对他做过采访,这次采访的主要对象则是这个青年的吴老师。

在访谈中得知,吴为毕业于名牌大学,在这里担任助教已有五年的历史,而这样的一个年轻男人,本可以好好在都市里打拼一份事业,怎么会甘于寂寞地守在这个山村里,过着清贫与近乎与世隔绝的生活,连网络都没有,这是柳如无法想象的。

问及他的感情生活,柳如总算是明白了,最初,他是跟女朋友一起过来的,女朋友跟他一样,有一份赤子之心,想回报社会,让山里的孩子都能学到知识。两个月后,他无法忍受这里的清贫与寂寞,要回城市里去,女朋友怎么求他都没能留住。

他以为,他一走,女朋友过几天也会跟着他走,但是等了一个月也不见她回来,电话也打不通。他开始想念女朋友,想带她一起回来,但是,当他来那学校的时候,他却永远看不到她的笑脸了。两天前,她救几个在池塘里溺水的孩子,孩子救上来了,但她却再也没有浮上来。

失去了敬爱的老师,孩子们都在哭,老教师叹了口气:"事情变成这样,我们也很难过,本来想去通知你的,这里又离不开我,电话也出点问题不能打出去,刚委托了一个家长,想去找你的,你就来了……"

吴为不能接受这样的事实,扑在女朋友的身上哭了很久,然后带她回去安葬。他任凭她的父母打他骂他都不能释怀他心里的内疚,如果当时,他就在她身边,可能悲剧也不会发生了,为什么他就那么自私。他无法停止对自己的自责与悔恨,之后,他就留在了这里,他觉得,她好像从没有离开这里,只有这样,他才能守在她的身边。

这个故事把柳如感动得眼泪鼻涕一齐下,原来这才是真正的爱情,为所爱的人无私地奉献着自己的一切,而不是只有占有、猜疑,与没完没了地揣测着谁爱谁多一点,谁比谁又付出更多,她突然觉得羞愧。

采访结束后,小南与柳如打算在这里留一夜,因为这个时间回去,也没有车了,只能第二天起程。

柳如跟小朋友们一起做游戏,教他们跳舞,孩子们乐得活蹦乱跳,高兴极了。而吴老师看着她跟孩子们打成一片,突然就想起了女朋友以前跟孩子们也玩得这么快乐的情景,不禁眼角湿了。

这世上还有什么比生死两相隔的爱情更为凄凉,就如有一种植物,叫蔓珠沙华，花开时不见叶，叶生时花已谢，生生相错，世世不得见。

傍晚的时候，孩子们都已回家，四个人便围坐在一张桌子边。赵老师是个六十来岁的女人，她这辈子是真的全贡献给了这里，至今未嫁。她烧了饭，菜就是红薯、芋头、土豆、豆荚与青菜，就青菜沾了点猪油，还有几个鸡蛋，已算是很款待了。"这些都是自己种的，绿色蔬菜，有时家长也会送些他们自己种的东西来。"

"那孩子们中午是怎么解决的？"

"我们这里也没食堂，也没有足够的人手，都是他们自己带饭菜装盒子里，然后放这上面的炉子里热着。"

柳如吃得津津有味："这有机蔬菜真是难得吃到，现在新闻里天天说食物安全问题，一种食品上面能查到好几种农药与添加剂。真好吃，比城里买的那种菜香多了。赵老师、吴老师，这里的条件这么差，我们回去好好写采访稿，让城里的人了解这个学校，肯定会有些热心的市民与企业来资助学校的。最好能把学校再修下，添一些基本设施，添些新书与文具什么的。能来几个义工更好，还有你们教师的各方面条件也应该改善点，睡的地方也太差劲了，还漏风的，唉，不知道晚上能不能睡得着，现在还好，天气一冷啊，不冻死了嘛。"

赵老师笑着说："我在这里都十几年了，也习惯了。"

吴老师说："估计你还真没住过这样的地方，我以前也没有住过，你们能来这个地方，也是千岙小学的荣幸了。"

小南边啃着芋头边说："说什么客气话呢，这是应该的。回去啊，我跟总编说，有机会让报社再组织些结对活动，让他们带些书啊文具的过来，我们搞个捐衣捐文具活动，总编也说了，只要你们需要的，只要能满足得了的，会尽量帮助你们的。"

两个老师都很高兴："那真是谢谢你们了，有你们的帮助，孩子们就有机会能穿上新衣服了。喝点酒喝点酒，山里晚上风有点大，有些冷的，喝点温暖点。"

山里的风确实有点大,但挺凉快,天空的半轮月亮特别皎洁特别大,满天都是星斗,一闪一闪,像会说话的眼睛,柳如很少有机会看到这样的天空。那天晚上,赵老师说了很多感慨的话,确实,在这里,换成谁都会寂寞的,不知不觉中,他们都喝了不少的酒。

到了十点左右,这里就非常安静了,周边村落的人家早都熄了火。他们喝得差不多了也便各自休息了,柳如回到房间,看见刚才还破裂的门窗被钉得严严实实的,心里涌起很温暖的感觉,这肯定是吴老师帮她钉的。

柳如躺在床上,门外的山风在呼呼地刮着,一阵一阵地响,而柳如却有一种如沐春风、重获新生的感觉,感觉自己的前二十七年全都白活了。或许,这才是实实在在的生活,心如璞玉,坦荡简朴,一个月如果在山里住几天也确实不错,去繁就简,回归自然。其他的,倒也没有多想。

早上,喝完了赵老师煮的稀粥,啃完红薯,孩子们也陆续来上课了,柳如他们也准备告辞了。在这里待了半天一夜,让柳如受益匪浅,自己的那种狭隘三观也得重新修正了。吴老师与赵老师站在那里,还有孩子们也非常恋恋不舍地朝他们挥手告别。

柳如还真有点舍不得他们了,小南推了她一把:"走吧,你不会想在这里做助教吧,看你依依不舍的样子。"

柳如叹了一口气:"唉,我还真有这个想法,不过我又舍不得城市里的灯红酒绿、吃香喝辣的生活,继续让我再吃一天的素,我会贫血头晕的,三天不吃肉,我就想吃人了。"

"瞧你这德行,吃素有什么不好,素食可以减肥啊,现在都提倡吃素了。不过我也是无肉不欢啊。唉,真是服了他们,这样的生活条件都能坚持下去。"

"对了,吴为好像家庭条件并不差,也算过得去吧。他肯在山里待着,他父母肯定也有意见,都老大不小了,估计逼也会逼着他回去,总不会跟赵老师一样,一个终身不嫁一个终身不娶了吧,长得挺不错,多浪费资源啊。"

"瞧你那色狼样,看到长得好点的就动心。"

"我动心又关你屁事啊。"

"打住,我今天不想跟你吵,跟你说点认真的,换成我,我是两天都坚持不下去,他们啊,才是真正值得尊敬的人。咱们这次可是任重道远,一定要把千岙小学弄得好好的,让孩子们与老师都有一个好的环境。"

"嗯。"柳如发现,跟小南待了两天,第一次能跟他达成共识,真是难得。

18. 罗丝的诡计

自从米丽塔在倪氏珠宝上班后,如果没有特殊情况,都由倪天问接送,为了避免有人说闲话,快到公司门口时,米丽塔先下车。

为这个,米丽塔又一次在车上跟他吵架:"我们是光明正大地谈恋爱好不好,又不是搞地下情,我不是你情人,而是你女朋友!你怎么就不在意我的感受?你父母从来对我都是不冷不热的,连你都这样对我,是不是觉得我配不上你们倪家啊?配不上我走人还不行吗?"

"唉,米丽塔,你也得为我想想,为我们的将来想想,我们现在先忍耐下好不?中国有一句老话叫小不忍则乱大谋,我想让父母慢慢地接你,所以,我们是需要时间的。而且我刚来公司不久,有些东西都还不懂,我也需要时间来适应。我安排我们在同一个公司,也是为了你着想了,否则我对大家说,你是我的女朋友,我倪天问让女朋友来公司打工,别人会怎么讲我?你有没有想过我的处境?"

这回米丽塔闷不吭声了,她觉得很累,来到中国后,一切的情况跟自己想象的都不一样,她以为她放弃多少,就会得到多少,但是却不是,她反而像个小三一样偷偷摸摸地跟倪天问在一起,这一切,都背离了她对爱情生活的初衷与对婚姻的憧憬。

这时罗丝从公交上骂骂咧咧地挤下来，边整着被挤歪了的衣服，边诅咒："什么破车，要不是老娘的车子去修了，才不会跟你们这些穷屌丝挤一块，臭死我了，都是些什么人啊。"

然后又垂头丧气："唉，保险刚到期，车就撞上了，我怎么这么背运啊。这个月工资都还没发呢，修了车，又没钱交保险了，呜……唉，又快迟到了……"

罗丝边嘟囔边小跑着，被高跟鞋差点绊了一脚，这时，一辆红色法拉利停了下来，那不是那个帅哥倪总的车吗？嘿嘿，要不要赶紧去打个招呼，在这里停下来，说不定他是看到我了，要捎带我过去，哈，真是人帅心也帅啊。

一想到这里，罗丝就欢天喜地大步往前跑，但是她又忘了自己穿着尖细高跟鞋，脚一歪，差点就扭伤了。这时，她看到车里下来一个金发女郎，这女人谁啊，不就是自己的死对头米丽塔吗？天啊，她这个人平时看着不张扬，原来背地里已先她罗丝一步，跟倪公子相好上了？这女人真是一肚子的坏水啊。

她罗丝还没有坐过倪总的车呢，她凭什么啊？

一想到这，罗丝就气不打一处来。米丽塔也看到了她，虽然两个人打过一架，但看在同事的分上，米丽塔勉强露一个笑脸，罗丝不屑地说："你这英国鬼佬，长着一张白种脸，还真以为是伊丽莎白二世啊。这衣服是新买的吧，再新再好看的衣服都掩不住你从底子里散发的土痞子气！"

米丽塔愣愣地看着她，罗丝刚才像机关枪一样的语速太快了，她都没搞懂罗丝在讲什么："你是说我这新裙子好看吗？穿起来像伊丽莎白二世？谢谢谢谢。"

"我——"罗丝这下真没话了，"懒得理你。"

说完就踏进公司大门，倪天问也刚停好车子进来，在等电梯，电梯开了，他就进去了，罗丝一看到倪天问在电梯里，大喊一声："等等我！"

便直冲进去,进了电梯后,看见米丽塔也往这边走,她赶紧把电梯按上。

哼哼,跟我抢帅哥,门都没有。

"倪总好,真是巧呀……"

倪天问含笑点点头,没开口。

"倪总,你喜欢喝咖啡吗?"

"嗯……还行吧……"

"今天我把自己磨的咖啡粉带过来了,味道呀,可好了,等下去给你泡一杯吧。"

"这个,这个……"

倪天问正想拒绝,罗丝继续说:"能喝到我罗丝亲手磨的咖啡,真没几个人,等下我给你送去啊。"

"不,不用了,我办公室里有……"

这时,电梯到了,不容倪天问拒绝,罗丝就兴冲冲地出去了,倪天问摆动的手就停在了半空,他苦笑地摇了摇头,出了电梯。

而沈孟芝的办公室里,米丽塔一直在问着一个问题:"土皮子是什么意思呀?"

"你从谁那里听来的?"

"罗丝啊,早上在公司门口遇到她,她叫我土皮子。"

沈孟芝明白了情况,这个罗丝真是嚣张:"噢,土痞子,就是土皮子呗,这个土皮子,就是土上面的皮,就是草地的意思。"

沈孟芝感觉自己解释得莫名其妙,米丽塔听得更是迷惑了,她不停地比画着:"她,说我,像草地?"

"嗯嗯,草地,多清新呀,你说是吧,所以,说你像土皮子,就是说你很清新动人的意思。"

"这样啊,我还以为骂人的,看来我有点误会罗丝了,上次还跟她打架,真有点不好意思。"

"这个这个，嘿嘿，误会了误会了。"

沈孟芝只得赔笑，这时，她有点后悔，她觉得应该告诉米丽塔实情，而不是这样忽悠她，越是相处，她越觉得米丽塔其实真是个心地善良的好姑娘，怪不得倪天问会喜欢她，他们两个也确实是挺相配的。只是她的处境，令沈孟芝感觉她真的很可怜。在这点上，沈孟芝觉得倪天问不够尽心，也做得不够好，如果他真心希望他们以后会在一起，应该努力处理好米丽塔跟他父母的关系，应该多带米丽塔去他家，这样，他的家人也会慢慢了解米丽塔，应该也会喜欢她的善良与质朴。可能，他并没有意识到吧。

罗丝偷偷地在咖啡里下了一点料，然后搅拌了下，心想，哼哼，花点小伎俩，还怕搞不定你。便端着去倪天问的办公室。

倪天问坐定没多久，罗丝在门口往下拉了拉衣服的领口，然后又笑了笑，用指头弹了弹脸蛋，预演下，怎么样让自己看起来更加性感与妩媚动人，感觉一切OK后，便敲门进来了。

她递着手上的咖啡，娇滴滴地说："倪总，咖啡来了。"

倪天问瞄了她一眼，看着她这架势，咳了一声："放下来就行，谢谢了。"

"倪总，趁热喝了吧，冷了口味就欠佳了。"

倪天问想了想，就伸出手，想要接住咖啡杯，但罗丝却没有松手的意思，拿着汤匙舀一勺，一副贤妻良母状："来，先尝一口试试。"

倪天问看她这么殷勤，不好意思拒绝，心想喝口就喝口吧，赶紧喝完让她走人。

他当然不知道，罗丝在咖啡里加了点料，罗丝已经耐不住了，她觉得，如果再不下手，她罗丝真的没机会了。米丽塔那妞来了才几天啊，就已经跟倪天问同坐一辆车。

只要她罗丝还有一点点的机会，她就不能放过。她说动手就动手，只要能把倪天问给勾搭上，那个米丽塔算什么，她能一脚踢得老远。

中了计的倪天问神情有点恍惚起来，呼吸急促，从来没像今天这样感觉罗丝竟然这么美，这么可爱，简直是自己心目中的女神一样。

而罗丝看到了他那梦游般的神情，心想这药效来得可真是快，便趁机把身子靠了上去，勾住了倪天问的脖子。

就在这时，心情很好的米丽塔打开了门，正好看到了这么一幕，她瞪大着眼睛，久久没有反应过来，因为，她不能相信自己所看到的。

过了好几秒钟，她才哇的一声尖叫，然后跑了出去。倪天问这时有点清醒过来，整了整衣服就追出去："米丽塔——"

罗丝一出门，却看见一堆的同事拥了过来。"干什么啊，没见过美女啊？"说完就扭着屁股走了。

看来这公子哥很有制造桃色事件的潜质啊。大家议论纷纷，虽然没有看到什么，但看这情况，大致能猜到一些。沈孟芝也被外面的响动惊动，听他们你一言他一语的，隐隐猜到点什么。

她严肃地说："今天的事大家都没有亲眼看到，别瞎编。如果让我听到你们在散布谣言，我就如实禀报倪总。他一生气，就直接开了你们，如果你们不想继续在这里干的话，随你们的便。"

一听这话，大家刚刚上来的兴奋劲像是被泼了一盆冷水，便作鸟兽散。

沈孟芝便也跑出去，到了公司门口，并没有看到米丽塔与倪天问，问了保安，说他们刚刚往那边跑出去了。

哪里还见得到他们的身影，沈孟芝跺了跺脚，想给他们打电话，却发现自己手机也没带，只得重回办公室，拿手机。

回到办公室，打倪天问的手机，没人接，再打米丽塔的手机，音乐声在办公室响起，完了，事发突然，估计两个人都没带手机。

这么大的人了，应该没什么事吧，再说她沈孟芝再着急也无济于事，只是真有些担心米丽塔。不过她还真没搞清楚什么状况，看来，现在唯一能对证的人就是罗丝了，于是给罗丝打电话，叫她过来。

罗丝进来后，沈孟芝说："把门给倒锁了过来说。"

罗丝锁好门来到沈孟芝的旁边，一脸无辜的样子："沈鉴定师，您有什么指示呀，搞得这么神秘。"

"刚才到底发生了什么事，别拐弯抹角的，你如实说吧。"

"什么什么事啊，噢，我明白啦，沈鉴定师，不就那么点男女之间的事嘛。"罗丝倒也没有什么遮掩，说得很干脆，"我跟倪总在亲热的时候，那个鬼妹门都不敲就进来了，就这样啊！你说她是不是太没有礼貌了？"

"你怎么跟倪总亲热上了啊？"

"我怎么怎么了，倪总又没有老婆，我又没有老公，就算是我勾引他，也是两情相悦，我可没做错什么。"

沈孟芝火了："这是在公司，是在上班时间，这是谈恋爱的地方吗？"

罗丝看沈孟芝大声起来了，也不甘示弱了："谈恋爱怎么了？是他倪总自己想谈，你还管得着啊！你还真把自己当什么了，你不就是一个鉴定师吗？！还挂着一个部门副经理的名头，你还真上头上脸了，倪总谈恋爱也管，平时搞得除了倪董外就你最大似的，狐假虎威，早就看你不顺眼了，也不撒泡尿照照镜子，不害臊！"

"你——"沈孟芝真想不到这个罗丝居然会对自己意见这么大，自己还没有好好训她，她竟然指着自己的鼻子骂，一向伶牙俐齿的她竟然气得讲不出话来了。

语塞了近半分钟，沈孟芝脑子终于开始运转起来："你除了勾引男人外，还能干什么？你勾引了那么多男人，跟多少个男人上过床你自己清楚，有一个说要娶你吗？你不过是个胸大无脑的货，作为一个女人，要懂得自尊自爱，别让人家都看不起你！"

说了这句沈孟芝有点后悔，话讲得有点难听了，而且跟多少个男人上床也是她的私事，不该拿出来说事。

罗丝气得脸色都发青了："我勾引男人，男人喜欢，你这个没人要的老姑娘，论身材没身材胸都看不到，长得也不认真，我看倒贴过去男人也不要，哼！"

说完她就气冲冲地摔门而去，沈孟芝气得随手拿起桌子上的一团文件就摔到地上。过了几分钟，沈孟芝心情渐渐平静下来，人也理智了，还好这几天倪董不在公司，如果他在的话，一定会把罗丝和米丽塔全都开了，倪天问也会挨一顿骂。

这事，可千万不能让他知道啊。

这一天，沈孟芝没有一点工作状态，也不知道是怎么熬过去的。倪天问的手机还在办公室，也不见他来拿，倪夫人打来电话，说倪天问不在家，说她给倪天问打了电话也没接，是不是出什么事了？沈孟芝赶紧说，"没事没事，倪天问刚才出去办事的时候，手机落在办公室了，估计很快就会回来，等下回来让他打你电话啊。"

看来倪天问并没有回家，同事们一窝蜂地下班了，只有沈孟芝还在倪天问的办公室外面踱来踱去，他的手机在这里，他应该会来拿，怎么两个人到现在都没有回来，不会真出什么事吧。

沈孟芝转念又一想，上次倪天问跟喻冰的事是满城风雨，米丽塔也能够轻易原谅，这次应该也不至于干傻事吧。唉，看来真是不能跟富家公子谈恋爱，因为，跟这样的男人谈恋爱，你简直是跟天下所有的女人为敌，你的竞争对手去了一拨又会来一拨，当你把对方都打败了之后，自己也倒下了，然后马上就会有人来填你的空。

沈孟芝正想放弃等待，准备回家时，倪天问风风火火地回来了，看上去一身的疲惫。沈孟芝连忙问道："你们都去哪了，米丽塔呢？"

"我送她去宿舍了，现在过来拿手机。对了她的手机呢？"

沈孟芝从包里拿出一个手机："在这，她怎么样？"

"情绪不怎么好，我得回去陪陪她。"

"好，那你过去吧，对了，你妈打电话找过你。"

"嗯，我知道了。"

"你赶紧去吧。"

看着倪天问急匆匆的背影,沈孟芝感觉他活得也并不轻松,米丽塔一个人在他乡,他成了她的全部,而他自己,却还有很多的事情要做,并不能完全属于她。一个女人可以完全属于一个男人,而男人却只能给予她一部分,不平等的爱情,会有美好的结局吗?

她叹了口气,走出公司。

19. 囧情男女

柳如、莫小平与沈孟芝三个人在咖啡馆磨时间。

莫小平叹了口气:"我真不知道会冒出一个亲爹,他好像对以前做的事挺后悔的,现在有想弥补我们的意思。"

柳如说:"这事好啊,一定要补回来,可不能便宜了他,你们不要啊,别的女人孩子可就要去了,而且也是他应该拿出来的,你想想,这二十几年,他欠了你们多少的赡养费?"

"可我妈死活不答应嘛,她不想跟他再有任何瓜葛。听说他跟那个女人私奔了后,没到几年,就到了天天吵架打骂的地步,他们都觉得活得累。婚姻生活并不像爱情那样,天天都是些琐碎繁杂的事,那女人除了打扮买衣服,并没有别的爱好,他在工地里拼命地赚钱,她毫无吝啬地花。后来,女人嫌他穷,就离开了他,他也没有再找了。那之后他才想起妈妈的好,但已经太迟了。他曾偷偷回老家找我们,但我们早已经离开那里,只得作罢。后来又想我们,托人几番打听,才找到我们的。"

沈孟芝叹了口气:"真是现世报,有什么样的因就种什么样的果,现在成孤寡老头一个了,才想着结发妻子与女儿来。"

柳如说:"小平啊,你说他这么一个老头,没老婆没子女,钱肯定舍不得花,几十年攒下来,肯定会有不少,再说,你是他的亲骨肉,也就这么一个亲骨肉,也是法定的继承人啊,就算他去世了,遗产也是属于你们娘俩的。"

沈孟芝白了她一眼："你就知道钱钱钱，三句不离。"

"您老高尚，对钱毫不在乎的，以后咱聚会全归你埋单，就这么定了。"

"切。"

莫小平："好像那个女人也生了个儿子什么的，具体我也不大清楚——"

柳如说："那个如果有，也是非婚生的，我看那个孩子是不是你爸的骨肉还真难说呢。"

"这个，这个，我真不知道了。"

"只要让你这个亲爸立遗嘱，把他所有的财产都留给你们娘俩，他们就抢不走了。"

"他还没死啊。"

"噢噢，也是，也是。可以早点立嘛，你说，死了还怎么写遗书呀。"

沈孟芝又白了柳如一眼："人家刚刚找到失散的老婆孩子，你现在又诅咒人家死，什么心态。莫小平，你有空好好找你的老爸谈谈，你妈对他的态度是可以理解的，毕竟这种伤害比柳如的遭遇还狠上好几倍。冰冻三尺，非一日之寒，怎么把这寒冰化解，是要靠真心，靠耐心的。"

柳如一边叫道："喂，这关我什么事啊，干吗拿我来做比较啊。"

沈孟芝倒白了她一眼："也就你有资格。"

莫小平似懂非懂地说："是不是让他耐心点，让他用实际行动来感化我老妈？"

"就是这个意思。"

她若有所思地点了点头。

柳如这时突然兴奋起来："要不，小平我给你做个社会新闻怎么样？'二十年前抛妻弃子携情妇私奔，二十年后孤寡老人刨根究底欲寻天伦之乐'，这标题怎么样？哇，简直太棒了，够吸引眼球吧？"

"唉，柳大记者，你就饶了我吧，求求你了还不行吗？让我们安生地过日子好不好？"

"好吧。"柳如一下子又蔫在了沙发上。

柳如一回到报社，小南就冲她喊："柳如，好事，好事，捐献的衣物与文具书籍都运到这里来了。捐款有一万来块，还有一家集团老板准备跟我们一起过去，去视察下，可能会捐款给学校做修缮，还有青年志愿者协会以后将定期去那里帮忙。嘿嘿，我们打算明天早上过去，有车子过去送物资，这次不用老转公交了，你要不要一起来随便你。"

"真的啊，我当然要一起去了啊，这全是我的功劳，怎么能少了我呢。"

"我勒个去，也不害臊。"

这一天柳如心情超好，这段时间她真想念那里的孩子们与吴为老师，她觉得，吴为这样的男人才是个真男人，俗世里的庸碌男跟他根本是不能相提并论的。她觉得吴为这样的男人格调很高，跟这样的男人生活在一起一定会幸福的，他会把你捧在手心直到老去。但是，跟这样的男人生活在一起真的需要一定的勇气，因为可能一辈子过着清贫的生活。

想着这个问题，柳如又自嘲了：呸，想什么呢，又多想了。这样的男人倒是莫小平所喜欢的，不过莫小平已经心有所属了。唉，什么心态，莫小平碰到小七这样的无业男人已经够惨了，还想让她更凄惨吗？她怎么会有我这样的朋友。

柳如胡思乱想了一通，这时，小南大声地喂了一声她才回过神来，回应道："干什么嘛，用不着喂得这么大声吧。"

"我都喊你喊了好几次了，看你一整天都心不在焉的样子，是不是急着想见你的吴为哥哥啊？"

"说什么呢，没一点正经，我这不是在做明天的准备工作吗？喂，就算我想了，又怎么样？您老有意见？"

"真想的话你可得讲一声,我啊最喜欢做媒了,红包大,还有酒吃,这样的好事不能让别人捡了去,嘻嘻。"

"就做你的美梦去吧。"

"别贫了,把物资单给我,咱一起去清点下。"

"好。"

龚炜跟沈孟芝在火锅店里吃着东西,龚炜把捞出来的对虾放在沈孟芝的碗里:"你看你这么瘦,多吃点。"

沈孟芝除了在爹妈面前外,难得享受到这样的待遇,心里美滋滋的。恋爱的感觉是美好的,沈孟芝真想就这么恋爱下去,被无条件地爱着宠着惯着,可能是每个女人最喜欢的事情。

"孟芝啊,你的钱我暂时不能还你了,新店在装修了,虽然不用我投入成本,但是短期内是不会盈利的。我想如果做得好,可能半年内会回本,之后才开始盈利,到时候,分到钱,我就马上还你。"

"不急不急,你们酒吧不是还没营业嘛,我觉得有走走这张人气王牌,你们俩合作一定会搞得很好。对了,需不需要小股东啊,我投一份小股,到时有分红,我也赚点小钱给自己当嫁妆。"

"好啊,你还有没有感兴趣的朋友想要股份的?这样小股东多的话,酒吧的人气也会上去,大家有空就会过来,就像是在自己家里一样,娱乐业这玩意儿靠的就是人气。"

"我问问,拉几个财粗的、又爱玩的主儿,这样,就把你们的酒吧当根据地了。"

"真是太好了!"

龚炜很高兴:"为了我们未来的事业,干一杯!"

正说着,他的手机响了,是走走打过来的:"龚炜,你人呢,不在新酒吧吗?"

"我总得吃饭吧老板,你吃了没?没吃过的话也过来一起吧。"

放下手机,龚炜说:"是走走,也往这边来,以后啊,她就是咱们的大领导了。"

走走一到,龚炜把刚才商量的事一说,走走乐了:"这敢情好啊,那以后咱就是一个组织了,咱成立的这个大家庭,得想想叫什么名字好呢?"

"原来的滚吧民谣吧不好吗?"

"不够大气,咱要弄个大气点的名字,年轻男女都喜欢的名字。"

龚炜想了想:"前段时间不是很多人在看《泰囧》,我也挺喜欢这片子的,幽默搞笑,挺喜气,要不咱酒吧的名字也带个'囧'字,年轻人都喜欢,定位也比较清晰、轻松、自在,你们说有没有道理?"

沈孟芝想了想:"我看龚炜你啊,长相就挺囧的,走走呢,个性有点囧,我觉得自己在情感上就挺囧,每个人都有囧的一方面,而且现在的年轻男女嘛,在情感上都有着受挫经历,特别是像咱这种似剩非剩的大龄青年,要不咱的酒吧就叫'囧情男女'怎么样?"

"好啊,这名字不错不错。"大家一致拍板通过。

"好,以后'囧情男女'就是咱的根据地了,来,为了咱的'囧情男女'来干一杯。"

"干!"

三个创业青年,对未来充满着美好的憧憬,吃饱喝足之后,大家走出了餐厅。

只是沈孟芝的内心突然有点迷茫,感觉龚炜与走走两个人倒像是天造地设的一对,而她倒成了无关痛痒的多余的人。

在门口跟他们告了别,她没有接受他们的邀请跟他们去民谣吧,只想一个人安静下,于是便独自散步到附近的广场,找个台阶随地坐了下来。沈孟芝突然觉得自己对感情充满着悲观情绪,倪天问有着米丽塔,龚炜就算现在没跟走走好上,也是迟早的事,就自己一个人继续无望地打着光杆旗号,跟一个人相爱,难道就这么难吗?

看着广场里卿卿我我的男女与天上的星空,她在那里自言自语道:没男人我沈孟芝照样活得甜滋滋、美润润的,谁稀罕啊!哼!

这么一想,她心情就好多了,站起身准备回家。

这时倪天问却打来电话:"沈孟芝,你有没有看见米丽塔啊?"

"没有啊,米丽塔怎么了?星期五看上去还好好的,这两天大家休息,我就不知道了。是不是你们又发生什么事了?"

"你在哪里,我去找你。"

"康成大厦这边,你过来吧。"

"她这会真失踪了,回头跟你说。"

"啊?"沈孟芝听着电话断音时的嘟嘟声发了愣,难不成,她玩失踪玩上了瘾?不过这地方她人生地不熟的,这会能跑到哪里去?

20. 米丽塔的放弃

两个人碰了头,倪天问看上去很焦虑,也憔悴了,自从罗丝事件发生后,沈孟芝都没有看到过倪天问与米丽塔的笑脸了,感觉两人之间可能真的有些隔阂了,而米丽塔估计对他们之间的感情也开始失去了信心。但是,作为旁人,她又帮不上忙,也无可奈何。

"到底发生了什么事?你别急,慢慢告诉我。"

"唉,说来话长,昨天,我带米丽塔去见我父母,我想努力改善他们之间的关系,想让他们真正地接受米丽塔,并喜欢她,我不想再过这种偷偷摸摸的日子。我觉得我们是真心相爱的,我想娶她为妻,让她过上真正幸福的日子,而不是这种见不得光的,想爱又不敢爱的窝心日子。米丽塔对我已经成见很深了,我也不想再拖下去了。于是,我带着米丽塔跟父母说,我们打算结婚。但是我母亲很坚决地说不行,深深地刺痛了米丽塔,她当时就跟他们吵了起来,说她配不上我,她放手还不行吗,把他们的儿子还给他们还不行吗。然后就跑出去了,到现在我都没找到她。"

"唉，你做事怎么这么冒失，应该跟伯父伯母先沟通下，他们要有个明确的态度，如果他们不答应，就不能带米丽塔去说结婚的事，而得慢慢来、慢慢适应，先慢慢带她融入这个家庭再提结婚也不迟。这事你知不知道对她伤害有多大？她一个人跑到这里为了什么？现在，她变成一个傻瓜，一个什么都不是的傻瓜，如果换成我，可能早已坚持不下去，米丽塔其实耐性够好了。"

"是我不对，没考虑周全，前天她说要回英国，我劝了很久她才答应继续留下来，想不到我今天去找她的时候，她的一些物品已不见，手机关掉了，而我买给她的东西包括衣服首饰全部都留在了那里，一件都没有带走，还留了一封信。"

"信上说的是什么？"

"你自己看吧，我刚从机场回来，并没有看到她，我想她可能已回英国了。待会我给她家里打个电话。唉，只能这样了。"

沈孟芝打开信，信是用英文写的，大意如此：

> 倪天问，当你看到这封信的时候，我应该已经回国了。谢谢你曾爱过我，也谢谢你给了我生命中最美好的回忆，但是，我们却是两个世界的人。这两个世界，我们都无法跨越。我为此努力过，我想，真爱是可以战胜一切困难的，我妈妈总是这么告诉我的，但是，到现在，我真的累了，我也不想再当一个没有尊严的爱情傻子了。我清醒了，从盲目的爱情中清醒过来，第一次，我想得这么清楚，我们还是回到各自的世界吧。我想家了，我虽然爱你，但更爱我的爸爸妈妈与我的家乡，至少，他们不会令我伤心难过。再见了，我最爱的人。希望你也能找到属于自己的幸福。

米丽塔

倪天问颓然地坐在了地上："为什么跟相爱的人在一起，这么不容易？你说米丽塔是不是真的回英国了？"

沈孟芝叹了口气，真不知道事情会到这个地步，换成以前，她可能会觉得有点窃喜，但现在她真为米丽塔感到惋惜，同时感觉像倪天问这样的富二代其实也有着自己的难处，人的一生中婚姻一事是如何重要，但这么重要的东西都不能由自己做主，还有比这更痛苦的事吗？

"我不知道……"

"我今天找遍了所有她可能去的地方，都没有……"

"你还是打个电话到她英国的家吧，这样安心点。"

"嗯。"

于是他便开始打电话，用英语说了一通，打完后，他说："米丽塔还在飞机上。出发前，她给家里打过电话。我迟些再打，她到家了我才安心。"

看来事情已经无法逆转了，倪天问也真可怜，想不到这样的一个富二代都会有被人抛弃的时候，倪天问难过地说："孟芝，我真的好累，这几天我也不想去公司上班了，也不想回家了……我想静几天。"

"你，你不会离家出走吧？"

"我以为自己可以把握很多东西，也有信心去把握，但是一切跟我想象的都不一样……"

沈孟芝第一次看到倪天问如此消极颓废，她感到有点心痛："那你打算住哪里？"

"你还怕我没地方住，先住宾馆吧。不说这些了，陪我喝一杯吧，我想醉一次，从来没像现在这么想醉过，咱们不醉不归！"

倪天问这个状态，沈孟芝还真放不下心，也只得陪着，这次换了个酒吧，民谣吧里熟人多，她不想有人看到倪天问的窘态。

酒吧里，倪天问没说一句话，一个劲地饮酒，沈孟芝真有点担心自己会扛不动这个一米八的男人，趁他没有喝得完全不省人事前，她硬是把倪天问给拉了出去。

倪天问人一醉话就多了起来:"我真是个没用的男人,一个失败的男人,你说,我这样的男人活着还有什么意思,猪狗都不如……不,说猪狗都侮辱它们,是猪狗的儿子都不如,不对,那不是骂我爹妈吗?"

他不停地唠叨着、自责着,比沈孟芝的老妈还啰唆,眯缝着眼睛靠在沈孟芝的肩上,不停地叫着:"米丽塔,你不要走,你不要离开我好不好……"

沈孟芝拼着力气,全身的汗湿透了衣服,这个150斤的重物,扛在她这个90斤的人身上,真是超负荷啊。

好不容易到了车子旁边,把他塞进了车里,沈孟芝在车里寻思着,该把他送到哪里。送她家吧,这不合适,她一个单身女人怎么能带这个醉汉回家?她是跟父母住一起的,不像柳如那样,爸妈看他醉成这样,也会对他印象大打折扣。去他自己家吧,倪伯伯看见他这样估计会更生气,算了,还是送他去宾馆里休息好了。

这时,手机响起来,是倪夫人的电话:"孟芝,有没有看到天问,怎么一直不接电话啊。"

"伯母,天问哥哥没事,我跟他在一起呢。米丽塔回英国了,他心情不好喝多了,他说他要住宾馆,暂时不回家,我把他先安排到宾馆里休息。您放心好了,我会把他安排妥当再离开的。"

"唉,真不知道事情会这样,那麻烦你了,让他一个人静下也好,他跟你在一起我就放心了。"

"就这么说啊,我要开车了,先送他去宾馆。"

到了一家宾馆,沈孟芝喊了一个保安帮忙,否则她一个人再这么扛真会要了她的小命。两个人搀着倪天问到了房间,把他放在床上,保安也就知趣地离开了。

沈孟芝给他脱掉外套,脱掉鞋子,让他躺好。沈孟芝又是一身的汗,感觉全身都要瘫软了,一屁股坐在了地上。她心想,先喘口气再说,这辈子还真没干过这样的体力活啊,现在没我的事了,回家冲个澡去好好睡一觉。

沈孟芝起身给倪天问盖好被子,正打算退出房间,手却突然被倪天问抓住,"别离开我,米丽塔……别走好不好,我不能没,没有你……"

沈孟芝叹了一口气,被一个酒鬼缠上,比被一个厉鬼缠上还折腾人,她坐在床边,抚摸着他的头发:"好好,我不走,你要乖噢——"

"抱抱,我要抱着你睡……"

沈孟芝的脑瓜子差点缺氧,我虽然是个冒牌货,但也是个姑娘啊,哪能随便乱抱的,万一像电视里演的那样,酒后乱那个了,我岂不是贞洁不保?但看看他那个眼睛都睁不开了的醉样,估计也做不了什么事,好吧,豁出去了,先陪着他让他好好睡觉,睡着了再说,这副样,应该很快就能睡着。

于是沈孟芝便坐在床上,搂着倪天问,唱着儿歌哄他睡:"小燕子,穿花衣,年年春天来这里,我问燕子为啥来,燕子说,这里的春天最美丽……"

这一招还真管用,不一会儿,倪天问就乖乖地睡着了,也不再说傻话了,看来儿歌这玩意儿,对孩子管用,对醉酒的男人也管用啊,沈孟芝吁了一口气。但是,这时她看着熟睡中的倪天问,却有点舍不得放手了。

此时的倪天问看上去如此沉静,微微的鼻息声,微锁的眉头,浓黑的俊眉,挺拔的鼻子,还有轮廓分明的唇,她怀里的这张脸,令她像做梦般地恍惚起来,这不是她心里一直都在的白马王子吗?只有在梦里才能出现的情景,如此真切地在她的眼前,在她的怀里。

为什么,为什么你现在才来我的怀中,为什么不早一步,这样,你的心才会属于我,你的一切都属于我,一个完完整整的、我爱着并爱着我的男人,这一世的寂寞都不会白费,一世的等待都是值得的。

她心潮汹涌,就这么看着他,许久许久,情不自禁低下头轻轻地吻了他的唇,然后叹了口气,可惜他心里装的是另一个女人。

她轻轻地放他躺下来,给他盖好被子。然后出了门,这个晚上,她原本可以留下来的。

但是,她并没有这么做。

她不想乘人之危发生点什么,男人有时候比女人还脆弱,如果她想得到,她想要的是一个完完全全属于她的男人。

其他的,她不稀罕。

21. 生日

柳如跟吴为在山间漫步,山花遍野,树木茂盛,远方的羊群在悠然吃着草,因为雨后放晴,阳光在叶片的水珠上折射着五彩的光。

呼吸着清新的空气,柳如深吸了一口气:"这里的空气真好。你知不知道,现在啊,城里经常有雾霾,整天呼吸着有毒废气,肺都脏死了。PM2.5指数啊经常达到两三百,简直像是在吸毒一样。"

听得吴为一愣一愣的,他弱弱地问:"什么是PM2.5呀?"

"额,就是细颗粒物,指直径大于2.5微米,等于或小于10微米,可以进入人的呼吸系统的颗粒物。简单地说吧,用PM2.5表示每立方米空气中这种颗粒的含量,这个值越高,就代表空气污染越严重。"

"有这么严重?看来我隐居山林还真是来对地方了。"

"是啊,至少死于肺癌、心脏病的可能性小多了。"

"要不,你也留下来?可能会多活那么十年。"

柳如心想,那我宁可少活十年,没网络没商场超市没酒吧太寂寞了,"这个,嘿嘿。"

"唉,扯远了扯远了,这次的事真的要谢谢你跟小南,要不是你们,孩子们不知道几时才能坐在明亮舒畅的教室里学习。"

"我也只是尽一份微薄之力而已,如果换成我们报社别的记者,他们也会竭尽所能,帮助你们的。"

"不,在我的心目中,你真的跟别的城里姑娘不一样,感觉她们大多爱慕虚荣，很少像你这样实在的，你真是个心地善良的好姑娘，真的好难得。"

这话听得柳如有点面红耳赤，说实在的，她活了大半辈子，第一次听到有人对她说此类的溢美之词，如果让沈孟芝、莫小平听到，她真是自己都觉得害臊死了。

"嘿嘿，过奖了。"

"过几天，学校会调来两个实习的大学生，交接一段时间，等他们适应了，我可能会离开学校。"

柳如瞪大了眼睛："为什么啊？"

"我也不能在这里待一辈子，我爸妈都老了，他们就我一个儿子，已经离开他们那么多年了，而且最近我爸身体也不大好，我这个当儿子的，再不尽点孝心，以后真的没机会了，我觉得我已经很对不起他们了。"

"嗯，那是应该的，百善孝为先，你在这里这么多年，对村里的孩子们也算是仁至义尽了，也是该回城里尽下孝道了。回市里要记得找我啊，我可以帮你找份工作。"

"好的。那不是又要麻烦你了。"

"说什么话呢，大家都是朋友嘛，你说是吧。"

正说着，小南气喘吁吁地跑来："哎哟，你们在这里谈起情来了，害我找得好辛苦。我们要回去了，要不你留在这里陪吴为老师好了。"

柳如赶紧往回走："走啦走啦。"

吴为笑嘻嘻地跟在后面："这么快就走了？"

"是啊，都三点了，这山路，天黑了车子就不好开，我们得早点回去。吴为老师，关于学校修缮的事，明天就会有工人下来，给学校修整。"

"真是太感谢你们了。"

"好了，我们走啦。"柳如上了车，一班人马跟老师孩子们挥着手告别。

山路颠簸，柳如的兴致却很好，心情好呗，很犯贱地悄悄地对小南说:"告诉你一个秘密,这秘密一般人本姑娘还不告诉他呢。"

小南的八卦心立马像狗耳朵一样地竖了起来,他手里正拿着一瓶矿泉水,边喝边说:"什么呀,快讲快讲。"

"吴老师说啊,我是心地善良的好姑娘,这样的姑娘啊,现在跟大熊猫一样的稀少了。"

小南瞪着她看了良久,好一会儿,嘴巴里的水一下子全喷了出来:"哈哈哈,哈哈哈,笑死我了,你,是难得一见的好姑娘,好姑娘,哈哈,好姑娘——哈哈——"

全车的人都往这边看来,柳如真是后悔自己嘴贱,你说你朝这小子说这些话干什么啊,她大喝一声:"难道不是啊?"

小南又喝了一口水,听到这话,又一次喷了出来:"是是是——哈哈哈——"

气得柳如真想剁了他,头一扭,再也不想跟他讲话了。

沈孟芝到了办公室,给自己泡了一杯茶后,给倪天问的办公室打了个电话,电话是他助理接的:"倪总来了没?"

"没来呢。"

"嗯,知道了。"

估计倪天问这几天真不会来上班了,她也没办法,由着他吧。正准备开始手头的工作,倪董打电话过来:"孟芝,你来我办公室一下。"

"好。"

倪董的气色看上去很不佳,估计昨晚是生了一肚子的闷气,沈孟芝在门口就听到他在絮絮叨叨地说:"气死我了,我怎么会养了这么个逆子,我所做的一切还不是为了他。把他培养到现在,好了,离家出走,班也不上了,难道为了一个女人,连事业都不要了啊?还连家都不要了?"

沈孟芝也不知道该怎么劝慰,毕竟,她只是个外人,别人的家事,她也不能过多地干预,只能小心翼翼地说:"倪伯伯,给他几天时间吧,等他情绪有所好转,会回来的,这事……确实对他的伤害也挺大的……"

倪董叹了口气,神色有点缓和:"本来,他的婚姻大事,我也不想过多干预,但是,他妈不喜欢,我夹在他们两个人中间,也不好过啊。你说别的事情我们也由着他了,但是,婚姻是一辈子的事,这可马虎不得啊。让他跟喻冰吧,他又不喜欢,前些日子,给他介绍副市长的女儿,人家很喜欢他,他啊,理都不理人家,反而怪我们多事。我们还不是为他好啊,为了他的前途着想啊,害得我差点把副市长一家人全给得罪了,好说歹说还搞得灰头土脸,真是气死我了。你说他非一根筋地就要定米丽塔,米丽塔有什么好的,洋妞一找一大把,你说干吗非要娶她当老婆,难不成被那鬼妹灌了迷魂汤?"

倪董发泄般地说了一大堆,沈孟芝虽然很不赞同他的一些观点,但他是前辈,还是自己的顶头上司,重要的还是父亲的世交,她不好多说,换成别人,沈孟芝早就批他一顿。到现在她才明白,原来他们夫妻都不过是势利的商人罢了,拿儿子的婚姻和一生的幸福下注,却从不考虑他自己的感受。沈孟芝越来越同情倪天问。

她无法反驳,但也不想说违背良心的话:"伯父,倪天问是个成人了,他有他的思想,你们如果逼迫他一直遵循你们的想法,可能会适得其反。有些事情不完全是你们想的那样,你们如果一意孤行,可能非但得不到一个乖儿子,还很有可能会失去自己的儿子。如果没别的事,我先回办公室了。"

倪瑞开愣愣地看着她,可能没想到她会这么跟他讲话,听她的语气也很不满意自己的做法,倪瑞开心想,看来啊,这一代年轻人啊,我们是无法理解了。

"喂,孟芝等下,昨天,倪天问还好吧?"

"他挺好的,等他睡下我就走了,今天我看能不能联系上他,要不我再去看下吧。"

倪瑞开点了点头:"谢谢你,孟芝,天问现在就拜托你了。"

"不客气。"

说完她就出去带上了门。

回到办公室,她又一次想起了倪天问熟睡中的脸,如此令她眷恋。从那一刻起,她发现自己脑子里全是倪天问的脸,睡梦里有,刷牙时有,吃饭时有,走在路上有,无时无刻,无处不在,苍天啊,难道自己就这么被美色诱惑了啊?

另一边,她又在担心着醉酒后的倪天问睡得怎么样,夜里有没有呕吐,会不会口渴。她真后悔没有一直陪着他,至少应该让他多喝些开水,冲冲酒精。看来,自己真不是个懂得体贴的女人,但是倪天问又不是她男朋友,她凭什么要体贴啊。

打了很多次手机,都没有通,看来,他是准备清静到底了。

于是沈孟芝给他发了个短信,想来想去也不知道该说什么话,只发了个:"保重身体吧,如果想要人陪,可以随时找我。"

自己怎么会这么放不下倪天问,这种奇怪的感觉,令沈孟芝有点害怕。

难道又一次喜欢上倪天问?这可并不是一件好事。不行,绝对不行,以前她还觉得倪家确实不错,倪天问英俊又有才,双亲又通情达理,谁成为倪家的媳妇一定是世界上最幸福的女人,但现在感觉这个门真不是一般的人能进得了,想想米丽塔的遭遇,沈孟芝觉得不寒而栗,嫁到他们家,绝对是不会幸福的!

就算倪天问再好,也得灭了这个念头。

看来,相爱容易相处难。相爱的两个人,并不一定能顺利走到一起。况且,倪天问对自己还不来电,唉,又胡思乱想了。

呀,龚炜这几天怎么都没跟我联系了,不会有个新欢就真把我给忘了吧?

看来啊,这世界没有一个男人是靠谱的。她支起了下巴,自言自语,"好吧,工作,工作,就当这个世界没有男人吧,没有男人,我沈孟芝活得都不知道有多滋润，有男人反而还生了麻烦，哼。"

正说着，外面有人进来，拿着一束鲜花，那送花的男孩看了看办公室里的几个人，开口问道：

"请问，沈孟芝小姐在吗？"

"我是。"

"有位先生送给你的，生日快乐！"

"对了，你好像是莫小平花店送花的吧？"

男孩点了点头，几个同事纷纷过来祝贺："生日快乐啊孟芝。"

"谢谢大家了。"

沈孟芝刚听到有位先生送花来的时候，心里是一阵激动，心想着到底还有个小子关心着老娘，当她知道了送花的小二是莫小平老妈的跑腿时，一下子气馁了。唉，关键时刻，还是朋友好，好吧，就算是没男人来关怀，还有姐妹来相惜，也算不错，好歹有人惦记着。不过看来，请吃请喝一顿是免不了的。

正想着去哪放松下，沈母电话来了："孟芝啊，今天你生日呢，晚上早点回来吃长寿面啊。你爸呀，还给你亲手做了你最喜欢的牛肉丸子呢。"

沈孟芝的心里是暖洋洋的，父母毕竟是父母，就算全世界的人都忘了你的生日，他们是绝对不会忘记的："好的妈，一下班我就回家啊。"

然后打电话给莫小平："小平啊，谢谢你的花啊。"

"花？我可没送，你都没看清楚谁送花给你呀？"

"呃……"沈孟芝抽出里面的一张小卡片，念道，"生日快乐，孟芝，做最快乐的女孩。龚炜。"

"不是吧，他怎么知道我的生日？"

"嘿嘿，你说呢？"

"肯定是你特意告诉他去讨来的礼物，真没劲，我还以为有人是真心在意我呢，而且，还是让你订的吧？"

"看你个失落样,生日是我告诉他的,花是他要求订的,跟我可没有半毛钱关系。"

"好吧,晚上我得回家吃饭,我得跟爸妈先过生日,照惯例,咱赶后半场。准备好礼物啊,别再送花了,有一束就够了。你把小七也喊来吧,我把柳如也叫上。"

"OK。"

沈孟芝回到家,一看桌子上已摆满了好些菜,都是自己爱吃的。突然感觉做子女的永远最幸福,而做人妇就如三月的天气,阴晴不定,前一瞬间还在天堂,下一刹那已飚进地狱,永远没有人会为你如此无私地付出。沈孟芝还没结婚就看透了这一点,突然感觉有点悲哀了。

"妈,你看,我给你送什么东西来了。"今天虽然是自己的生日,更是母亲的受难日,所以,这个礼物一定要送的,倘若没有母亲生产时的痛苦,便没有现在的沈孟芝了。自从沈孟芝前段时间目睹了一个朋友生产时的情景,才知道,母亲有多伟大。

"又不是我生日,送我东西干吗呀?"

"没有那天的你,怎么会有今天的我呢,你说是吧?打开看看。"

沈母打开包装盒,里面是一对猫眼石耳钉,简单,大方,又贵气,沈母看着这对耳环都爱不释手了:"不是吧,这么漂亮,一定很贵吧?"

"公司里拿的,内部价,不算贵,我帮你戴上看看。"

"真是漂亮,好好。我说——会不会感觉太惹眼了呀?我都这么大把年纪了。"一向简朴的沈母还真有点舍不得戴,又有点不好意思戴。

"不会不会,大把年纪又怎么了,女人就算再老也应该好好装扮自己,这是一种优雅。老爸,是不是觉得老妈一下子年轻了十岁呀?"

沈从青在一旁是一脸的嫉妒眼红:"哎,你们还知道我的存在啊?年轻年轻,岂止是年轻十岁,至少二十岁。哎哟,话说孟芝你出生的时候,我可没少受折腾,你知不知道你有多能哭,一出生就一直不停地号,非要抱着,一放下来就哭个不停,你老爸我当天晚上是坐着抱着你打瞌睡的，觉都没敢睡啊。"

"爸，原来你也不容易啊，可是，我还真没准备什么礼物给你，先欠上吧，嘻嘻。"

"就知道你心里只有你妈。"

"也有你的啦。不过妈不一样啊，能生孩子能养孩子菜还都是她烧的家务也是她做的，比起你啊，确实辛苦多了。"

"敢情老爸我是个吃闲饭的。唉，小时候整天跟在老爸的屁股后面，长大了胳膊肘儿就往你老妈那边拧了啊？唉，真是俗话说得好，女大不中留。也罢也罢，赶紧开饭吧，都饿得肚皮贴后背了，我说老婆子，菜都烧完了吧？再炒啊真吃不了了。"

"你们先吃，我再给孟芝弄份长寿面就好了，这个啊可少不了的。"

"好好，孟芝，我们开动吧。"

一家人其乐融融围在一起就餐，关于倪天问的女朋友回英国的消息，他们俩不知道是怎么得知的，沈母先开口了："孟芝啊，天问的那个外国女朋友听说回去了？"

孟芝嗯了一声："你怎么知道的？"

"这个你就不用管了，我就知道，他们处得不会长，如果是我的闺女，我也舍不得让她嫁到国外去，你看举目无亲的，万一跟老公吵架了，连个回娘家的机会都没有，万一婆家人对她不好，那就更凄惨了……"

沈孟芝觉得这话确实挺在理的，没反驳，换作她，她也不会为了爱情而远嫁国外，谁会没个委屈的时候，如果连个倾诉的对象都没有，真不可想象。而且在陌生的地方，未来的样子更模糊了，自己是无法驾驭的。

沈母继续说："更何况呢，倪家的家长也不乐意接受这个洋媳妇。你想啊，这不更是活受罪嘛，还是早点分开好，如果真嫁入倪家啊，以后的苦头，真是够她受得了。"

米丽塔回去了难道对她来说反而真是一种解脱？沈孟芝想想这段时间米丽塔的遭遇，确实够窝心的，她都替米丽塔觉得难受。"妈，米丽塔其实是个好女孩，倪天问也是个重情的人，你说他们这么般配的一对，不在一起多可惜。"

"唉，婚姻生活没有你想得那么简单。恋爱的时候，就两个人，可以什么都不用管，婚姻就不一样，这是两个家庭的融合，而不是单纯的两个人结合，因为，你嫁到对方家里去吧，不只是跟对方一个人生活，是跟他们一家人过。"

"嗯，你妈说得有理，有时候，老人的话真不能不听。嘿嘿，那天问现在不是恢复了自由身了……"刚才只顾吃饭的沈从青发话了。

沈孟芝知道她爸想说什么，无精打采地说："你别想多了，天问这段时间情绪很不好，公司也不去了，手机都关着呢。你们说不会出什么事了吧？对了，我等下去宾馆看看他，不知他是不是还在宾馆里住着。"

他们俩面面相觑，沈母发话了："我看他不一定会在宾馆，咦，你们说他不会去英国找那个米米粒去了吧？"

"是米丽塔不是米米粒。还真说不定呢。"

正说着，手机的短信音乐声响起，沈孟芝随手拿起来一看，正是倪天问发来的：我在英国，不用担心。

沈孟芝尖叫了一声，吓得二老赶紧站了起来连声问怎么了怎么了。

"妈，你真是神人啊，倪天问真的去英国了，去找米丽塔了，看来啊，这两个人难断啊。"

"吓死我了，我还以为发生什么事呢，一惊一乍的，难断不难断，那就不一定了。米丽塔是受了委屈回来的，她爸妈肯定不会再同意她回中国了。"

这时，倪夫人打电话过来："孟芝啊，你看没看到倪天问啊？手机怎么都关着啊，是不是出事了啊？急死我了，哎，能不能帮我找找他啊？"

"伯母您放心，我在家吃饭呢，刚收到天问哥给我发的短信，说他去英国了。"

"这，这，怎么会这样？这小子，唉，真是老让人操心。"

"伯母你不用过分担心,他说过几天就回来的。"

"好吧,谢谢你了,再见。"

按掉电话,沈孟芝嘟囔着嘴巴,然后拿着一个鸡腿啃:"真是活该,现在,连儿子都没了吧。"

"你可不能乱讲话。"

"妈,我吃得很饱了,咱一起收拾下吧,等下我还得赶场呢,叫了莫小平、柳如他们。"

"就知道你还有后半场。对了,你跟那个姓龚的小伙子发展得怎么样了?"

沈孟芝真不想多说,她撇开了话题:"妈,你今天做的菜太好吃了,平时怎么就没觉得呢,今天的碗啊我来洗,你赶紧一边看电视去。"

沈母真是乐了:"你看老沈,咱的女儿真是越来越懂事了,没白疼她。"

沈从青也笑了:"喂,孟芝,妈问你的问题你还没回答呢。"

沈孟芝快速地冲进了厨房,穿上围裙,戴上手套,然后开始洗碗。看她那样俩老人都乐了,不就洗个碗嘛,还戴什么手套呀,现在的年轻人啊,真是金贵。

收拾完毕后,沈孟芝开始进房间换衣服,化妆,今天自己是主角儿,可不能太随便了。正想着要挑哪件衣服,莫小平就来电了:"赶紧啊,我们已经到民谣吧了,就等你这个寿星了。"

"马上。"

22. 醉酒

沈孟芝一到那里,就看到一个特大号蛋糕,而整个酒吧都布置成一个生日 PARTY 式酒会。

这是沈孟芝所没有想到的,看来龚炜还是挺在意自己的,虽然最近联系得少,她也知道他在忙着搞新酒吧装修的事,根本就没有多余的时间,没想到会这么费心思给她弄这个酒会。

"孟芝,赶紧过来,生日快乐啊。"柳如、莫小平还有小七都在。

听到这里有个寿星,别的吧友也拿着杯子纷纷过来祝贺:"生日快乐生日快乐!""谢谢谢谢。"沈孟芝忙不迭地回应着。

这时,龚炜也过来了:"孟芝,生日快乐!还满意吧?"

"满意满意,真谢谢你了。"

"谢谢什么呀,没费多少工夫。能为你过生日,我求之不得啊。还有,告诉大家一个好消息,下个星期啊,新酒吧就开业了!开业在即还有很多的事要做,所以啊,都一直忙着,前期的事情太多了,也不能给你弄个好点的生日PARTY。"

"已经够好啦,新酒吧下星期就开业了,真是神速啊,到时我们一定会去捧场的。咦,怎么没看到走走?"

"她还在新酒吧忙着一些活呢。我呢,因为今天你是寿星啊,我怎么都得赶过来。"

看来啊龚炜对自己还是挺有心的,并不是真的全然不在意,一想到这点,沈孟芝心里就有点美滋滋了,感觉自己这个生日过得挺有意义。这时,突然听到柳如的尖叫声:"吴老师,你怎么也在这里啊?"

这可不正是吴为吗?柳如感觉自己像是做梦一样,开心极了,吴为看到她,也甚是意外:"你也在这里玩?"

"嗯,今天是我好朋友的生日呢,大家给她庆贺。"

"噢,那我也要过去敬一杯。"

于是他朝沈孟芝举杯祝贺,沈孟芝看过关于他的报道,问道:"你就是那个山区教师吴为吧?柳如可经常念叨你呢。"

柳如推了下沈孟芝,示意她别多话,免得节外生枝,沈孟芝便闭嘴了,柳如接着说道:"吴老师,你这次是回来办事,还是?"

"那边我已经辞职了,新来了两个老师,现在志愿者也经常过去帮助,我也比较放心了。"他突然像是想到了什么,突然有点感伤起来,估计是又想起了他那魂断山区的女朋友。

"那真是太好了,以后我们可以经常在一起玩了哈。这儿的老板是我们的朋友,也是这位寿星的准男友。嘿嘿,下个星期他的新酒吧开业,到时,我们去新酒吧玩吧。"

"呃,是吗?这里有几个老板?我堂妹也说自己是这里的老板,所以,我晚上过来是特意来看她的,想不到会碰到你。"

"你堂妹?不会叫走走吧?"

"是啊,她就叫吴走走,她正在往这里赶的路上。"

"哈,真是太巧了,原来走走还是你的堂妹,看来这个世界可真小,快过来,你就坐这边,跟我们一起,我给你们介绍下。"

于是柳如把那一堆人给吴为一一介绍,而关于吴为的事迹,大家也是有所耳闻,沈孟芝趁机说:"吴老师,你现在还单身吧?我们柳如也单着呢,在那么远的山区,你们能够相识,在这么大的城市,你们又能够相遇,这缘分来了啊,真是逃都逃不掉啊。"

大伙起哄一起叫着:"缘分,缘分,缘分。"

吴为不好意思地笑笑,柳如还真怕这群家伙会吓着他,吴为在她的心目中就像只小雏鸟一样,需要她呵护着,柳如赶紧吆喝道:"你们啊注意点形象啊。"

吴为笑着说:"我敬大家一杯吧,我酒量不好,就一起敬了。"

敬过后,柳如觉得自己有好多话要跟吴为讲,便拉着吴为问东问西,沈孟芝与莫小平看见他们,由衷地感到高兴,悄悄地说:"看来柳如以后不会空虚了,找到目标了。我看这个靠谱,比以前那几个都要实在。"

"嗯嗯,小声点,别提以前,让吴为听到,柳如会跟我们拼命的。"

"嗯嗯。"

不一会儿,走走也气喘吁吁地赶回来了:"哥,你们都认识啊?"

吴为指着柳如笑道:"她是报社的记者,这次要不是她帮忙,我可能还在学校里出不来呢。"

"就是她呀，那真是谢谢你了柳如，我大伯大妈就这么一个儿子，他们啊想他都想出病了，再不回来，真的要出大事了，我都替他们急。"

"唉，是我不孝，对不起他们。"

"好啦，这不回来了嘛。"柳如抢着说，生怕委屈了吴为，事实上，吴为的出现给她毫无光泽、只留下记忆死灰的生活带来了一丝光亮与希冀。她原本觉得自己无法再爱了，也觉得再也不会为一个男人而痴狂了，但是，为什么看到吴为内心却涌动着欢喜的浪潮？

她不明白这是为什么，但是，她相信，从今天起，她的生活会出现一丝色彩了。

吴为简直是上帝派来的，如果他们之间有可能，她想，她一定会好好地把握。以前的都已过去，既然命运已经在改变，上天重新给了她一个机会，那么，她何不坦然地面对，好好地去把握这样的一个质如璞玉的男人呢。

如果，如果，他对我也有点意思的话。不管怎么样，好感至少是有的吧？

散场的时候，酒吧也没人了，打了烊，沈孟芝有点醉了，酒量不是很好的她今天真是被灌了不少酒。莫小平小七俩一路，吴为送走走与柳如回去，而龚炜送沈孟芝。

龚炜架着醉醺醺的沈孟芝："我送你回家吧。"

沈孟芝在他的肩头居然睡着了，他推了几下，沈孟芝嗯了一声，又没吱声了，龚炜着急地问："喂，你说句话吧，你家我没去过，只知道大概位置，具体在哪幢我真不知道啊。晕，怎么醉成这样，喂，柳如、莫小平、小七，你们等下啊……"

但他们已各自进了出租车，听不清他在叫什么，对他俩扬扬手就走了。

龚炜无奈了，心想从来没见过沈孟芝喝成这样，那些人真会灌酒，真是的，唉，谁叫她今天是寿星。他家倒是在附近，先带她回他房间醒醒酒吧，于是便扶着她，带她回自己的宿舍。

龚炜的宿舍乱七八糟的，简直可以用"鸡窝"俩字来形容，龚炜把床上乱七八糟的衣服袜子杂志报纸收拾了一下，空出地方让沈孟芝躺了下来。

"孟芝，我去泡杯蜂蜜水给你喝。"

龚炜把杯子放下，叫着沈孟芝，她却不肯起来，无法，他只好半搂着她让她坐好："先喝点吧。"

沈孟芝酒后也渴得厉害，就咕咚咕咚全喝了下去，刚喝完，哇的一声，竟然全都吐了出来，吐得到处都是，龚炜身上的衣服也脏了，整个房间都充斥着酒腥味。然后她抹了抹嘴巴，继续躺下去昏睡，看来真的是喝伤了。

妈妈啊。龚炜叫苦连天，他进卫生间给自己换了衣服裤子，然后捏着鼻子进了房间，一边收拾一边又担心地问沈孟芝："你没事吧？"

沈孟芝闭着眼睛昏睡中，并没有理会龚炜。床单上与地上有污垢物，还有她的外套上也弄脏了，龚炜只得把沈孟芝的外套给脱掉，然后把她抱到椅子上，把被单抽了出来，再换了条新的，接着把她抱回到床上，开始清理地上的呕吐物。

今天都什么日子啊，真是背，他这辈子都没遇上这种事，虽然酒吧里经常有客人把卫生间吐得一塌糊涂，但是都是清洁工打扫的。

而奇怪的是，龚炜为沈孟芝做这种事，并没有觉得很反感，换成别人，他估计早就骂娘并把她给轰出去了，太恶心了。

看来，自己对沈孟芝是不止一点点的喜欢，但是龚炜之所以没对沈孟芝发动猛烈的追求，是感觉自己事业还没成功，感觉自己各方面都配不上沈孟芝，心里有着自卑感，所以，他这次非常珍惜与走走的合作。

他觉得这次的新酒吧可能就是自己成败的关键,所以,他尽了全力去做,如果这样都能搞失败,他龚炜这辈子可能再也振作不起来了。

所以目前他也没有多余的心力去恋爱,爱情是需要经营的,不是落地而长的野花,他想要一份能结果的爱情,而不是光开花,然后开着开着就散了。

如果新酒吧搞得风生水起,或者能坚持得下去,他便会有足够的自信去追求沈孟芝,这样也不会对她有所负,这是龚炜的想法。他想给自己半年的时间,全身投入自己的酒吧,打一个漂亮的事业仗,如果成功,他一定要把沈孟芝追到手。

"孟芝,你是我的,你一定要等我。不是我不喜欢你,我只是觉得现在,我还没有能力去爱你,我想我能赚很多钱,然后让你过上幸福的日子。"

他握着沈孟芝的手,然后拿开孟芝脸上的发丝,轻轻地说。

而沈孟芝睡得很沉,听不到他的言语,便也理解不了他的心思。

男女的心思,倘若不挑明,便是天上的星星,各自相望,却不能携手相守,只能互相猜测,在疲惫中,很可能会互相错过。

沈孟芝真不知道,这辈子谁才是她的有缘人。

沈孟芝一觉醒来,头痛欲裂,捂着脑袋睁开眼睛,一看四周,却是完全陌生的环境,吓了一大跳,自己怎么会在这里?这是什么地方?不会遇到变态狂了吧?

一想到这里,沈孟芝赶紧摸摸自己的身上,好像并无异样,衣服也穿着,包也在旁边。她赶紧打开包看看,里面的东西并不见少,然后意识到,自己的外套怎么不见了?

外套没了就没了,可能是昨天落在酒吧里了,重要的是人还好好的,得马上逃出去再说。

一想到这里,她就蹑手蹑脚地抱着自己的包,往门口走,突然听到有人说话:"你醒了啊?"

一个响亮的男声对沈孟芝来说无异于五雷轰顶般的刺激,完了,这回可逃不了了,虽然昨晚应该还没对我下手,可能是太醉了不感兴趣了,现在就不一定会放过了。

但她又觉得这声音咋这么熟悉啊,抬头一看,切,门口站着的不就是龚炜嘛。

沈孟芝拍着胸口重重地吁了口气:"还好还好。"

龚炜莫名其妙地说:"什么还好啊?"

"嘿嘿。就不告诉你。喂,我怎么在这里啊,你怎么不把我送回家啊,是不是有什么不良企图啊?"

"切,都在想什么啊,你昨天醉得不省人事,把你扔到街上,被人捡走都不知道。我又没去过你家,虽然送过你一次,但不知道你具体住在哪套房里,总不能一幢幢一层层挨个敲门吧?你说半夜三更的,你不想活,我还想活命呢。"

"呃呃——也是——"沈孟芝一想到自己刚才乱七八糟的想象,脸都有点红了,"床被我占了,你睡哪里呀?"

"我当然也睡床上喽。"

"你说什么啊,你——你——"

"你紧张啥,你摸摸你身上,有少一根筋吗?有少胳膊断腿吗?还怕我吃了你啊。"

沈孟芝还真摸了摸:"这个,倒是没少什么,不过,有一样东西真的少了。"

龚炜瞪大了眼睛:"什么东西啊?"

"我的——外套——"

他突然哈哈大笑:"外套啊,你昨天啊吐得一塌糊涂,外套弄得很脏，我给洗了，现在在阳台上挂着呢，我拿过来给你。"

自己竟然，吐了？天啊，多丢人的事啊，淑女形象真是一去不复返了。

这事情真是令沈孟芝痛心疾首、羞愧难当，这真比任何事都让她觉得难堪，当她拿到还有点潮但很干净的外套时，她真不能相信，龚炜这么一个大老爷们会为自己做这样的事。

"龚炜，真谢谢你，给你添了这么多麻烦。"

"谢什么啊，都是朋友，换成谁都会这么做的，况且呕吐这事，你自己也控制不了。对了，今天好像不是休息日，你不用上班吗？"

一说到上班，沈孟芝差点跳了起来，看了看时间，天啊，都已经过了上班时间了，她风一般地蹿出门，"我得去上班了，有事我们回头再说啊。"

龚炜看着她消失的背影，笑着摇了摇头。

龚炜回头看见了自己煎的两份鸡蛋与牛奶，跺着脚，懊恼不已地自言自语："晕，竟然忘了叫孟芝一起吃，我可是第一次为一个女孩亲手做早点啊。唉，这都什么事啊，就算她没时间吃，也得叫一下，至少让她知道下也好，我对她其实不错的，唉，这么好的表现机会，又被自己给毁了……"

他一只手抓起一只煎蛋，然后狠狠地往自己的嘴巴里塞。

23. 捉奸

沈孟芝从出租车下来的时候，看见罗丝正从一辆奔驰里下来，开车的分明是个男人，沈孟芝一看见她就乐了："罗丝呀，您可真有本事呀，又扒上一个有钱的。"

罗丝也毫不隐瞒，一提起这个她就得意扬扬，完全忘了自己跟沈孟芝吵过架。

"那是，我罗丝呀，没几个臭钱的男人还真看不上。"

"那你喜欢抱着男人睡觉，还是更喜欢抱着钞票睡觉呀？"沈孟芝存心想拿她开涮。

"最好是男人与钞票一起抱喽，这问题还不简单，真是的。"好吧，一年中有那么几天，一天中有那么几秒，胸大无脑这话对罗丝是不适用的。

"是个大老板呀？"

"那当然了。"

"是不是已婚的呀？"

"你——不跟你这种没见识的女屌丝说话了，浪费口水，哼！"这话可能戳中罗丝的痛处了，她狠狠地瞪了沈孟芝一眼，然后一摆一扭地走了，进了电梯，对沈孟芝喊："你不许进来！不想跟你坐一部电梯！"

"好吧，您先请。"

反正已经迟到，再迟两分钟也无所谓，还是心情最重要。今天沈孟芝的心情无比晴朗，一是昨天的生日，有那么多人关心自己，二是龚炜对自己的作为，真的挺不错，挺细心体贴的一个人，很会关心人，三是龚炜这个人不会趁人之危，也算是君子一个，不过昨天自己醉成这样，还吐了，估计他也没兴致了，四呢，拿罗丝开涮了一把，其实啊想让她有自知之明，做女人做得有尊严点，不过罗丝其实也是可怜的女人，这样的女人，真不知道几时才会遇上真心对她的人。

第二天下班的时候，罗丝蹬蹬蹬地走在沈孟芝的前头，然后又进了那辆奔驰车里，看来啊，那男人对她是动真格了，这么关照啊。

什么样的男人会对罗丝动真格呢？

沈孟芝实在是太好奇了，她觉得不看那个男人一眼，她真会睡不着觉的，于是她便不紧不慢地跟在那辆黑色奔驰后面，越瞅越觉得这男人眼熟，一个红灯的机会，她并排停在了那辆车子旁边，终于看清楚了，我的天呀，这不是柳如上任的姘头陈景佳嘛！

这两个人怎么会勾搭上啊？沈孟芝赶紧低下头拿头发挡住脸，可别让陈景佳看到自己，发现了这个巨大的秘密，这会，沈孟芝倒有了做贼心虚的感觉。

不过也不奇怪，现在都什么时代，QQ、微博、微信，这么多的工具，一下两下就能勾搭上，只要你有想勾搭的心。陈景佳这个人淫心不改，而罗丝只要是有钱的就往上凑，貌似他们住得也挺近，用微信一摇就摇到了。这年头，男女想勾搭还不容易啊，况且罗丝那露奶照头像，估计每天都会有男人凑上去搭讪，所以，罗丝一般都没机会寂寞，没趣了就换人。不过罗丝也是挑对象的，不是什么男人她都要，照她的话，没几个臭钱她还真看不上。当然，未婚最好，如果是已婚的，捎带，说不定也有转正的机会。

所以，她罗丝对倪天问这样的近水楼台，自然是不放过，只要身边还没特别合适的人选，哪处高就往哪处攀，直到攀成功为止，这是罗丝的人生法则。

沈孟芝觉得这事越来越有意思了，这事可一定要让柳如知道，否则会被她骂的，她戴好耳机，给柳如打电话："柳如，你下班了吧，方便讲话吧？"

"嗯，我在路上呢，讲吧。"

"告诉你一个很有意思的事，你猜你的那个前男友陈景佳现在跟谁好上了？"

"去，关我什么事，我哪猜得到，想着就恶心。我说——他这么快就跟人好上了？怪不得把我给甩了。"

"你猜猜看嘛。"

"我哪知道，快点说。"

"好吧，我可告诉你了，她啊你也认识，她就是我们公司的珠宝模特罗丝。"

"不是吧,他俩是怎么勾搭上的?"

"这我可真不知道,我现在偷偷跟在他们后面呢,估计他们现在去吃饭,吃完了后,应该会去开房间。嘿嘿,你要不要来看好戏啊?"

"这个,好啊,要不咱就来个现场捉奸?"

"嘿,正有这想法,你来的时候,给我带点吃的啊,看来晚上我只能待在车上过了,为了给你出口气,晚饭也吃不成了,你得好好犒劳犒劳我啊。"

"你不是很想成为私家侦探嘛,给你机会过瘾还不乐意啊。我去给你打份盒饭,然后再去超市买点零食。我也顺便拍几张高清照片,搞不好啊,又有个劲爆新闻好写,最近我到处找新闻呢。"

"你个狗仔队,还真是敬业,不多说了,等下联系,我开着车,再说要跟丢了,晚上没好戏看了,你把东西买好了打我电话。"

说完就挂了电话,跟了一会儿,陈景佳的车停在一家餐厅的旁边,他们从车上下来,往餐厅里走去。沈孟芝把车停在他的车子旁边,把座位调成半躺的姿势,等待的时间是漫长而无聊的,吃个饭,个把小时总得要的吧,她便听着音乐,用手机上网逛淘宝。

等了四十多分钟,柳如终于来了,除了吃的,还拿着一架专业的单反相机。沈孟芝抓过盒饭:"我先吃饭啊,你给我盯着。他们应该很快会出来了,接下去不知道是直接去宾馆,还是有别的花头。"

"切,我也还没吃呢,没看到我打了两份嘛。咱边吃边盯着吧。"

俩人便专心地吃饭,分工盯梢,一个盯着门口,一个盯着那辆车,免得有走神的时候。俩人刚吃完收拾好袋子,准备人手一包薯片继续吃,就看到陈景佳与罗丝从门口出来了。柳如低声地说:"他们出来了,别吃了。"

看她那紧张的样子,沈孟芝觉得好笑:"知道啦,你头低一点,不要让他们看到。咱俩可都是他们的熟人,被发现了,这一个小时全都白等了。"

"去,知不知道我是干什么吃的,还用你教,赶紧跟上。"

于是俩人开始继续跟踪,柳如的嘴巴都没有停过:"喂,别挨得这么近,要保持距离。喂,快点,否则要跟丢了。喂,我怎么看不到了啊?噢,原来在那里,赶紧跟上……"

沈孟芝终于忍无可忍:"柳如,你给我闭嘴,再说话,老娘就把你赶下车。"

柳如只得乖乖闭嘴了。

车子往郊区驶去,看来啊,要找个幽静的地方幽会才是正道,而柳如的脸色却越来越难看:"妈的,干吗非要跑那么远?"

"越远越安全嘛,越是近啊,遇到熟人的可能性就越高,你说是吧?对了,你们以前也经常跑这么远吗?"

看着柳如的脸色一片铁青,沈孟芝咳了两声,再也不敢问了。

又开了近一个小时,奔驰终于在一家看上去比较雅致的庄园式酒店停下,再开下去沈孟芝就要骂娘了:"存心想耗老娘的油啊。"

接着他们下了车,往酒店走去,柳如拉下窗拿着单反相机一个劲地拍,直至看不到人影,然后塞进了包里。沈孟芝说:"接下去怎么办?我们不知道房间号啊,服务生也不会告诉我们的啊!"

柳如说:"别急,还有时间,让我想想。"

看来也只能由这个吃狗仔饭的来想了,沈孟芝是没招的。

过了一会儿,柳如对她耳语了一阵,沈孟芝弱弱地问:"这招管用吗?"

"你不信我啊,你不用多说话,配合我就行,好好当你的配角,走。"

于是两个人下车,一起来到了服务台,柳如一边走一边嘟囔:"我说姐姐跟姐夫也真是的,结婚好几年了都老夫老妻了,还这么急性子,我们还没下车,他们就一溜烟没影了,就等一会都不行,我就打了个电话啊真是的。"

沈孟芝说:"谁叫你那么会聊,大家都累死了,他们等不住了,就让他们先去休息呗。"

"唉,今天还爬什么山,真是累死我了。服务员,刚才我姐夫给我们开房间了吧?"

"你姐夫?没有啊?"

"就是刚刚进来的一对男女,男的比较瘦,女的身材很棒,她是我姐姐,嘿嘿,比我好看多了。我姐夫叫陈景佳,他真没给我们开啊?"

服务员是个二十四五岁的姑娘,她翻了翻单子,确认刚才来开的人叫陈景佳,她有点怀疑地看着她:"真没有。"

柳如看上去很生气:"我就说他小气,真不知道会这么小气,不就是刚才说了句他不爱听的话嘛。你说一个大男人,怎么一点肚量都没有,走,我们找他算账去!一定要让他给开一个,他请定了,我就不掏钱!"

然后就拉着沈孟芝往电梯口去,沈孟芝叫道:"他们房间号我们还不知道啊!"

"噢噢,我真是气晕了,小姐,麻烦你告诉我们下好不,等下我叫我姐夫下来开房间交钱,就在他们的隔壁开个房。"

服务员半信半疑地看着她们:"好吧,他们在5018房,5楼。"

俩人心里一阵欢呼,沈孟芝心里想,柳如你也太有才了,就这么把善良的前台姑娘给欺骗了。俩人偷偷地从后门溜走,然后又转回到车里,柳如便用沈孟芝的手机给陈景佳的老婆打了个电话,她用低沉的声音说:"东城梅林山庄酒店,5018,你老公还有别的女人。速来。"说完便挂了电话。

这时,陈景佳老婆回了电过来,沈孟芝急了:"这怎么办,被你害死了。"

"真笨，你就说有人借了你的手机。"

沈孟芝接了起来："你找谁啊？"

"刚才是你给我打电话的吗？"

"没有啊，噢，刚才有个人说自己的手机没电了，借了我的手机打，喂，喂——走远了，别打我电话了，真是的，借了手机还被别人烦。"

那边已挂掉了电话，柳如嘿嘿地笑："等着看好戏吧。"

接下来便是漫长的等待时间，不过他老婆也真是神速，一个小时不到，就赶到了这里，还带着两个虎背熊腰的男人，风风火火地往酒店里面走。柳如赶紧拍照，只是可惜啊，她们看不到房间里发生的精彩一幕了。

不多时，只见罗丝被陈景佳老婆揪着头发，拉到了酒店大厅，大厅外面是落地玻璃窗，所以，里面的情况是一目了然。陈景佳老婆破口大骂道："你这个贱货一看就是个狐狸精，还勾引人家老公，你还要不要脸啊！"然后又是一巴掌，"我撕破你这张臭脸！"

罗丝挡着脸叫道："是你管不好自己的老公，自己没魅力老公都被人抢了，你怨谁啊，你这个丑八婆，没能耐活该！"

"你这个臭贱人！"然后两个人又撕打在一起。他老婆对那俩男人叫道："你们站着干什么啊？"

俩男人拉起罗丝分别给了她两耳光，罗丝号啕大哭，而陈景佳鼻青脸肿地站一边，一边捂着脸，一边向他的老婆号着求饶："老婆，你们别打了，我再也不敢了，这是最后一次，好不好，你原谅我吧。"

这时酒店的保安纷纷过来劝架，把两个女人给拉开，而他老婆又朝陈景佳下半身踢去："让你玩，让你玩！我踢死你，看你怎么玩！"

沈孟芝乐死了："这下陈景佳同学可惨了，不知道命根子还能不能保得住。柳如啊，还好你早一步退出啊，否则下场估计跟罗丝一样，啧啧，可真惨哪。"

柳如狂拍了一阵，看他们停下来了，也没什么可拍的了，她看得有点发怵，想想也真后怕，陈景佳老婆就如他说的一样，真不是什么省油的灯，如果被她给逮个正着，下场真不会比罗丝好多少。

这时，警车呼啸而来，看来是有人报警了，柳如使了个眼色："咱赶紧撤。"

沈孟芝会意地点了点头，两个人驶出了酒店门口的停车场。

车上，柳如得意地翻看着相机里的照片，边嘿嘿地笑："陈景佳呀陈景佳，你现在可是死无葬身之地了。不过啊，我还是有良心的人，不会给你爆出去的，至少目前不会，以后啊就不知道了。不对，咱都没以后了还提什么以后呀，我就留着做纪念吧，心情不好的时候就翻出来看一下，再看一下，嘿嘿，挺解恨的。"

"很过瘾吧？俗话说得好，千万不能得罪女人。你看我对你好吧？你前夫的仇我给你报了，现在，你前姘头的仇也给你报了，你得怎么感谢我？"

"给你找个金龟婿还不行吗？我给你出广告费，在我们报纸上登一则征婚广告，到时候，来应征的肯定踏平门槛，还怕找不到一个既有才又有财的好男人啊。这可关系到你的终生幸福啊，这份礼物够重吧？"

"太重了，还是免了，我可承受不起。"

"真的不要？"

"不要。"

"你自己说的。那要不要去喝一杯？"

"还是算了，跟踪真累，看来私人侦探也不是个省力的活，不过也算是过了一把瘾。现在啊，我只想回家好好洗个澡，然后躺在床上看看书，要么玩玩电脑，好好睡它一觉。"

"好吧，我也觉得累，送我回家吧。"

柳如在车里看似心情很不错，眼睛一直瞄着相机，这回，她可是够过瘾的。

24．心事

龚炜的新酒吧"囧情男女"终于开业了，里面的装修非常有特色，跟丽江的酒吧有的一拼，古色古香，散发着原木的芬芳，还有雅致玲珑的多肉植物与一些漂亮的盆栽，窗帘可以折起来，空气很好，不用担心里面会乌烟瘴气。

初来酒吧的人都觉得很惊艳，对于一些有小资文艺情结的客人，在第一视觉上已征服了他们。开业的头两天，是试营业期间，所有的东西全按半价出售，各路老客与小股东带来的新客纷纷来捧场，人来得非常多，很热闹。

组合的乐队有四个人，歌都唱得不错，一个吉他手兼主唱，一个键盘手，另一个是鼓手，小七是客串贝斯手。因为他乐器耍得还不够专业，虽然薪水只有其他人的一半，但是，他也很知足了，也算是终于有一份固定的工作了，而且相对于其他的乐手也比较自由。

乐队休息时间，走走全副武装上场，一改平时的民族风风格，一身皮装，外面罩着黑色披风，戴着个印第安人面具，头上还插着几支孔雀毛，然后耍起了杂技与魔术，看得众人纷纷喊好，气氛非常热烈。虽然不像别的酒吧那样有美女跳钢管舞，但是这样老少皆宜的酒吧，客户群看似更广。

而沈孟芝一帮人自然也来捧场，柳如知道吴为也会来，当然是天大的事都会放下，先过来再说，还精心打扮了一番。沈孟芝看他们那眉目传情的样，估计这两个家伙私下里约会过，别的不敢说，至少吃过饭吧。

柳如坐在吴为的旁边："对了，吴为，工作单位找到没？要不要我帮忙？"

"一家私立的寄宿学校想聘我过去当老师，我在考虑中，如果没其他的选择，就去了。"

"挺好的啊,现在私立的学校待遇不比公办的差,至少啊比我这到处跑的记者强多了。而且除了双休,又是寒假又是暑假,教师节还有东西发,你说多好啊。我可是嫉妒羡慕眼红恨,不过话说回来,你当了这么多年的山区免费教师,也应该苦尽甘来了。"

吴为腼腆地笑笑:"在山区生活了这么多年,感觉城市的节奏太快了,真有点适应不过来。而且,现在年轻人讲话越来越难懂了,都是些网络口头禅,我经常听得一愣一愣的。"

"哈哈,所以嘛,你得跟我们多待待,就能很快跟得上这时代的浪潮喽。"

"也是,你要多教教我,免得我在学生面前出丑。城里的孩子跟山里的孩子差别太大了,懂的东西太多了,玩起电子产品更是鬼机灵,而且个个脾气都有点怪,都爱标榜自己,都很特立独行耍个性,我是真怕搞不定他们啊。"

"你可不能都由着他们,否则啊,他们会无视你的存在的。不过小孩子毕竟是小孩子,他们如果服你,喜欢听你的课,也会很听话的。不用太担心,顺其自然就好了。"

吴为点了点头:"也对。"

这时,下场的走走过来了:"哥,聊什么呢,聊得这么起劲,看来你们真是情投意合呀。柳如姐,要不,你就当我的嫂子吧。"

柳如虽然对吴为是有点意思,但走走突然来这么一句,她也有点不好意思了,不过,谁叫她的脸皮足够厚呢,马上接话说:"这话应该由你哥哥说才对吧?"

走走大笑,拍了拍哥的肩膀:"哥,听到了没,你啊,得好好把握噢。"

说完她便招呼别的客人去了,吴为有点不好意思地笑笑,欲言又止,喃喃地说:"我,我还没有这个心理准备,目前刚来城里,工作都还没落实，还没想到个人问题，对了柳如——是不是有很多人喜欢你呀？"

"这个并不重要，重要的是，我也挺喜欢你的。"

柳如很直率地看着吴为，她喜欢看吴为有点惊慌失措的表情，感觉着实憨厚可爱，比她身边所有的男人都来得单纯实在。她突然有一种想单独跟吴为相处的欲望，开口说道："这里太吵了，陪我出去走走吧。"

吴为点了点头，他们分别向沈孟芝和走走打了声招呼，然后便走出了酒吧。

柳如很自然地拉着吴为的手，身子靠在吴为的肩膀上："我好像真有点醉了，送我回家吧。"

吴为有美人在怀，也不禁有点心猿意马："好的，我送你。"

两个人回到柳如的宿舍，吴为说："你好好休息吧，我走了——"

柳如一把拉住了吴为的手，借着几分酒意说："陪陪我吧，我好寂寞，真的，很寂寞很寂寞，没有一个男人真正对我好。吴为，其实，我一直挺喜欢你的。你呢，你说实话。"

"我，我也——喜欢——"吴为涨红了脸，才说出这几个字。

柳如感觉到他实在是可爱极了，为什么会有这么可爱的男人，她捧起了他的脸，轻吻着吴为的眉，吴为的鼻尖，最后落在了他的唇上。吴为的呼吸变得急促，他以男人本性激烈地回应着她的热情，给了她一个深深的吻，俩人激情相拥，最后倒在了床上不停地翻滚着……

沈孟芝等了柳如许久，也没见柳如回来，电话打过去，却是关机。

这时，手机响起来，却是消失了一段时间的倪天问打过来的，里面有些吵，沈孟芝出了酒吧接电话，听见电话那头说："孟芝，我回来了……"

"天问哥，你终于回来了啊，是不是跟米丽塔一起回来的？"

"没有，我们分手了……"

"啊……"

"孟芝，陪我喝一杯吧，我心里真的很难受。"

晕，怎么又来了，现在的人怎么都这样，一失落就喝酒。沈孟芝想了想说："我在长南路的一个叫'囧情男女'的酒吧里，跟一帮朋友在一起，要不，你过来吧？"

说实在的，沈孟芝真的怕他跟上次一样喝醉了，上次她几乎是抬着他走的，太折腾人了。

"还有你朋友？我又不认识……"

"没事，今天是一个朋友的酒吧刚开业，你过来吧，你来了我就陪你，他们陪不陪无所谓。"

"算了，孟芝，我在宾馆里，我觉得好冷好孤独，你来陪陪我吧，我不想出去了，我想永远睡下去……"

沈孟芝越听越觉得很不对劲，打击太深了变傻了？还是真想不开了？搞不好在寻短见啊。一想到这，沈孟芝就紧张起来，对莫小平说："我有事先回去了。"

然后抓起包就走，莫小平叫道："喂，你们今天怎么了，怎么个个都莫名其妙地就走了？"

沈孟芝没理她，救人要紧啊，她叫了辆出租就飞奔过去。

来到宾馆里，推开门，倪天问一团烂泥般地瘫在地上，手里还拿着瓶洋酒，胡子拉碴，头发有点蓬乱，衣服上还有可疑的垢渍，沈孟芝差点就认不出来了。不就去了趟英国吗？怎么像是去了趟难民营里似的，跟往常自信干净并不卑不亢的倪天问完全判若两人。

"天问哥，你怎么了？为什么坐在地上啊？"

看到沈孟芝过来，他抬了下眼皮："地上凉快。噢，孟芝你终于来了，还是你对我最好，呃……"

"天问哥，你到底怎么了？消失了这么久，你怎么还不回家啊？你老爸老妈可念叨你呢。"

"我才不要回家,都是他们害我这样的,我再也不想看到他们了。"沈孟芝哭笑不得,想不到倪天问竟然像个孩子似的耍无赖。"你总不能老这样啊,谁没有过失恋啊,你说你一失恋,公司也不管了,家也不回了,爹妈也不要了,这都哪回事啊,像个男人吗?"

平时她只觉得失恋的女人很难缠,柳如就闹过很多回,想不到男人一失恋也这么爱闹情绪。倪天问突然像个受了委屈的孩子似的号啕大哭,沈孟芝一下子就慌了。她啊,真是头一回看到男人在她的面前哭,而且这个男人,竟然是她所暗恋的人,她感觉自己全身的骨头都快碎了一地。

沈孟芝都不知所措了,她只得蹲下来,边安慰他边递上纸巾,然后搂着他的肩膀。此时,她感觉自己的角色非常尴尬,不像是他的朋友,倒像是他妈。

好吧,像一首歌唱的,男人哭吧哭吧不是罪。

"你告诉我,到底发生什么事了?"

倪天问哭了好一会儿,才停了下来,估计哭够了,心情也好点了,带着抽泣的声调说:"我去了米丽塔家,米丽塔就是不肯见我,她爸对我说,你还是回去吧,别再惹米丽塔伤心了。看着她伤心,我们更难受。如果你不能给米丽塔幸福,你就走吧。我不甘心,我在她家楼下站了整整一夜,我知道她也整夜没睡,站在窗户口一直在看着我。终于,她还是下来了。她说,求求你别再折磨我了,放过我好不好?我问她是不是还爱我?她说她跟我一样,更爱自己的父母,她说我们结束了,我也不再爱你了,我们回到各自的世界吧。就这样,我带着痛苦回来了,我不甘心,真的不甘心。"

"唉,没什么不甘心的,过段时间就什么事都没有了。"

"你不了解,你不会了解的。"

沈孟芝是彻底无语了,她真不知道该怎么安慰倪天问了。接着,倪天问拿起了酒瓶子,又咕噜咕噜灌了好几大口:"米丽塔,我好想你,米丽塔,米丽塔——"

沈孟芝已经忍受不了倪天问这样的颓废劲与蔫劲,她一个巴掌拍了过去:"就算你不为自己活着,也要为别人想想,米丽塔也不希望看到你这样,你越是这样她越是看不起你。你看看你这样子,像个乞丐一样,爱情是施舍来的吗?你自己都不珍惜自己,怎么让别人珍惜你啊?你爱怎么样就怎么样,你愿意把自己当作一个废物,你就继续废吧,亏我一直在心里默默喜欢你,你连被我喜欢都不配,更别说是米丽塔了!你想醉你就继续喝吧!"

越说越是一肚子的火,把自己心里的小秘密趁着火气全抖出来了,她走了出去,砰的一声甩上了门,然后马上就开始后悔了,自己怎么能说这事呢,晕,就这么离开,倪天问真出什么事怎么办?沈孟芝在门口徘徊了几分钟,想了想给倪夫人打了电话:"伯母,你赶紧把天问哥给接回去,他在天湖宾馆里,又喝得烂醉。"

"天问他终于回来了啊!好好,我马上过去接他啊。瑞开,快,一起去。"

倪夫人的声音在颤抖,看来,这段时间她一直是提心吊胆,怕自己的宝贝儿子会有什么三长两短,同时也悔恨自己那天做的事情,估计她想不到事情会这么严重,也想不到自己的儿子会这么痴情。

唉,要知现在,又何必当初呢。

倪夫人与倪瑞开匆匆地赶来,两个人脸色都不好看,倪瑞开健硕的身材整整瘦了一圈,倪夫人是一看到倪天问便抱着自己的宝贝儿子失声痛哭,然后跟倪瑞开挽着倪天问准备带着他回家。

倪天问还在耍脾气地叫:"我不要回去,不要回去!"硬是被他们两个人架着走了,再加上他醉成这样,也由不得他了。

"孟芝,真的是谢谢你。"

"不用,你们回去好好休息吧。"

跟随着他们到了宾馆外面,然后看着他们离开了,沈孟芝突然感到内心无比轻松。这段时间,自从被倪天问当米丽塔抱过后,她心里一直有个结,她想,倪天问为什么就不能是我的男人,为什么就不能属于我?

沈孟芝脑子里经常浮现出倪天问的身影,上班的路上有,下班的路上有,电脑屏幕上有,无时无刻,无所不在,或许,这就是爱情?而有时龚炜的身影也会重叠着出现,她真不知道自己的内心是不是可以同时装着两个人,就是不知道,装着谁多一点。而她觉得自己跟龚炜更有可能在一起,但是,他却从来就没向自己表白过什么。

都说女人心海底针,有时候,男人的心思也是如此捉摸不透,她想不明白。

而现在开始,倪天问恢复了单身,没有女朋友也就更自由了,该放的也可以放了,而她呢,该说的话也已经说了,也不知道倪天问在那种状态下有没有听到,不过她才不管呢,重要的是她说了。

她给了自己一个机会,这就够了。

25. 柳如的桃花

柳如在吴为的怀里醒来,阳光透过窗口的帘缝斜斜地照进来,心情慵懒舒畅。

她紧紧地抱着吴为,这时手机响起来,却是陈景佳的老婆打过来的,柳如心中纳闷,她打给我干什么?她看了看吴为,这时的吴为也已经醒来,用温柔的眼神看着柳如,柳如不想让他听到,她说着"我接个电话。"便出了寝室。

电话接通,柳如却听到陈景佳的老婆一开口便是破口大骂:"我就知道是你这个臭婊子玩的把戏,你让我去捉奸,其实是你想搞到新闻爆料是吧？！现在，全城皆知了，你满意了吧？我老公出轨是我们的家事，要你们管啊，我要去法院告你们！"

柳如都被骂晕了，一时没搞得清状况，突然想起，那天用的相机是报社的相机，前天被小南拿去用了，而她竟然忘了把照片给删了！难道是小南……！她脑子轰的一声响！

她赶紧回睡房边穿好衣服边说："我得回单位了，有点事情。"

"我也要走，等等我啊！"

柳如已经顾不及他，跑出去打了车就直往报社赶，在车上接到同事小玲的电话，小玲在电话里说："柳如，你赶紧过来，出大事了。"

"我已经在路上了。"

小南这个家伙！怎么会把这些照片给曝光出来，而且还没有征得我的同意！妈的，这真是害死我了。

到了办公室，小玲递给她一份报纸，报纸上，整版地刊出了盛伟集团总经理被老婆当场捉奸的相关照片。她都被轰傻了，怎么会这样，怎么会这样？就算是小南求功心切，总编怎么会让这些照片刊出来啊。她感觉自己的脑子都要被搅成肉末了，一片混乱。

这时，小南也赶来上班了，一看到他，柳如心里的小宇宙就爆发了，她把报纸用力地甩到小南的脸上："这些照片是我拍的，你为什么没有征得我的同意就拿这些东西上报啊？你知不知道你这样会害死人的！陈景佳老婆打算去法院告我们了，我看你怎么办？！"

小南明知理亏，喏嚅地说："那会你不是出去了嘛，我看到这些照片觉得挺解恨的，就想着怎么为你报仇，于是拿给总编看，想不到总编看到这些照片很兴奋，他说报社的订阅量一年比一年少，如果再不弄些花边新闻来刺激下读者的神经，咱可能就得关门大吉，卷席走人了。而且咱也不是党报，论竞争也拼不过省级的日报晚报，只得弄些花边与新奇的玩意儿赢取读者了。"

"你——你怎么会这样做,被你给气死了!"柳如一时气得说不出来话。

"照片还不是你拍的,如果没有这些照片,哪会有这样的事出来?"

"你——那还全是我的错了!"

"我又没说都是你的错!"

两个人的声音越说越大,这时总编过来了:"吵什么吵啊,事情出来总要解决的,等下我带小南过去跟他们谈谈,同时向他们赔礼道歉。柳如你避着他们,在我们回来前,你先待在报社,哪里也不要去,知道了吗?"

柳如点了点头,这一天,她都如坐针毡地满屋子转,想干事情根本就不能集中精力。昨晚与吴为的甜蜜劲全都烟消云散,她真怕吴为会知道她做过小三的事,她现在只想好好地、安静地生活,而被小南的这事一戳,全都乱了。她好不容易找到了一个可以依靠的男人,尝到了爱情的小甜蜜,如果这事闹得越来越大,那些风言风语传到了他的耳中,那么,她还怎么做人啊?这一辈子就毁了。

柳如一边担心得要命,一边又咬牙切齿,好不容易一直等到下午,他们才回来,再等下去,柳如都感觉自己快得焦虑症了!

柳如赶紧迎了上去:"事情怎么样了?他们不会再告我们了吧?"

刘总编一屁股坐了下来:"那女人真难缠,累死我了,只差没求饶了,这次的事我也有责任噢。"

柳如急了:"现在不是追究谁责任的问题,他们到底是想怎么样?"

"放心吧,基本搞定了。亏你摄影技术不咋样,人物拍得不是很清晰,再放在报纸上,面容并不十分清楚,他老婆也只是背后与侧面照,只是疑似而已。我们今天就要出道歉声明,说我们的记者,认错人了,那男人非盛伟总经理陈景佳本人。正好他们的一处楼盘要开盘,我还答应给他们做一整版的免费广告,这才算完事了。"

"真的啊，谢天谢地。"柳如的一颗心总算是放了下来，她真怕事情越弄越大，满城风雨不好收场，但是，她心里还是不安，毕竟，报纸已经刊出去了。

小南冒出了一句："他们啊，估计要离婚了。柳如啊，这次呀，我可真是帮到你了，你还得谢谢我啊，机会机会，转正的机会，好好把握噢。"

"离婚？"柳如瞪大了眼睛，我怎么没想到这个问题，如果真离了，陈景佳非恨死我不可，不过，那也是他自找的，跟我没关系，哼哼，多行不义必自毙嘛。

刘总编果然姜还是老的辣："我想暂时应该还不会，这个事情刚出，他们就离婚，说明他们真的有问题，那么人家就会相信那些照片上的事情是真的，所以，短期内他们是不会离婚的，不过陈景佳的日子估计也不会好过了。"

"那叫罪有应得！又怕老婆，又爱拈花惹草的，这种男人啊，离婚了活该。"小南又冒了一句。

刘总编突然说了一句："小南，你是不是喜欢柳如啊？年轻人啊，真喜欢就勇敢地说出来，否则后悔莫及了。柳如啊，小南真的是个不错的小伙子，至少对你的这份心，我们都是看在眼里的。所谓的当局者迷，旁观者清啊。"

旁边的同事开始起哄："在一起！在一起！在一起！"

柳如与小南都傻掉了，她不知道一向内敛的刘总编居然在这么多人面前给他们撮合这样的事情，也没有想到一向只知道跟自己抬杠的小南，难道是真的喜欢自己？

小南傻的是自己的心事竟然会在这么多人面前被说穿，两个人互相呆呆地看着，然后被起哄的同事推到了一起。

柳如的内心在狂号：天啊，为什么桃花运来的时候，是一堆接着一堆的，扛不住啊！

26．虚惊一场

沈孟芝在卫生间里碰到罗丝，只见她戴着墨镜，口鼻明显有点肿，素着脸，头发散在两颊，欲盖弥彰的样子。看神情，没以前那么嚣张了，甚至还有点小可怜。

如果不是她沈孟芝告密，罗丝也不会到这地步，她觉得内心有点过意不去。

"罗丝，你怎么了？是不是摔倒了？要不要紧？"

"我——对对，在路上摔的，都是那个开电瓶车的家伙，开起来飞一样，真是个讨厌鬼。"

沈孟芝好气又好笑："以后走路小心点。"

说完她便打算出去，这时，罗丝弱弱地说："孟芝——"

沈孟芝内心一震，可能是做贼心虚的心态在作祟，生硬地回了句："什么事？"

罗丝可怜巴巴地看着她："我，我这个月房租又到期了，工资还没有发，再不交，房东就要赶我出去了……"

沈孟芝吁了一口气："多少？"

"能不能先借给我两千，我还要把水电费也交了。现在为了节省开支，车也不开了，坐公交了。"

听着还真是凄惨啊，连沈孟芝都有了怜香惜玉的心了："我身边没有这么多的现金，晚上我去取出来，明天给你。你也不用还了，在你工资里扣，我跟财务讲声，扣你两千还我。"

"孟芝……"

"又怎么了？"

"我能不能下个月还你呀？这个月确实挺紧张的，摔成这样，还得买药，还得吃饭……"

"好吧，好吧，明天你来办公室找我。"

"孟芝，真的谢谢你，以前不好意思了。"

"不用客气，都是同事嘛。"

如果罗丝知道捉奸的事跟自己有关系，真怕自己会被罗丝给撕掉。你说人家好不容易傍上了大款，你倒好，向他老婆告密，还被打得鼻青脸肿，万一这张脸还留个什么疤，她罗丝还怎么活得下去啊。

回到办公室，沈孟芝感觉非常唏嘘感叹，看来罗丝真的挺可怜的，以后再也不取笑她了，不过可怜之人必有可恨之处，也算是自作自受吧，这次之后她能醒悟过来就好，至少也要找靠谱的男人来谈情说爱。

她随手拿起桌子上的报纸，被上面的照片给吓呆了，这时，罗丝突然又出现了，吓得她灵魂差点出窍了，她赶紧把报纸藏到抽屉里，罗丝看来还并不知情，讨好地笑："明天，可别忘了噢。"

沈孟芝勉强挤出笑："不会不会。"

看着她出去了，她把门关紧，赶紧给柳如打电话，柳如解释了一番，沈孟芝骂道："你怎么这么不小心啊，拷出来就应该马上删掉，如果这事传出去，把罗丝给认出来，对我们公司也会造成影响的。再调查起来，发现我也是幕后黑手，我还有脸做人啊？而且刚好这几天罗丝又鼻青脸肿地来上班。"

"这——这——"柳如真想不到事情会越弄越复杂，但是她已经控制不了。唉，这该死的小南，你知不知道你惹了多少事。

"好了好了，我出去转一转，看看反应，顺便把今天的报纸都给收过来。"

透过落地玻璃窗，沈孟芝看见几个营业员围成一团，拿着一张报纸在叽叽喳喳说着什么。女人啊最爱八卦,她心里咚地一响,坏事了,她赶紧去销售中心:"你们干什么啊,上班时间在议论些什么,报纸给我。"

反正坏人做到底了,沈孟芝也不管她们在背后骂她是嫁不出去的凶八婆,拿了报纸就走。

这份报纸,公司里一共有五份,这里一份,她那一份,还有设计中心一份,总经理那里一份,老董那里一份。她赶紧去设计中心,还好,报纸还堆在那里,应该还没人看过,她拿起那份:"朋友在今天的报纸上打了个广告,我拿去看下。"

总经理的那份他正好拿在手上,正在看,沈孟芝额头都冒汗了:"郑总,今天的报纸能不能送给我呀?"

郑总看了看自己手头的报纸名字:"这报纸你那里不是也有一份么?"

"嘿,是这样的,上面不是有个十佳青年投票嘛,我朋友也在里面,我也帮他拉票,所以……"

"这样啊,那你拿去吧。"

就这样,第四份报纸顺利到手,最后一份就在董事长办公室了。沈孟芝到了门口,正欲敲门,听到有两个男人说话的声音,看来董事长正接待客人,待会再过来吧。

再一听,她感觉两个人的声音都很熟悉,其中一个声音是倪天问啊,他回公司了?

算了,等会再过来拿报纸吧,免得人家以为自己在偷听呢,她正欲回自己办公室时,门开了,倪天问从里面走了出来,瞅到沈孟芝的背影,便喊道:"孟芝,你来找倪董吗?"

沈孟芝脸色有点阴晴不定,这事可不能让倪天问知道:"也没什么事,你回公司上班了?"

今天的倪天问不再那么像个丐帮的人了,跟往常没什么两样。只见倪天问点了点头,说道:"自从你给了我一个巴掌后,我就清醒了过来,决定好好振作起来,为了所有关心我的人,也为了自己。"

沈孟芝拍了拍他的肩膀:"嘿嘿,这就对了嘛,这才是我的天问哥。"

"孟芝,真的谢谢你,前段时间老是麻烦你。"

"什么话呢,这点事算什么,谁叫我们是铁哥们呢。"

"孟芝,你真是我最好的朋友。"

如果一个男人对一个女人说,你是我最好的朋友,表面听起来挺不错的,事实上很伤女人的自尊,特别是对他心存一点遐想的女人。

但此时的沈孟芝顾不得心伤了,心里那个急啊,现在倪董一个人在办公室,如果他闲得慌了肯定会看报纸的,如果让他认出了罗丝,不但罗丝会被炒鱿鱼,而且如果他要一直追查下去,自己肯定会露馅。她越是想,心里越急。

"孟芝,你不是说你朋友开了个酒吧,几时带我去坐坐?怎么了,看上去心不在焉的。"

"噢噢,到时候再看情况吧,我先回办公室。"

看着倪天问回了他自己的办公室,她又悄悄地折了回去,到了董事长办公室门口,敲了敲门,居然没人。

不会去卫生间了吧,这敢情好啊。

"倪董在吗?"她又敲了敲门,确定没人,又看看周围没人,于是便悄悄地打开门。她感觉自己现在真的是在扮演一个小偷的角色,难免有点胆战心惊的。

只见报纸摆在办公桌的一角,看来啊,倪董最近都没什么心思看闲报。嘿嘿这敢情好,她翻了翻堆在最上面的一叠,把这期的给找了出来。

哈哈,居然这么顺利地给偷了出来,沈孟芝心情奇好,得意极了,大摇大摆地出了董事长办公室,很自然地带上了门。

27. 节外生枝

"囧情男女"里，看样子人气还行，虽然跟刚开业那几天没法比，但毕竟是正常的营业状态，能有半座以上都算是好的了。

沈孟芝与倪天问在吧台坐下，转过头，小七在上面唱歌，下面，一个学生模样的女孩子，捧着鲜花痴痴地看着他。因为是背对着他们，他们并没有看到那女孩子的脸，但是从着装与背影来看，应该很年轻，可能还是个学生。沈孟芝感觉不对劲，喊了走走来，指了指那个女孩子："这都什么情况？"

"她啊，最近经常来，只要小七在，她就必然出现，是小七的忠实粉丝。"

"这个小七还真看不出来，有这么大的吸引力？他们之间，就这么简单？"

"目前大概就这么简单吧。"

"莫小平呢？"

"她啊，说自己现在在整网店，为了房子要好好赚钱，这段时间都没空来呢。"

"你都没提醒她啊？"

"我能怎么提醒呀！这女孩子毕竟也是我的客人，我总不能赶她走吧？而且小七有粉丝挺好的呀，说明他有当明星的潜质。"

"明星，还猩猩呢。"

"对了，你旁边的帅哥谁呀？以前都没见过，怎么不介绍下认识认识？"

"不好意思，差点忘了，他叫倪天问，我爸跟他爸是世交。她叫走走，是酒吧的正牌老板，也是美女魔术师，等下你就有机会见识见识了，那水平啊，都能赶上刘谦。还有那边在忙着的，叫龚炜，是非正牌老板。"

"噢,是不是夫妻搭档?"

这句话问得,把沈孟芝给卡喉咙了,走走笑得咯咯响。"才不是呢,人家啊,心里可没有我,我们纯粹是朋友,他可是孟芝姐的准男友。不是吧,你这点都不知道?"

倪天问瞪大了眼睛:"真的吗?为什么是准男友,而不是男友?"

"我哪知道啊!有的人啊就是喜欢玩捉迷藏。行了,你们先玩,我准备下,等下有节目上。"

倪天问看着沈孟芝,内心突然有点失落,但是他并没有表现出来:"好呀,你这小鬼头,有男朋友也不告诉我一声,还想瞒着我呀?"

"哪有啊!他都还没追我呢,这也算是男朋友?"

"你这么好的女孩,为什么不追你啊?"

"我哪知道?可能觉得彼此之间不是很适合吧。"

这时龚炜过来招呼了,沈孟芝给他们互相做了介绍,两个男人的眼神里居然都有了较劲的意思,而沈孟芝居然没有看出来,如果看出来,估计她睡着了都能笑出声来。

"孟芝呀,我给你调杯酒吧,这杯酒是我专门为你弄的。你嘛酒精度太高的喝不来,酸涩的喝不来,太甜的又不喜欢,所以啊,我给你特制了一份,你等下啊,一会就好。"

这话听着沈孟芝很开心,倪天问开始有点酸溜溜了:"不就会调点酒嘛,有什么了不起的,还专门定制。孟芝啊,他好像对你真的不错呀。"

沈孟芝想起了那天晚上自己喝吐了,龚炜为自己做的一切,凭良心说,龚炜确实对自己不错,她有点不好意思地点了点头。

不一会儿,龚炜递给了她一杯酒,只见那杯酒有七种不同的颜色,颜色明艳,层次分明,煞是好看,上面还别着颗樱桃。

"哇,真好看!"沈孟芝兴奋得尖叫着。

"这杯酒啊,就叫——"龚炜拿了点菜单与一支笔,在单子上写着四个大字：七彩芝恋。

龚炜在吧台内，而倪天问与沈孟芝在吧台外，跟龚炜面对着面，龚炜温柔地说："喝一口，看看，好喝吗？"

沈孟芝轻轻地抿了一口："嗯，味道挺不错的。天问哥，你要不要尝一下？"

倪天问正要叫好啊，龚炜挡住了："这可不行，这酒啊，专是为女人调的，男人喝了，嘿嘿，可能会变人妖……"

"什么啊！放了什么东西啊？"

"哈，你还真当真了，吓你的，孟芝。"

龚炜的眼神突然变得那么含情脉脉，那么充满着柔情。事实上，他觉得应该是时候跟沈孟芝表白了，一来新酒吧开起来了，效果还是令他满意；二来，他发现自己身边出了个劲敌，如果再不表白，沈孟芝这么好的女子，真的要被别人捷足先登了。所以，他决定了，就在此时此刻此地，先向沈孟芝表白了再说。

他轻轻地握住了沈孟芝的手，然后不知道从哪里变出一枝玫瑰花，估计是从走走那里学的："孟芝，做我的女朋友吧，我会好好待你的。"

沈孟芝虽然想到过这样的情景，龚炜总有一天会向她示爱，她想过在酒吧，或在别的清静的地方，但是绝对没想到，他会在倪天问的面前对着自己说这样的话。这令她方寸大乱，因为在心底，她觉得确实是藏着一个人，那就是倪天问。而龚炜现在对她的表白，又是她所期待已久的。

正当她不知道该如何应付，是答应，还是不答应时，倪天问突然拉起沈孟芝就跑了："哎，我的钱包丢车上了，快去找——"

"喂——"沈孟芝没办法只能跟着跑，边跑边回头看龚炜，只见龚炜也被这突如其来的变故给弄呆了，等他反应过来，跑出酒吧，哪里还有沈孟芝他们的身影。

龚炜跺着脚："你这小白脸，敢抢我的女人，下次看见你一次扁你一次！"然后只得作罢折回了酒吧。

沈孟芝被按着头躲在车里，看着龚炜回了酒吧，倪天问这才吁了口气："真是险！"

沈孟芝有点生闷气："你干什么啊？为什么拉我走啊？"

"我怕你会被这个二流子给骗了嘛，一看他就是个小混混，油腔滑调，今天说是专门给你调的酒，等下，又对另一个女孩子说这杯也是专门给她调的，你还真信了啊？"

沈孟芝气呼呼地说："他不是这样的人好不好，你对他又不了解！"

"那你又了解多少，开酒吧的人都不是什么好货，把妹的功夫一流，你太单纯了，我可不想看到你被欺骗了。"

沈孟芝好气又好笑："他不是你想的那样，看你也是个留学生，在国外待了那么长时间，怎么思想观念会这么老土？"

这句话又勾起了倪天问的伤心往事："你不要再说什么国外啊留学啊好不好？"

沈孟芝无语了，她真恨自己今天带倪天问过来，以后打死也不带他去龚炜的酒吧了，如果今天独自去了，或者跟柳如她们一起，那么，说不定，她就跟龚炜是一对儿了，终于可以摆脱"问题青年"这个外号，再也不用孤单地生活，老妈子也不用天天对着自己唠叨了。

她有气无力地说："送我回家吧。"

莫小平匆匆赶到酒吧，她已经有段时间没过来了。

听到沈孟芝的告密她就偷偷赶过来了，沈孟芝已不在了，而小七跟一个女孩子坐在一起，旁边一条空着的椅子上还有一束鲜花。

看样子两个人聊得很起劲，莫小平不由得怒由心生，看看那女孩子年龄也不大，她心想冷静点，说不定她只是小七的粉丝而已，如果自己大吵大闹，可能会伤了那女孩子，嗯，自己毕竟要比她大许多。

况且，小七会喜欢这么小的女孩子吗？他自己都不懂得怎么照顾自己，还能去照顾一个小屁孩？

这么一想，莫小平有点心平气和了。

她往那边走去，很亲热地靠在小七的肩上："小七，你们在聊什么呢，这么投机，这位小美女是？"

小七貌似对莫小平的突然出现有点吃惊，小女生的眼神也有些吃惊，怔怔地看着他们，估计在猜测着他们之间的关系。

小七有点讪讪地说："这是我姐姐，她叫小平，噢，她叫百合，很喜欢听我的歌。"

姐姐？这个称呼真像一记闷棍，抽得莫小平半天没吱出声来。她真有狂扁这两个人的冲动。忍了忍，她也不想在小女生面前表现成醋坛子，你说你都多大的人了，对一个二十来岁的小女生恶语相向，酒吧这么多人，人家会怎么看你，一个熟女都拼不过一个小女生？几十年的修炼修到哪去了，还不让人笑话啊。

所以，不管怎么样，都得装大度，一向心软又喜欢息事宁人的莫小平这么想的，至少在外人面前是这样，回去再好好教训小七。

当我是姐姐就算是姐姐吧，"真好听，百合？不会是真名吧？网名？不过真的挺好听的，百合，你还在念书吧，说说看，几年级了，高中还是大学呀？"

"我？还在念大二呢，刚放假没几天，发现这里有个酒吧，离我家也比较近，开车十几分钟就到了，挺喜欢这里的，也很喜欢小七哥唱歌。"

小七哥，叫得可真亲热，莫小平也吁了口气，一个大二的学生啊，过了暑期就回她的学校了，他们就算是有贼心也没那个机会，过一两个月俩人就天南地北的，想见一次都不容易。"噢，百合，你是不是挺喜欢你小七哥的？"

百合有点不好意思起来，羞红了脸："目前还没想到这个问题，只是有两三天没看到他，就觉得少了什么似的。"

这表白听起来挺含蓄，其实够直白的，小七看到莫小平脸色越来越难看，他赶紧拉起了莫小平："我们要回去了，百合，你要不要跟我们一起回去，要么我们送送你。"

"好啊！你们都走了，我在这里还有什么意思。"

她还真跟着一起来了，莫小平心里早已经把小七切成羊肉片，然后放滚水里涮了，你以为自己搭上了小美眉，就是有能耐了啊。

百合在一辆红色保时捷前停下来："你们上吧，我送你们回家。"

莫小平张大了嘴巴，半天没回过神来："这是你的车？你不是还是学生嘛。"

"是呀，这是我爸今年送我的二十周岁的生日礼物。感觉怎么样？上来吧。"

莫小平脑子轰了一声，敢情啊，自己的情敌还是位白富美啊。她爸一出手就是这么好的车，看来啊，真不是一般的人。莫小平都不知道是怎么坐在车上的，感觉自己像是坠进沼泽地一样，呼吸都有点困难。

直到小七说："我们到了，谢谢你了。"莫小平才回过神，道了谢，看着那辆红色保时捷像一团飞速飘移的火苗一样，直至在她的视野里完全消失。

小七搂着她："干吗还站着呀，走吧。"

回到房间，莫小平呆呆地坐在床沿上，一动不动，小七小心翼翼地问："你怎么了？"

莫小平梦呓般地喃喃自语，小七勉强听清楚："小七，你是不是喜欢上百合了？"

"说什么呢，我——没有——"

"她挺好的，又年轻，又漂亮，又有钱，不用问就知道是个富二代，这样的女子男人求都求不来，你让她喜欢上，也是你的福气。"

"说什么呢,只是个小女孩子而已。你,是不是吃醋了?"

"你们看上去确实是挺般配的,年龄上也是,我呢,还比你大两岁。男人,都喜欢小姑娘的,老男人如此,小男人也如此。"

"我就喜欢你这样的姐姐,对小妹妹不感兴趣。小平,别胡思乱想了,来,让弟弟亲一个。"

莫小平先是拒绝,但实在是拗不住他又是拿胡子扎人,又是搔她的腋窝,痒得她只能咯吱咯吱地笑,刚才的猜测与不欢一时间也烟消云散。

她想,小七,终究还是爱自己的。

倪静蔓蹑手蹑脚地回到家,发现倪天问也还没睡觉,貌似也刚回来。

倪天问看着她皱了皱眉头:"一身烟酒味,去哪里玩了?都几点了?"

"我,我,跟几个同学去唱K了。"倪天问一向是禁止她去酒吧里玩的,觉得那不是学生该去的地方。

"少出去,就算出去玩以后也要早点回来,知道不?"

倪静蔓打了个哈欠:"知道啦,好困呀,哥,我去洗洗睡了。"

说完,她就往卫生间去。嗯,倪静蔓就是百合,百合是她的网名,她觉得挺好听,比她本名要好,现在说本名多土呀,她是这么觉得。

边洗澡的时候,她还边哼着歌,她是真心喜欢小七,感觉他什么地方都好,多才多艺,如果跟他谈恋爱,一定会非常浪漫,他可能会在人多的马路上,弹着歌曲,向她求爱,或者把她与他的照片贴满了他房间的每个角落。他们可以一起去看日出日落,可以去旅游,去青海湖,去内蒙古大草原,去布达拉宫,去丽江,去玉龙雪山。当然,她有足够的钱,去满足他们的浪漫生活,用不着他去卖唱,为生活奔波,她觉得他们太有理由在一起了。

正如歌德在《少年维特之烦恼》里写的:哪个少年不多情,哪个少女不怀春。倪静蔓就处于这么一个怀春的状态。

倪静蔓越想越觉得美死了,仿佛自己已坠入了甜蜜的爱河中。

睡觉的时候,嘴角都能露出甜蜜的笑。

而倪天问躺在床上,却失眠了,他还没从失恋的痛苦中完全走出来,但是,这段时间倘若没有沈孟芝的帮助,他也不知道自己几时能走出来,至少,不会像现在这样,恢复常态了。他当时以为,他的世界从此没了光彩,只有无尽的灰暗。米丽塔的离开,带走了他的心,也带走了他所有的希望,但是随着时间的流逝,他并不像当时那么痛彻心扉了。

或许,应了这一句话,时间,是治疗创伤的最好疗药。

一切都会慢慢过去的,他的床头还放着米丽塔的照片,他拿了起来,轻轻地抚摸她的脸,心想或许,我们的缘分是真的尽了,如果这样,坦然面对也好,或者离开我之后,你会快乐起来,找到真正属于自己的幸福。

此刻,他的脑海中浮现着沈孟芝的脸,他很吃惊自己今天的表现,不知自己为什么会这么在意,而且在意到抵制的程度。

沈孟芝谈恋爱的事,他以为自己会为沈孟芝而高兴,而事实上,他却害怕,害怕着沈孟芝有别的男人疼,害怕她跟那个叫龚炜的男人来往,更害怕——她会成为人妻!

天啊,这点自己怎么从来就没有想过呢?为什么这个男人的出现会令他有这样那样的害怕呢?难道潜意识中,他怕沈孟芝被别的男人抢去?

难道自己在不知不觉中,喜欢上了沈孟芝,或者说爱上了她?

难道是上次沈孟芝在他喝醉时对他的表白,令他心里对沈孟芝同样产生了超越朋友的感情?还是沈孟芝其实深藏于自己内心的某个角落,到现在他才意识到?

倪天问突然感觉到这个问题挺严重的,因为在此之前,他从来就没有意识到,一直把她当作第二个倪静蔓,当作自己的妹妹。是几时开始慢慢角色转换的,倪天问想来想去都没想明白,或许是这段时间对沈孟芝的依赖变成了爱吧。

这,难道真的是爱上她了?

难道自己真是这么滥情的男人,那边刚刚跟米丽塔分手,这边就爱上了沈孟芝,虽然认识沈孟芝的时间远远比米丽塔久。

瞬时,倪天问的心,全乱了。

而沈孟芝这一晚也没睡着,一边想着龚炜那小子终于向自己表白了,看来,他还是真心喜欢自己的,虽然来得迟了点,但还不算太迟。而倪天问的反应令她感觉有点纳闷,又有点意外气恼,气恼之余心里竟然有点小高兴。

倪天问难道真喜欢上我了?

发现了这点,沈孟芝突然感觉很高兴,她甚至有点感谢龚炜的表白,让她明白了,自己在倪天问心里的位置。

但是,她突然又高兴不起来,虽然她喜欢倪天问,但是,她却期待着能跟龚炜在一起,原本可以平平静静地跟龚炜好好谈恋爱,然后如果没意外情况的话,就顺利地结婚,生孩子。这是一条比较简单明确又令人向往的路,但是被倪天问这么一搅和,她感觉自己的生活全乱了。

一个原本没人追求的单身女子,突然间,同时被两个男人喜欢着,而且是各有特色各具千秋的男人,你说,她是不是挺苦恼的?

虽然这苦恼听起来像是在晒幸福。

整个长夜,沈孟芝的脑海里都充斥着这两个人的身影,想着她跟他们各自经历过的事情,越想越清醒,越想越头痛。

沈孟芝用被子蒙住自己的头,趴在床上,有气无力地自言自语:我只想好好睡一觉，求你们放过我吧。

看来，今晚真是个失眠夜。

28．水到渠成

闹钟很顽强地响起，沈孟芝按掉然后接着睡，她实在太困了，到早上黎明破晓时才睡着。

但是，美梦又很快被打破了，沈母来咚咚咚地敲门："孟芝，快起床，要迟到了，我都给你做好早饭了，快点啊。"

沈孟芝很不情愿地坐起来，揉着疼痛的太阳穴，边嘟囔着边换衣服："为什么今天不是五一、十一、元旦、春节、双休日，我只想睡觉……"

然后一看时间，这会真要迟到了，她赶紧洗漱，拿起包，从桌子上抓了两个面包就往外冲："妈，我去上班了。"

"喂，这瓶牛奶也带过去喝吧。"沈母手里拿着一纸盒装的牛奶跑到门口，哪里还有沈孟芝的身影。

一到办公室，还没坐稳，倪瑞开的秘书就来通知，让她去下董事长办公室。

不会是出什么事了吧？一想到罗丝被打那件事，沈孟芝的心里就有点惴惴不安，但倪瑞开看上去很正常，他的桌子上放着一张红色的请柬，问道："孟芝，这几天你忙不忙？"

"还行吧。"沈孟芝心想，对我说这客气话，直说好了。

"明天有个珠宝协会的会议在上海召开，我想让倪天问参与，去混个熟脸，我呢，先退居二线。你跟天问一起去吧，有你跟着，我放心。"

"我——这时间上是不是太急了？我都还没有心理准备。"这句倒是真心话，因为昨天的事，她现在还真有点不好意思跟倪天问单独在一起，两个人都撕破了那层纸，你说孤男寡女在一起多尴尬。

"我啊,记忆差,都忘了这事了,要不是对方再次电话通知,我可能还真错过了。所以,事情急是急了点,但没有办法,就这么定了,你回家准备下,我让秘书订好机票,下午让司机送你们去机场,你们晚上就可以去那里报道了。"

看来,已经没有商量的余地了,沈孟芝心想为什么就不能在我没来上班之前就通知我呢,真是的,这样,我干脆在家里睡到下午再过去。

沈孟芝回办公室整理了手头的工作,然后准备回家收拾东西,经过倪天问办公室,发现罗丝在门口鬼鬼祟祟的,她不会又在玩什么把戏吧?

"罗丝,干什么呢你?"

"孟芝呀,没干什么呀。"自从沈孟芝借了她两千块之后,她对沈孟芝的态度有了一百八十度的转变。

她讨好地笑:"我看前段时间倪总不是都不在嘛,孟芝呀,米丽塔真是他女朋友呀?"

"人家是不是她女朋友关你什么事?"

"我就关心下嘛,都是同事嘛。"

"去,还关心,要不是你在里面掺和,人家能这么快就分手吗?"刚说出"分手"俩字沈孟芝就感觉自己嘴贱,你说这么明白干什么啊?你不是让罗丝更有理由缠着倪天问吗?还嫌不够烦啊。

罗丝朝她抛了下媚眼:"那不是我罗丝的机会来了?真是天助我也。"

"你就死了这心吧,他是不会喜欢你的。"

沈孟芝懒得跟她继续扯下去,就出去了,罗丝在她的背后很不服气地喊:"你怎么知道他就不喜欢我,你凭什么呀你?真是的。"接着她紧握着拳头,"我就不信这样的帅哥能逃出我罗丝的手心,哼。"然后一扭一扭地走了。

沈孟芝苦笑着摇了摇头,看来,罗丝的本性还真是一点都没改。

沈孟芝换了一身运动装，拎着行李包出来。

在车上，有公司的司机在，两个人都没怎么说话。沈孟芝困倦地哈欠连连打起了盹，倪天问也没好多少，都说瞌睡虫这东西会传染，他昨晚也确实没睡好，也在座位上打起了盹。司机看着这两个人，心里挺纳闷的，今天是什么日子？瞌睡日？

下了车子，倪天问说："我给你拎行李吧。"

帮同行的女性拎行李，这也是一种礼貌，跟其他没什么关系，沈孟芝点了点头。

飞机上，倪天问一副欲言又止的神情："昨天的事，挺对不起的，我也不是有意，搅了你的好事……"

"不是有意，那就是有心喽？"

"这个，咳，我只是觉得，交男朋友还是要慎重是吧，前几天的报纸还有微博传得很火的新闻有没有看到，一个女孩子被男网友骗了钱又骗了身，还被囚禁了，好凄惨——"

倪天问摇起了头，一副不甚同情的样子，沈孟芝白了白眼睛："他又不是什么没见过面的男网友，别拿那些事吓我，我又不是没见过世面、做事不经大脑的小姑娘。"

"越以为自己有阅历越容易栽。"

沈孟芝发现倪天问这个人怎么突然就变得这么无趣呢，如果他说，因为我也喜欢你啊，那么沈孟芝就会很亢奋很激动，但现在却太没意思了："懒得理你。"

她把帽檐拉低，盖住了眼睛，继续瞌睡。

到了酒店登记，放下了行李包，两个人便出去吃饭。

两个人找了家特色餐馆吃饭，吃饱喝足后在上海的街头闲逛着。在流光溢彩的繁华街头，沈孟芝突然想到了去张爱玲故居看看，没想到倪天问竟然很爽快地答应了。

他们来到了常德公寓前,这是一幢建于20世纪30年代初的法式公寓建筑,里面无法进,只能在外面看看,倪天问说:"你不会也是张爱玲迷吧?"

"也?"

"嗯,我也挺喜欢她的作品的,'回忆这东西若是有气味的话,那就是樟脑的香,甜而稳妥,像记得分明的快乐,甜而怅惘,像忘却了得愁',多美的语句。"

沈孟芝目光迷离地看着他,仿佛此刻,她是张爱玲,置身于大上海时代,而她眼前的英俊男子,便是唯一懂她,令她又爱又恨的胡兰成,他们牵手漫步在黄浦江畔。那时的月亮,明媚而忧伤。

"孟芝,孟芝,你在想什么呢?"倪天问的话把沈孟芝从幻想中唤醒,倪天问那么温柔地看着她,令她突然想起张爱玲的那句话:"爱是藏不住的,闭上嘴巴,眼睛也会说出来。"

此时此景,她感觉到异常迷离,她是喜欢倪天问,而倪天问想必也是喜欢她的,既然两情相悦,又为什么要如此不敢面对。

"别动,我给你拍张照片吧。"

倪天问拿出手机给她拍照,拍了几张后,沈孟芝说:"我也给你拍几张吧。"

接着,两个人还合照了一张,倪天问看着合照,嘿嘿一笑:"我发现我们蛮有夫妻相的嘛,要不咱们就重续娃娃缘怎么样?"

沈孟芝嗔愠着:"谁跟你定娃娃亲了?"

"孟芝——"倪天问突然拉住了沈孟芝的手,然后把她轻轻地揽入怀中,沈孟芝轻微地做了下挣扎,却发现自己无力拒绝。

"我发现自己是那么害怕失去你,这两天我才想明白,我已经在不知不觉中喜欢着你,或许,很久以前就喜欢着吧,只是埋在心里没发觉。在跟你相处的这段时间,才发现自己的心里已经装着你了。"

这是倪天问第一次对沈孟芝表白,沈孟芝闭着眼睛,靠在他的胸膛,想就这么一生一世在他的怀里。

女人爱着的时候大抵就是这样的吧。

29. 全城热恋

而现在的柳如也是沐浴在爱的春光里,跟吴为陷入热恋中。

当小南得知柳如已经有了男朋友,并且那男朋友不是别人,正是吴老师时,他捶胸顿足就差痛哭流涕,在食堂用筷子把不锈钢餐具敲得咚咚响:"真不应该啊,真是羊入虎口啊!柳如,咱认识很久,怎么也该轮到我了吧,你说,他吴为,凭什么啊?"

"去,什么逻辑?照你这么说,我得从小学男同学那开始排起,不,还得从幼儿园小屁孩那开始排呢。"

"柳如,你知道,现在同事都知道我对你有意思。你说,你突然喜欢上别人了,我的脸往哪里搁啊!"

柳如好气又好笑,边吃边说:"这可是你的事情,跟我没有半毛钱关系。"

旁边的女同事也笑了:"我说小南,你也够死乞白赖的,谁叫你慢了半拍!如果早点下手,还不至于如此吧。但话讲回来,柳如只要没结婚,你还是有机会的。"

切,我几时从人人嫌的离异女人,变得如此炙手可热了?小南也不过是耍嘴皮子而已吧,他一个身家清白的男青年,怎么可能真的会喜欢我这样的女人呢?况且,他不像吴为那样对她知道得那么少,他对她可是知根知底的。

如果小南真喜欢她,她才觉得见鬼呢。

这令柳如又有点担忧,如果吴为知道自己是个离过婚的女人,他还会像现在一样喜欢自己吗？

一想到这个问题，柳如就觉得忐忑不安，工作不在状态。

吴为现在在一家寄宿学校里任教，他从以前的慢节奏生活开始慢慢适应着城市的快节奏，虽然，他时常感觉力不从心，但是，人是需要一个适应期的，他相信自己有这个能力。这些都不重要，重要的是他是个很传统的男人。

很多时候，柳如感觉跟他的想法格格不入，但是，她觉得世界上哪有思想完全相同的两个人，总有偏差的吧，所以就算是怄气之后，也很快恢复原样。

正想着这事，吴为就来电话了："晚上我们出去吃饭吧？要不你来我家，我让我妈做几个菜，我妈呀，早想见你了。"

"你妈？"说实在的，见家长柳如还真没有心理准备，看来，吴为是真的把自己当作了结婚对象。一个真心对待自己的人，才会期望着能早日让自己认识家人。她想，有些事实，还是必须让他知道为好，至少现在坦诚点，以后不会出现突如其来的问题。

"还是暂时先不要见你父母，我都还没有心理准备。也总不能空着手去吧，我还没想好买什么东西。晚上我们还是去那家茶餐厅吧，我下班了就过去。"

无论如何，今天一定要把自己结过婚的事坦白了，这个东西是瞒不过去的。柳如不知道吴为能不能接受得了这样的事实，如果他不介意，那么，她就可以高高兴兴地去见他的父母了。

下了班，柳如便去报社旁边的站台上等公交，这时，小南从车里探出了头："坐我的车吧，我送你。"

柳如看公交久不见来，想想也好，便坐上了小南的车。

"看你那着急的样，该不会去约会吧？"

"你还真说对了，我就是去约会的，男朋友在餐厅等我呢。"

"哎，柳如，我觉得吴为不大适合你。"

"他不适合我，难道你适合我呀？"柳如边漫不经心地说，边掏出镜子给自己补妆，在小南面前，没什么好掖着藏着的。

"是啊，至少我了解你啊，女人最重要的是需要一个懂她的男人，不是吗？"

"错了，女人需要的是一个疼她的男人。"

"好吧，但我也会疼你的啊。"

柳如怔了下，然后把化妆镜塞回了包里："小南，你不会真喜欢我吧！你之前的那些玩笑是真的？"

小南有点急了："当然是真的啊，为什么你就不认为我是认真的？"

柳如盯着他足足看了 30 秒钟，因为小南一向是跟她抬杠的，印象中没几句话是认真的，然后说："还真没看出来是。"

"你——"小南一时无语了，"好吧，随你信不信，我是真的喜欢你的。"

这时的空气突然有点静止了，就两个人，小南没必要说调侃的话，柳如认真地问道："小南，你真喜欢我？"

"嗯。"

"你明知我有着不光彩的过去，你一点都不介意？"

"我不介意，你的本质不坏。"

"你说你那么身家清白的一个男人，背景简单的女孩子你不喜欢，你非要喜欢我这样的女人，你是不是自虐狂啊？"

"我也不知道为什么。可能，有一点吧！但现在很多的男人并不像我心胸这么开阔的。"

"这点我不否认，不过我相信吴为也并不在乎。"

"那就难说喽！我这个人，喜欢就喜欢，不管她以前怎么样，只要她以后完完全全属于我，忠于家庭，也忠于我，我都毫不在意。"

"唉，我以前，一直以为——你不过是玩笑话。"

"去，我真不喜欢你就不会傻到在那个学校，在你住的房间，把那个坏了的窗用三十几根钉子给钉上。你知不知道，那天晚上我手都弄起泡了。本来我也不想说的，但是我现在觉得你肯定以为是吴为干的。"

这话令柳如大吃一惊，确实，她一直以为那天给自己修窗户的人是吴为，而不是小南。小南也不至于说谎，对，等下问吴为就知道了。

"我到了，就这里停，谢谢你了，小南。"

"柳如，我会一直等你的。"柳如知道他这句话是什么意思，看着他的车子走远，柳如有点魂不守舍地进了茶餐厅。她不知道，她从小南的车子里下来的一幕被刚赶到的吴为看到，虽然他并没有看清楚车里的男人是谁。

吴为的脸上是明显愤怒的表情，但是又随即压了下去。

餐桌上，两人点了几个菜，吴为欲言又止："柳如，现在，我们是男女朋友，对吧？"

柳如点了点头，吴为继续说："所以，有时候，不要跟别的男人——比如男同事，或其他的男性朋友走得过近——"

看来这个吴为还真有点小心眼，不过柳如觉得男人吃醋的样子很可爱，所以，她并不介意："我知道的啦，放心，这个我自有分寸。对了，你爸的身体好点了没？"

吴为满脸忧虑地摇了摇头："这几天在医院里，医生说他肝硬化，这病很难好——"

"这么严重啊？那我要不去看下？"

"唉，我爸一直唠叨着我能成家，以前是我不孝，对不起他们，现在他的病情越来越恶化，他总是说希望自己在死之前，能看到我成家，最好能抱上孙子，这是老人一辈子的心愿。"

柳如感觉到自己身上无形的压力越来越重，这么说，她非得要在这么短时间内成为人妻，成为人媳吗？吴为的心思她懂，但是，她还没有想到这一步。而且，两个人在一起才多久，她希望是为了两个人相爱而结婚，而不是为了完成别人的心愿而结。

柳如看着一脸真诚的吴为，犹豫了许久，终于还是决定把这句话说出来："吴为，有一件事，我想应该让你知道，在认识你之前……我是结过婚的，后来因为不得已的原因离了婚，所以，我并没有你想象得那么好。"

吴为瞪大了眼睛，看样子非常吃惊："你——离过婚的？"

虽然柳如很不喜欢吴为有这样的反应，但是她还是重重地点了点头。

"这个，我想想……我不知道，我爸妈是不是接受得了。你知道我以前的女朋友吧，因为她大我四岁，所以，我爸妈一直不同意，然后我们就跑到山区了，这次——因为我爸病得这么严重，我不想令他们感到为难——"

吴为的话令柳如感到非常失望，她不知道是他爸妈难以接受，还是他本人难以接受，反正，他的话已经深深地刺伤了她，令她感到，小南远远比他明理。

"柳如，我是不大在意的，不过我得回去试探试探，如果他们并不介意，我想带你去见他们，我——现在不想惹他们不开心——"

这话明摆着，如果他爸妈介意的话，那么他们之间就得完蛋。

柳如越听越感到心寒："吴为，我想问一件事，那天，我住在你们的山区学校，房间的窗户是坏的，关都关不紧——后来，怎么就变好了？"

"我也奇怪，可能是赵老师钉上的吧！怎么突然想到问这事了？"

看来，小南并没有撒谎，柳如赶紧说："没，没，只是突然间想到了，随便问问。"

这时，吴为的手机响了："好好，我马上过去。"

吴为起身对柳如说："我妈打过来，我爸痛得厉害，我得过去看看。"

"好的,我要不要跟你一起——"

她的话还没讲完,吴为就风一样地走了,此时,餐厅的音乐响着刘若英的歌:"我想我会一直孤单,这一辈子都这么孤单,天空越蔚蓝越怕抬头看,电影越圆满就越觉得伤感……"

在上海的三天,是沈孟芝生命里最快乐的时光,除了必须去的珠宝协会例行会议,他们又在上海多待了一天,相依相偎,东方明珠的塔顶、外滩法式建筑前的留影,游乐园里的失声尖叫,城隍庙里的民风民俗,能玩的地方都玩了,能吃的特色小吃他们都吃了个遍。

一回来,沈孟芝感觉像是从梦境回到了现实,她不知道这样的关系能维持多久。

而回来后,龚炜也正式开始了他的爱情追击,他觉得他为事业拼了这么久,而酒吧生意也比较稳定,现在,是为自己考虑的时候了。但是,他并不知道,当他一无所有的时候,有一颗心是为他守候的,当他有足够的钱与精力去追求他的所爱时,爱情已经不再属于他了。

虽然那天倪天问的出现,令他感觉到情况有点不妙,但是,他觉得,不至于会这么糟糕。

而龚炜之所以现在如此迫切地需要沈孟芝,还有一个原因是,他害怕自己会喜欢上走走。走走总是一眼就能洞穿他的内心,更重要的是,他发现走走很依赖他,每到酒吧打烊的时候,他就骑车送她回去,她的双手紧紧地搂着他的腰,脸贴着他的后背,生怕他会飞走。有时候走走睡着了,但双手还是紧紧地搂着他,他抱着她下来,心里感觉到了疼惜,别的女孩子这个时候早进入了梦乡,而她总要工作到这么晚。她外表虽坚强并无所不懂的样子,内心却是极脆弱的,像一个瓷器,那么需要人来呵护。

好不容易等沈孟芝出差回来,龚炜便约了她吃饭。

他从莫小平的花店里买了束花,然后在一个很雅致的茶餐厅订了位,沈孟芝应约而来，看着他手上的花，调皮地说："你这是干吗呀？"

龚炜动情地说："孟芝，记不记得这家是我们第一次约会吃饭的地方？第一次看你的时候，我就挺喜欢你的，但是，因为各种原因，也因为自己的事业还没有起色，所以，一直没向你表白。"

沈孟芝心里暗暗叫苦，看来龚炜这会是真的向她求爱了，她该怎么拒绝才能不伤他的心？

这都什么事啊，老娘想谈恋爱的时候，身边连只雄性动物都没有，现在倒好了，一出来就成双，怎么招架得住？而对于倪天问，她真的不敢想象他会只属于自己。想想他身边围绕的那些女人，突然感觉有点怕，像喻冰、罗丝这样的女人都爱贴着他，那么，世上对他趋之若鹜的又何止是这几个女人。

或许，眼前的龚炜倒是比倪天问实在。

"龚炜，你容我好好想想吧。最近出了一些事情，我也不知道该如何解决，所以，感情的事，我想暂时放在一边。"

"出了什么事情？你说啊，我能帮得上的，我会帮你解决。对了，"龚炜从身上摸出了一张卡，"这是还给你的钱，现在，你不要有什么思想负担了。"

"我，龚炜，你给我点时间想一下吧。"

龚炜点了点头："嗯，我不强迫你，强扭的瓜不甜嘛。不过，我真的希望你成为我的女朋友，也希望你能够嫁给我。我，是认真的，我希望我们也能像我哥我嫂那样亲昵无间。你知道吗？他们快要生孩子了，我就要有亲侄子了。"

"不是吧，这么快，看来我们认识也有一年多了，时间啊，过得可真快。不过在这一年里，你的变化也挺大的，从一个小老板，变成了一个不大不小的老板。"

"我哪算得上老板，不过是拿着高薪的打工者，我觉得我最幸运的是遇见了你。"

"其实——我觉得,你最幸运的是遇到了走走,是她改变了你的人生。"

"走走——"龚炜停顿了下,"那不一样,她确实是在事业上帮助了我,也帮我渡过了困境,让我实现了自己的理想,可是,我觉得遇见你才是最幸运的。你知不知道,你一直在我心里,以前,是我觉得自己配不上你,所以,一直埋在心里,现在,我不想再沉默,因为,长久的沉默可能就会彼此错过。"

他抓住了沈孟芝的手:"孟芝,我们认识的时间也不短了。不过,我会给你考虑的时间,我会等你的。菜上来了,赶紧吃吧。"

沈孟芝点了点头,途中,倪天问打了好几次电话,她都没接,她想,或许这样更好,跟倪天问之间的情缘也到此为止吧。她不知道自己为什么会这么害怕自己跟倪天问之间的恋情,或许是,她对自己太没有信心了。

约会结束后,沈孟芝回到家,却看到倪天问站在她的家门口:"孟芝,你为什么不接我的电话?"

"天问哥——"

"你到底怎么了?前几天在上海我们不是挺开心的吗?为什么一回来,你就躲着我呢?"

"我觉得,我们还是不适合在一起——"

"你到底是怎么了?发什么神经?"

沈孟芝也发飙了:"我就是发神经,怎么了?公司里不是禁止男女同事谈恋爱吗?还有,我也不想进什么豪门的,免得人家觉得我高攀了似的!我只想平平淡淡过日子,找一个平平凡凡的人相守到老。"

沈孟芝也不知道为什么对倪天问会有那么多的抵触感,打心底,她真害怕这段感情,她面对的事情太多,而无力去一一战胜,就如溃败而退的米丽塔一样。

倪天问捧着她的脸,眼睛直视着她:"你只要告诉我,你是不是真心喜欢我?"

想了良久,沈孟芝还是点了点头,因为在感情面前,她不想有丝毫的欺骗。倪天问吁了口气:"那就是了,我们既然互相喜欢,为什么我们就不能去面对,去战胜一切的困难,赢回属于我们的幸福?真爱是无敌的。"

沈孟芝幽幽地说:"如果真爱真的能无敌,你跟米丽塔,又怎么会分手呢?"

这一句话,把倪天问噎得半天都回不过神来,这句话命中了他的要害,击中了他的伤疤,令他无言以对。

"孟芝,我觉得我们在一起,并没有那么多的阻碍。至少,我父母是喜欢你的。"

"以前指望我当媳妇,不过是玩笑时的话罢了,反正大家都不放在心上。如果来真的,我想他们就未必了。"

"如果没试过,你怎么知道他们是不是排斥你?"

沈孟芝感觉到头痛,因为她知道,她如果真的下决心跟倪天问在一起,不仅仅是搞定他父母的问题,还有同事怎么看她,为了把公司占为己有?就算是婚后,沈孟芝都觉得倪天问不会完全属于自己。

可是,如果就因为这样,而放弃自己的所爱,沈孟芝会觉得遗憾。

"天问你回去吧,我想一个人静一静。"

"好,那我先走了,明天公司里见。"

沈孟芝叹了口气,便往楼里走。

30. 抉择

沈孟芝在自己的睡房里，坐在床上，手里拿着一个硬币，嘴里念念有词：正面就代表着倪天问，反面代表着龚炜。不对，正面就代表龚炜吧，他比较实在点，反面代表着倪天问，嗯，就这样了。

然后她把硬币往空中抛，硬币落下来，掉到床上，是正面。龚炜？不算不算，开始不是把正面设成倪天问的？来三次吧。于是再抛，是倪天问，第三次，还是倪天问，难道这是天意？我会战胜重重困难跟倪天问在一起吗？不对，如果真是天意的话，应该是第一次扔出来的为准，那么说是龚炜了？龚炜真是我的真命天子——呜，到底该怎么办？

沈孟芝越想越乱，不知道该做怎么样的选择，对了，打个电话给柳如吧，让她帮我参谋参谋，她一向有主见。

给柳如打了电话，那头却是乱哄哄的，沈孟芝对着话筒叫道："柳如，你在哪里啊？不会在囧情男女里吧。"

"你猜——对了，过来，陪我一起喝吧——"

"怎么了柳如？你喝多了啊？"自从柳如从小三的阴影里走出来之后，就很少醉过。这次，又怎么了？难道又失恋了？被吴为甩了？看来，今天指望着她当参谋是不可能的事了。

"我不过去了，今天太迟了。"

"那你打电话给我有什么事？是不是睡不着啊？"这句话倒说中了，看来柳如还没有全醉，"与其睡不着干躺着，还不如出来放纵一下，我等你啊。"

去了那里肯定会碰到龚炜，这几天，沈孟芝并不想见到他："这样吧，柳如，我去接你回家吧。我到酒吧门口给你打电话，我不进去了。"

"你不会跟龚炜闹别扭了吧？"

"不是，等会再说。"

沈孟芝快速地换上了衣服,素着脸用手指梳了下头发,便开了车出去。一想到自己要去接一个醉酒的女人,她就觉得害怕,现在她这辈子不管是男人还是女人,只要看到醉酒的就发怵。但是,柳如是她的好朋友,她不能不管。

本来她想托龚炜的,但是,目前她真不想找他,反正她晚上也睡不着,出来就出来吧,大家一起折腾总比自己一个人瞎想好。

到了酒吧门口,她没进去,而是把车停在旁边,正准备打柳如的电话,这时,她看到龚炜与走走从酒吧出来,两人有点面红耳赤,似乎在争吵什么。

这两个合伙人不会闹什么矛盾了吧?龚炜那牛脾气上来了,说不定会散伙。

她打算去劝劝,正想把车门往上摇,却听到他们的声音越来越响,能够清楚地听到他们在说什么:"你知道我为什么会来找你,来帮助你?你以为天上会掉馅饼啊。"

"我不也是靠自己的努力吗?把酒吧做到这样,难道我就没有一份功劳吗?这里里外外的还不都是我在操劳啊。"

"功劳是有,别忘了,你的一切都是我所赐的!你知不知道我为什么会这样做?因为我喜欢你,我从初中的时候,我就喜欢你,在你的记忆里,根本就没有我这样的黄毛小丫头,是吧?但是,在我的记忆里,你却是我的最初,也将会是我的最终,老天为什么让我又遇上你,这是天意,是要我把握这个机会,争取属于自己的爱情。如果我们没有再相遇,如果我们相遇的时候,我已为人妇,你已为人夫,那么,我一点想法都没有,但是,现在,我们成了朋友,成了事业伙伴,我们为什么就不能走得更近一点,我们为什么就不能成为相亲相爱的一对?"

"走走,谢谢你的厚爱,如果你在我认识沈孟芝之前出现,我一定会好好珍惜你的,但是,我心里有她了。如果这酒吧的一切都是因为你的施舍,那么,我完全可以走得干干净净,我什么都不要,这够了吧?"

原来走走一直喜欢着龚炜,怪不得她会这么帮助他,也难怪龚炜一直想不通她为什么会帮他。看来,走走还是挺早熟的一个人,那么小的时候,就懂得暗恋了。

而沈孟芝也想不到,龚炜会为了她而放弃这个他付之心血的酒吧。

"龚炜,你听明白了,我办酒吧并不是单纯为了你,也是为了我自己,你走不走随便你,干脆把酒吧关门好了!"

沈孟芝越听问题越严重,这两个人吵架吵得真是耍小孩子脾气,这个酒吧他们两个人都付出了不少的心血,而且这么多的资金投进去,怎么能说关就关呢。

或许,她现在才是唯一能够帮助他们的人。

是的,真正能帮助龚炜的人,是走走,而不是她沈孟芝,倘若此刻自己退出,对龚炜来说,也未尝不是件好事。

沈孟芝从车里下来,看见她,他们俩的声音停了下来,她坐到龚炜面前:"龚炜,我来是想告诉你答案,这几天我考虑清楚了,我不能跟你在一起,因为,我的心里一直藏着另一个人,而且,我真的很喜欢他,所以,对不起了——还有,我觉得走走真的挺适合你的,你好好珍惜吧,这样的女子很难得。"

沈孟芝说完后,就装洒脱地转身离去,虽然她的内心是无比苦涩。

为什么,爱情来的时候,她总是要一次次舍弃,难道她沈孟芝注定要孤老终身?

这时,柳如从里面冲了出来,从背后搂住了她,一股酒气直冲她的后脖子:"你怎么现在才来啊,我们走吧。"然后对着龚炜、走走摇了摇头,"再见——"

龚炜在后面叫:"孟芝——"

沈孟芝一把抓着柳如,把她塞进了车里,然后发动车子,回头望一眼,却见龚炜站在那里,神情落寞而孤独。

"孟芝啊,几时吃你跟龚炜的喜糖呀,你们赶紧把事情定了吧,免得好事多磨。"

"我们——没戏了……别说我了,你今天怎么了,吴为怎么没来陪你?"

"他,哈哈,一听说我离过婚啊,就好像沾了块抹布似的,想扔都还来不及。"

沈孟芝皱了皱眉头:"不至于这样吧,他的思想会这么腐朽?"

"这就是事实,自从知道我是结过婚的后,他三天没给我打过电话了。"

"可能他真有什么事也不一定,我觉得他不像是这样的人。"

"有的男人就是这样。算了,我是看透了,没有男人能够真心对我的,我这辈子是完了,嫁不掉了,嫁不掉就嫁不掉吧,没男人又死不了。"

正发着牢骚,柳如的手机响了起来,正是吴为打来的:"柳如,听走走说,你喝醉了?"

"关你什么事?"

"你等我啊,我已经在路上了。"

"我已经走了。"

"你是不是在生我的气啊?我爸这几天病情恶化,我都在医院照看啊,抽不出时间来约你。柳如,对不起了,你现在在哪里?"

"你不会是骗我吧?我在沈孟芝的车上,你爸他不要紧吧?"柳如刚才的状态全变了,变成了关心。

"肝硬化晚期,唉,也不知道他还能活多久。"

"你回去吧,明天我去医院看看你们。"

"好的,那我回去了,你小心点,回到家给我来个电话。"

看着柳如破涕而笑,沈孟芝叹了口气:"你看你就知道胡思乱想,我看吴为就是不错。你啊,明天买些水果看看老人家,老人啊,尤其是生病的老人,最希望的是女儿能嫁出去,儿子能找到媳妇,看见儿子带了个女朋友,老人家肯定会开心的,心情一好,还有利于病情稳定呢。"

柳如点了点头:"你刚才说跟龚炜没戏?什么意思。"

"你没看出来走走对他有意思吗?他们又那么相配,简直是天生一对,你说我像一个外人一样地掺和在里面,我都觉得特没意思。"

"他们两个也确实挺配的,况且有着相同的兴趣爱好,不过龚炜喜欢的是你呀,你干吗就这么轻易放弃?如果是我,才不会这么傻呢,人家喜欢着你喜欢的东西,你就不要了,你说他多无辜啊。"

"我只是不想纠葛这些复杂的情感,而且我觉得我的自动退出,对龚炜其实有好处,至少,走走可以帮他实现他的理想。唉,好烦,真想一个人去旅游一段时间,远离所有的人,忘掉所有的纷争。"

"这阶段总是要经历的,过来了就好了。我到了,谢谢你了孟芝。"

"跟我还客气啥。"

柳如下了车后,沈孟芝把音乐的声音开得很大,车里回响着莫文蔚的《爱情》,"怎么会夜深还没睡意,每个念头都关于你,我想你,想你,好想你,若不是因为爱着你,怎么会不安的情绪,每个不安的夜里,我想你,想你,好想你……"

听着听着,沈孟芝的泪流下来了……

31. 陌生的爹病了

莫小平刚下班走出公司大门,却见那个说是自己生父的老男人,在门口东张西望,看到她,脸上露出了灿烂如菊的笑。

"小平——"

"你——找我?有事吗?"

"小平,我们能好好地聊聊吗?"

莫小平心想,拖了这么久,是应该好好地聊聊,有问题是要解决的,逃避不是办法。

于是他们就来到了附近的咖啡馆,坐定后,莫小平问道:"你有什么想告诉我的,你说吧。"

这男人看上去是那么苍老,莫小平实在不忍心对他态度有什么不恭,就把当作上辈人也好,不管跟自己有没有血缘关系。但一想起他曾经对自己与母亲做的事情,又觉得怒不可遏。

"小平,你母亲对我成见太深,没办法跟她好好谈,所以——我只能找你了——"

"这些话就不必说了,你找我什么事?"

"小平,我知道你对我也有成见,唉,我都是快死的人了,你们就不能原谅我吗?你们现在是我唯一的亲人,我多想我最后的日子里能跟你们一起。"

快死了?什么意思?莫小平疑惑地看着他,却见他从外套内衬兜里颤颤巍巍地掏出一张纸来,莫小平打开来一看,是中晚期肺癌的诊断书。

"肺癌?"

莫小平疑惑地看着他,不会是骗我吧?为了求得我们的原谅,而弄的假病历?

老人捂着嘴巴咳了几声,然后叹了口气:"十年前,我在一家化工厂上班,那时就得了肺炎,因为一直拖着,没认真治疗,前段时间查出来,变成肺癌了。本来,我想安安静静地度过最后的时光,但是,想来想去,我觉得这辈子最对不起的就是你们母女俩,我也想好了,这病反正是治不好的,所以,我也没有再治疗。我这辈子也没赚很多钱,花得也不多,就爱抽烟,现在得这病,烟也不抽了,所以,也攒了些钱。还有原来的厂子也给了我一些肺炎的治疗金,我也用不着,看到你们娘俩现在都还租着房子住,我觉得心里难受。"

然后他又从衣兜里摸出一条红色丝质手帕,里一层外一层地打开,里面是一张银行卡:"钱也不多,也就是二十万,你们再凑些,弄个小居室,首付应该是够的。"

这是老人一辈子的积蓄,看着这个,莫小平感觉自己的眼眶有点湿润了,她把卡推了回去:"你既然得了病,就好好地治吧。关于房子,我们自己会想办法的,这钱,我们是不会要的。"

"这钱不是给你的,是给你母亲的。这是我的一点心意,也是我这辈子唯一的心愿。我不指望你们能原谅我,但是,如果你们能够收下,我内心也会轻松很多,少了那么多的负罪感,晚上也能睡得好点。你知道吗,小平?压在心里的石头,是最重的,现在,只有你才能把这石头搬走了。"

"这——"莫小平左右为难,她觉得实在不能收这个钱,但是,他的话也有道理,看来,现在只能做他的思想工作,让他乖乖地去治病了。但是,光靠自己一个人劝说,估计对这个固执的老头没什么效,看来,还得把母亲给说服,然后再说服老头。唉,看来自己肩上的任务是非常艰巨。

她接过了卡,把它放进皮夹里,对老人说:"我先收下,我得回去告诉妈,不知道她会不会接受这笔钱,如果她不接受,我也只能还给你。"

"你努力说说吧,谢谢你了,小平。"

老人伸出手,情不自禁地想抚摸莫小平的头发,毕竟她是自己的亲生骨肉,从小没有抱过她,现在,连亲近的机会都没有,这让老人怎么能瞑目?但这一切的错,还不是自己铸成的。

老人叹了口气,又缩回了手,莫小平有点不忍心,问道:"那个,这些年你是怎么过来的,能跟我说说吗?"

对于这个,莫小平也确实有点好奇,是啊,他说自己是他唯一的骨肉，看来，他后来并没有成家，对于一个一直不成家的男人来说，这未免也过得太孤独了吧。

"唉，也没什么，平平淡淡的，她嫌我穷，然后就离开了我。我觉得这都是报应，我在工地里做过几年活，帮人跑过腿，在化工厂上了几年班，帮人做过追债，现在在一家公司做门卫，在化工厂上班的时候，有人给我说过媒，女方带着一个儿子，我这条件也不指望着别人怎么样，跟他们生活了两年，但那女人卷走我所有的钱跑了，那时我刚好得了肺炎，没钱治病，那日子过得……我就当作是上帝对我惩罚，后来厂子里终于给了赔偿金，并辞退了我，但是，我的肺病已变成了慢性，也不想好好治了，然后又帮放高利贷的追债，因为打伤了人还坐了两年牢。这几年生活终于安定下来了，就越来越想念你们——唉，真是一言难尽……"

说到这里，他又一阵猛烈地咳嗽，然后从兜里摸出一瓶药，哆哆嗦嗦地倒出来几颗，塞进嘴里。

莫小平想不到这老头会经历这么多的事情，看来他受的苦并不比她们母女少多少，但他那都是活该，但是，现在，他毕竟是个癌症病人。

一想起这个，莫小平心里像是堵了块石头，难受，毕竟，他是自己的亲生父亲。

一相认，或许就得生死诀别，确实，也是人世一大凄事。

跟父亲告别后，莫小平有点心神不定地回到家，母亲还在店里忙碌着，她便帮着一起："妈，还没烧饭吧？"

"饭已经在电饭锅里了，这里你先看着，我上去再炒两个菜。"

"嗯，炒好了叫我，我把店门关了。"

两个人在饭桌上，莫小平有点索然无趣地吃着饭，一副欲言又止的样子，莫母说："今天炒的菜不好吃吗？看你吃得一点胃口都没有。"

"妈，有件事，我想告诉你，我今天看到他了——"

"谁?"

"就是——我的那个亲爸——"

"他也配。"

"妈,其实,他真的也挺可怜的,这么多年,都一直一个人过来的,而且,他得了病了——"

"得病?这年头,谁没个感冒胃痛的。"

"不是,他得的是肺癌,而且,是中晚期了,可能,活不久了。"

莫母停下了嚅动的嘴巴与筷子,瞪大了眼睛:"这是真的?"

莫小平点了点头,然后摸出了那张卡:"嗯,这里有二十万,这是他一辈子的积蓄,密码是你的生日。他说,反正他这病也是治不好的,不如留着这钱给我们买房子付首付用,这样,至少,他走得也不会那么有负罪感……"

莫母呆了好半晌,好一会儿才回过神来:"我要他这钱干吗,真想补偿,他这点钱够吗?"

这回轮到莫小平瞪着她妈了,莫母又叹了口气:"他终究是你的亲生父亲,你把卡送回去,让他好好治病吧,我们不需要他这钱。"

看来,母亲终究是个心地善良的女人,刀子嘴豆腐心,在这事的想法上,跟她是一致的。可是,如果母亲能亲自出面劝老头去就医,可能他才肯听,但是,母亲会做这件事吗?毕竟,她对他的积怨不是一般地深,并不是一下子就能原谅的。

"妈,你去劝劝他治病吧,我的话他是不会听的。"

莫母眼睛一瞪:"难道还得我去劝他,他在我的心里,被我诅咒过一千次,一万次,看来,是我的诚心终于感动了老天爷啊,哈哈哈——"

莫小平半晌没吱出声来,过了好一会才说:"妈,你知不知道,在我心里,你一直是最善良、最勤劳的,又最乐于助人的,就算这个人是别人,跟我们没有半点关系,如果知道他这种情况你也会劝他去看病的对不对？"

"这个——这个——"

"你看，他都没多久活了，人家都说了，对一个将死的人，别计较那么多了。不管怎么说他都是我的亲爹，我不想见死不救。妈，就算帮我好不？他现在也就只听你的话了，你就原谅他吧，你说你大把年纪的，还那么多恨啊，不是说有爱才会有恨吗？您呀，不会还爱着我的这个亲爸吧？"

"去去，越说越没有大小，说什么呢，赶紧吃饭。"

"那你答应了噢？"

莫母没有回答，估计说不出口而已，莫小平心里可高兴了："我就知道我老妈啊是世界上最有爱的女人了。"

莫母翻翻白眼，但没有抗议。

32．劈腿

莫小平却不知道，自己的爱情受到了前所未有的攻击。

现在，为了能赚更多的钱，她很少陪小七去酒吧，休息天去他那也少，而是在经营着她的网店。她的网店倒是有了些起色，要进货、拍照、上架，刚开始，是赚信用不赚钱的时候，她用成本价做活动，纯是为人民服务，慢慢地聚了些人气，现在把价格稍微往上调了些，也算有点利润了，而她对自己的网店也有了些信心。为了以后美好的生活，这点辛苦又算得了什么，她是这么想的。

倪静蔓却非常执着，几乎是天天来酒吧，看不到小七她就走，看到他，她就会一直待着，安静地看着他。小七对这朵小百合有着说不出的感觉，说她挺烦人嘛，她也没缠着你，只是安静地看着，有时就那么支着下巴安静地坐在他身边，说她对小七没有任何吸引力、影响力，那也是假的，有时小七没看到她的时候，心里会莫名地失落。

他有时也迷惑，爱情这东西到底可不可靠，或者，不过是随性的东西吧。今天有，明天可能就没有了；昨天爱着她，今天也有可能会对另一个女子产生了同样的感觉。只要没进入婚姻殿堂，无须背负着一定要对哪个女人忠诚。

而且最重要的是，他不该对倪静蔓撒谎，把莫小平说成是姐姐。

这天轮到上场时间，小七便上台演唱，轮到别的歌手唱时，他配合着奏吉他，最近他的乐技进步了不少，基本上能跟上了。

这时，他无意中瞥到几个男人围着倪静蔓，动手动脚的，倪静蔓躲闪着拒绝着，那几个男人得寸进尺，似乎要带她走。小七看得怒火中烧，走下台拉过倪静蔓，强压怒火："各位，这是我的妹妹，如果有什么地方得罪你们的，请多多原谅。"

一个看上去像痞子的黄头发男子说："妹妹？情妹妹？真妹妹还会这么痴痴看着你啊？"

其他男人一阵哄笑，小七冷冷地说："请你们放尊重点。"

"这小妞就要陪我们玩，你就一边凉快吧，不就是一个臭卖唱的吗？"说完，便是拉着倪静蔓，倪静蔓一声尖叫，躲到小七的身后。推搡间，小七揍了他们一拳，这群人肆无忌惮地动起了手，揍了小七几拳。酒吧一阵乱，龚炜闻风赶来，推开了他们："我是这里的老板，有事你们冲着我来，别动手好不？给哥我一个面子。"

一个看样子为首的说了："哟嗬，既然老板出来说情了，我们也不能不给面子。这样吧，小子，今天我们就饶过你们，不过，老板，今天的单，给我们全免了吧。"

原来不过是故意捣乱来吃白食的，龚炜真想一拳把他们全揍扁了，但想想自己是做生意的，如果他们经常来搞这么一出，客人都吓跑了，谁还来啊。

"好吧,你们今天的酒水全免单,不过,下不为例!毕竟,我们是做生意的嘛。"

"好好,爽快,下不为例!"

而走走紧握着拳头,想跟他们打一架,被龚炜死死地拉着:"我学过柔道的,不信还打不过这几只猴子。"

"行了,能拿财消灾的,就用财挡下,不能挡的再跟他们拼了。"

"下次再看到他们,老娘就灭了他们。"

"好了好了,别跟他们一般见识,去看下百合有没有事。"

看着倪静蔓状态一切正常,他们都放心了,倪静蔓笑着说:"这次真的非常感谢小七哥,若不是他呀,我可能真会被那帮坏蛋欺负的。掌柜的给我来一瓶这里最好的酒给大家压压惊吧,算我的。什么最好?最贵的就行了,我请你们一起喝。"

龚炜看了下走走:"我们这里最贵的是2999,你确定要吗?"

"当然要。"倪静蔓从包里拿出一张卡,"你尽管拿去刷,再给我们添几样小菜,今天啊,我得好好感谢小七。"

倪静蔓平时来这里一般就喝饮料,很少点酒,也有可能是开着车来的缘故,看来真是真人不露相,她才是真正的财神爷。不过龚炜真怕小七会对不起莫小平,一边叫服务员去拿酒,一边故意放话:"对了,小七,这几天怎么都没看到莫小平啊,几时吃你们的喜糖啊,可不能落下我啊。"

这话说得声音老高,倪静蔓吃惊地看看龚炜又看看小七:"小平姐,不是小七的姐姐吗?"

小七看瞒不过去赶紧解释,其实他一直也想对倪静蔓说明,只是不想龚炜一下子就说出来了:"百合,是这样的,小平她确实是我女朋友……"

龚炜看这事情况不对,看来自己是惹祸了,就打了个哈哈赶紧躲人:"你们喝哈,我去给你们拿酒啊。"

倪静蔓很生气:"上次你不是这么说的啊。"

"对不起,我、我——我也不知道为什么会这么说,她确实是比我大,我叫她姐姐也没有错呀,不好意思,让你误会了。"

这时,倪静蔓突然间笑了:"我知道了,你一定很在意我,所以,才会有意无意地瞒着。因为在乎,怕失去我。放心吧,我才不在意呢,你们又没有结婚,没有那张纸圈着,你们都还是自由的,对吧?我就是喜欢你,而且,今天你为了我跟人打架,我真的很感动。"

说着倪静蔓用纸巾抹了抹他有点红肿的右脸:"没关系吧,疼不疼?"

小七一边龇牙咧嘴,一边挡开她的手:"我没事,不过是一点皮外伤,我等下抹点药酒消消毒就行。还有,百合,今天的事我得跟你说清楚,其实换成是谁被这样伤害,我都会这样做的。"

"好啦好啦,你别狡辩啦,事实证明你是喜欢我的,而且是非常喜欢我,对不?"

"我——我——"

这时,酒水已上来,倪静蔓边给他倒酒边说:"我觉得吧,男人都想找一个比自己小的女人是吧,小娇妻嘛。"

小七说:"不,我就喜欢姐姐型的,女大三抱金砖,这也是古话嘛。"

"恋母情结啊?"

"不完全是,她们让我感觉特有安全感,让我感觉能做我自己,不必特意装成一个大男人那样地活着,并宽容我一些幼稚的举动,我这人特懒,就是不想活得那么累。"

"唉,这跟年龄啊,没多大关系,你要的不是恋人,而是大姐,你对她不过是依赖罢了,这是一种习惯问题,这不是爱。"

"不,我爱她,她也爱我。我们俩感情挺好的,过得也挺好的。"

倪静蔓一脸的失望:"你真的爱她?你敢说,你对我就没有一点感觉吗?"

"我——"

"好吧,现在我们不谈这个,你什么都不用说,陪我喝酒吧。"

小七也乐得闭嘴,但是他闭嘴,倪静蔓可没有闭嘴,而且是越说越伤感,越说越来劲了,本来他还觉得她平时是话挺少的、挺安静的一个人,"唉,这时间过得真快啊,为什么越是不想过去,就越是会到来。过几天我的暑假生活就结束了,真是没劲,就要回学校了。唉,真不想回去,也不想待在那里,一点都不好玩,一点都没意思,人生无趣啊。最重要的是,我不能经常看到你了,到了那时,你想见我,都见不着了。你说,这几天你就不能好好陪我吗?说些我爱听的话吗?"

"喂,是你叫我闭嘴的。"

"我现在又改变主意了,你可以张嘴了。"

小七无奈地摇了下头,看来啊,每个女人都是无赖,如果你觉得她们都是知书达理的人,那就错了。倪静蔓继续说:"小七你不是很喜欢唱歌与摄影吗?想不想办摄影展?要么,想不想继续深造?到时候,你就有机会上电视唱歌,你唱得这么好,一定能脱颖而出的,什么中国好声音啊,中国最强音啊,都不在话下。你说对吧,嘿嘿,那时呀,全国人民都看着,多带劲,还能出唱片,办演唱会。"

"我真心觉得在这里唱唱我就很满足了,我这个人啊,真没有什么雄心壮志的。"

"你——今天怎么这么话不投机啊,你以前不是这样的——"

"你以前也不是这样的啊——"

这下,倪静蔓真的生气了,她一下子灌完了剩下的酒,然后摇晃着出去。

"喂,你去哪里?"

"要你管，当然回家。"

小七怕她这个样子又会被人欺负，只得后面跟着。她自顾自上了自己的车，小七叫道："喂，你喝了酒，不能开车啊。"

倪静蔓挥手："你走开，不用你管。"

倪静蔓一踩油门小七赶紧闪到一边，要不是他反应快还真会被撞个正着。他正为自己捏把汗的时候，只听到嘭的一声巨响，倪静蔓的车拐弯的时候方向没打好，竟然一下子撞到旁边的一棵大樟树上。

小七吓了一跳，赶紧去看情况，却见车子的一边方向灯撞了一个大窟窿，倪静蔓捂着头喊："好痛啊！"

"你没事吧，小心点，就出来了，我马上带你去医院。"

说完小七把倪静蔓抱出来，背着她，拦了一辆出租车，直奔医院。

而这时的莫小平，在电脑前劳累了一个晚上，伸了伸懒腰，想起了什么，给小七打电话，但是，小七的手机一直没人接，她觉得好奇怪。

她有一种很不好的感觉，便给龚炜打电话，问小七是不是还在酒吧，龚炜说他已经回去了。小平又问他是不是跟那个百合一起走的，龚炜便支支吾吾地说有客人在喊他，不好意思啊，然后就挂了。

越是这样，莫小平越是感觉到情况不妙，搞不好他可能跟那个百合好上了，搞不好全世界的人都知道他们的关系，就她莫小平还被蒙在鼓里。

莫小平有一种焦灼的危机感，但是，联系不上小七，也无济于事。

倪天问赶到医院，倪静蔓刚做完检查，还好没什么大碍，只是额头撞出了肿块，还有轻度的破损。"你怎么样？有没有事？这位是？你们两个人一起撞的？"因为小七脸上还有殴伤，所以他才会问这个问题。

小七一时说不出话来，还是倪静蔓机灵："他叫小七，多亏了他，是他送我过来的。我卡在车里，他在救我出来的时候，有点弄伤了。我没事，就一点小伤，包好了。"倪静蔓像个犯罪的孩子作讨好的笑。

"噢，多谢这位朋友了。"接着又转头对倪静蔓说，"你——真是不让人省心，我告诉爸妈去。"

"别，千万别啊。哥，我的车还在酒吧门口，撞得有点惨，你去帮我处理下，我喝过酒的，被查出来就麻烦了。我现在溜回家去休息，明天可不能让爸妈看到我额头上的伤。"

"好吧，不过我告诉你，从今以后，晚上不许再出去！他们又不傻，他们自己发现了可跟我没关系，就你爱惹事！"

"哥，你赶紧去吧，求求你了。"

"那你赶紧回家啊。"

看着倪天问匆匆地出去，小七把倪静蔓送回到她家门口，也就回宿舍了。

回到家，小七发现有好几个未接电话，是莫小平打来的，但他晚上实在太累太困了，也没有回，直接躺在床上就睡着了。

当他醒来的时候，竟然发现自己在睡在楼道上，旁边的邻居们围成一团看着他窃窃私语，小七这一吓非同小可。

一个激灵从地上爬起来，抱着自己赤裸的手臂，什么情况啊？

我明明在家里睡的啊，怎么睡到走道上了？还光着上身，天啊，以后我怎么在这里混下去啊。

这时，莫小平从楼梯口上来，嘴巴里还叼着一根冰棍，看着小七那惊魂未定的模样，笑得咯吱咯吱响。

"你，莫小平？你还笑，真过分，是不是你干的？"

"什么我干的啊？你自己睡热了爬到这里的呗。屋里闷，这里多凉快，小样真懂得享受。"

"你——"

小七赶紧拉着莫小平进了屋，心想关上门再跟你算账，我可不要成别人的笑柄。

"干吗呀,拉拉扯扯的,成何体统,真是的。"

"你怎么能干这事?你,都能抱得动我?"

小七有点疑惑地看着莫小平,莫小平扑哧一声笑出声来:"就你那瘦不拉几的样,你信不信我一个指头都能把你拎出来?"

小七头摇得拨浪鼓似的:"当然不信,你一个指头拎我看看。"

"这个——再加九个行不?"

"切,你心真是狠,都不怕我睡地上得什么风湿病关节炎的?"

"躺一会就能得这些病,全世界就没个正常的人了。对男人就不能手软,这话是柳如说的,我觉得说得挺好。你说你昨天为什么不接我电话啊?而且还一直没回电话给我,我还以为你遭车祸撞残了躺重症监护室,要么被人打残了扔河里了,今天还想送束菊花哀悼下你的。"

"你可真是心狠,有这么咒你奸夫的,不,是亲夫。"

对于昨天的事,小七确实有点心虚,如果跟她说实情,肯定免不了甩他一脸的鼻涕眼泪水,于是他突然捂住了肚子:"不行了,肚子疼,一定是刚才躺地上着凉了。"

说完他便往卫生间跑,莫小平跟在后面喊:"喂,是不是真的啊,不会真的闹肚子了吧,什么体格啊,这么点折腾就受不了……"

33. 暗度陈仓

曾几何时,沈孟芝成了罗丝的知心好友,沈孟芝也没想到这事。

看来,借钱这事,能让多年的好友反目成仇,同样,也可以让多年的仇人化敌为友。

最近的沈孟芝情绪很低落,干什么事都无精打采的,罗丝对她可真是嘘寒问暖的,没少关心啊。

沈孟芝最近都有事没事刻意躲着倪天问,而倪天问终于耐不住,把沈孟芝硬是拉到公司的天台上，想两个人坐下来，好好地聊聊，想弄明白这到底是怎么一回事。难道她只想玩玩我啊，玩完了一脚踢开？但在他的心里，沈孟芝根本就不是这样的人。

公司的天台摆着一张桌子与几张椅子，有时倪瑞开董事长心烦的时候，喜欢到这里来，所以，天台也被打扫得很干净。

而倪天问也是最近才发现这个地方，倒真是个谈心喝茶的好去处。

"孟芝，你为什么老是躲着我。你说我这么帅的一个哥，让你这么避着，你说，这多伤我的自尊啊？"

"唉，我还真希望你长得丑点。"

倪天问忽然拉起沈孟芝的手就走，沈孟芝有点莫明其妙："去哪里啊？"

"你不是希望我丑点吗？现在就去整形中心，谁够丑，我就整成谁。对了现在哪个明星够丑的？"

"去，开什么玩笑。"沈孟芝想甩开他的手，但没甩成功。

"反正怎么丑就怎么整吧，歪鼻子斜眼豁嘴暴牙，只要你喜欢。"

"那是妖怪啊，胡闹。"沈孟芝再次甩开了他的手，这次成功了。她噘着嘴，其实心里的怨气已发泄掉一半，是啊，为什么他们就不能好好面对呢。

"你看，我多在意你啊，只要你一句话，你觉得我太帅了我就整丑点，如果觉得我家里太有钱了，我就离家出走，如果觉得我爹妈不够好，我就换爹妈——不行不行，这可真不好换，这真换不了，除了这点，我倪天问都可以做到。"

沈孟芝忍不住抿着嘴笑："那走吧。"

倪天问愣了下："去哪？"

"我在网上找张赵传或伍佰的照片，丑是丑了点，但不至于会吓倒人，而且唱得也不错，就选他们吧。"

倪天问跟在后面:"喂,你真舍得啊?"

他们俩拉拉扯扯地下来,刚好撞见躲在一边打电话的罗丝,看样子,骚包罗丝又有小秘密了。沈孟芝连忙放开倪天问的手,站在旁边使劲地咳了一声,罗丝吓了一跳,赶紧挂掉了电话,回头一看是沈孟芝与倪天问,吁了一口气:"是你们呀,我还以为又是人事部的那个男人婆,你们干吗呀,就爱吓唬人,真是的。"

倪天问说:"你在干吗?现在是上班时间,自己办公室不待着,跑这里来打电话。"

"我,我也就路过嘛,告诉你们一个好消息,我中奖了,耶!"

沈孟芝说:"五百万?一千万?"罗丝摇了摇头。

"一万?五千?五百?一百?"罗丝再次摇了摇头。

倪天问说:"中包洗衣粉洗手液,外加两根棒棒糖吧。"

罗丝继续摇头:"不是,不是,是三张温泉票呢。"

"三张?"

"是啊,家庭装的,一家三口的。嘿嘿,这样吧,既然你们都知道了,见者有份,我带你们一起去,咱们也可以算是三口嘛。"

沈孟芝笑着说:"嗯,当我是孩子是吧,你们俩凑对是吧?"

罗丝一副忸怩态:"讨厌嘛,真是的。"

倪天问说:"你们去吧,我没兴趣。"

他说完要走,罗丝跑上去拦住了他:"不行,你一定要去!"

"为什么啊?"

"这个——你看,我跟孟芝都长得如花似玉的,特别像我这样的身材、这样的脸蛋的女人,出去多么不安全呀,万一在那地方遇到色狼或者坏蛋、变态怎么办?现在变态的人好多啊,微博上的新闻多可怕,身边有个男人在吧,他们就算是有贼心也没有贼胆是吧。孟芝是一定要去的,上次我还欠孟芝一个人情,这次有机会了,我得请回去。孟芝你说是吧？陪陪我嘛，我可不想一个人去。"

说完就拉着沈孟芝撒起娇来，原本沈孟芝不想去的，特别是跟罗丝，觉得她太爱招惹是非了，但看她态度这么诚恳，再说自己最近确实是身心俱疲，泡下温泉放松下也好，便答应道："那好吧，去吧。天问你来吗？"

倪天问迟疑地看了看沈孟芝，听她说去，心动了："好吧，我陪你们去吧。"

罗丝高兴地叫了起来："太好了，明天下班了我们一起去啊。"

看着她那高兴劲，沈孟芝又怀疑起罗丝的动机来，不会请我是假，勾引倪天问是真吧？那我更得跟紧了。哼，倪天问现在是我的，想勾引，门都没有。

突然，她又找到了恋爱的感觉了，人生苦短，想那么多干什么呢，不管以后，现在高兴就好。

她现在跟倪天问至少是心有灵犀的，所以，就算是罗丝长得再漂亮，她觉得对她也构不成威胁。虽然倪天问跟罗丝之间曾有过一点暧昧，但那是在他不清醒状态下的所为，是例外，可以忽略不计，如果是正常状态，这倪天问这点诱惑都经不住，那么，他们还有什么未来可言。

沈孟芝是这么想的，所以，她一定要去。

第二天，罗丝可是一番精心装扮来上班的，大家看到她都吓了一跳，乍一看，人家还以为她是来赶演出的，要么就是卖首饰。除了妆化得很精致外，耳朵上戴着银色环形大耳环，脖子上戴着一串珍珠项链，腕上有个低廉的翡翠镯子，手指上戴着一个高仿的红宝石戒指，雪白的足踝上还戴着黄金细脚链，不过应该是 14 克的，黄金含量为 58.5%。

下午她就来找沈孟芝了，沈孟芝看着她这一身能把人直接变成老花眼的行头，有点纳闷，难道她不知道我跟倪天问可都是鉴定师出身的，或者，她觉得好看就行，其他的都不重要。当然，如果她乐意，她不嫌重，不怕被偷被抢的，那是她的爱好，她的事，沈孟芝也懒得去管。

罗丝神秘兮兮地对沈孟芝说："我给你也带了一套游泳衣，这是我以前还没发育时穿的。好几百买的，就穿过一次，反正我现在穿不下了，胸部太紧了，勒得那个难受，就送给你吧。"

沈孟芝好气又好笑，心想，你是在影射我胸小吧，你丫有我一半的正常思维也不至于落到这境地。

沈孟芝冷冷地说："谢谢你的好意，我带了泳衣了，你自己留着吧，如果有一天硅胶破了还能用得上。"

"哎，我这是真货，你可别冤枉我，我真的没有整过，你要相信我——"

"切，你真的还是假的关我屁事，我又不是男人。"

"但你也不能乱说呀，万一你说我是假的，男人听了去，真的对我产生了怀疑，那我怎么还有脸活着嘛。"

"呃，那你到底是真的还是假的啊？"

"你捏捏看，事实胜于雄辩。"

说完，罗丝还真的要解胸衣带的样子，沈孟芝赶紧摆了摆手，虽然我对你这身上物件的真实性很感兴趣，但是也不至于这样做吧，别人还以为我是变态呢，我可不想出名。

"我信你还不行嘛，真是的。"

对于罗丝，沈孟芝有时真的是无计可施，可是现在她偏偏把自己当作了这个公司里最好的朋友。确实，她在这个单位，也没一个朋友，就她那德行，还真难交上女性朋友，一般的女人是不会跟她做朋友的。有时，她也挺可怜的。

"你怎么还不回去，今天又没事做啊？"

"嘿嘿，这不快下班了嘛。我来你这边，等下咱好一起走呀，免得让你来找我，多不好意思呀。"

"嗯嗯，倒也是，你可真善解人意。"

"本来嘛。倪天问怎么还没来找我们呀？呀,他不会是去找我了吧？要不我跟他讲一声，我在这里等了。"

说完，她就抓起旁边的固定电话要打过去，沈孟芝正戴着手套，一只手拿着一颗小宝石，另一只手拿着专用放大镜，在细细查看，头都懒得抬起来："他等下就来这边，你爱打就打吧。"

正说着，倪天问就过来了："你们都到了，那我们先去找个餐厅吃饭，把晚饭得先解决了，你们说呢？"

罗丝说："那边有很地道的农家菜，我们去那边附近吃吧。"

"也好，那我们就走吧。"

三个人一辆车，倪天问开车。这是沈孟芝从上海回来，第一次跟倪天问在一起，心情还算不错，虽然中间还有个骚包罗丝，但她显然对他们之间的关系很不知情，还对倪天问存在着幻想。

不过像罗丝这样的人，就算知道，她也不会对倪天问死心的。

她总觉得自己天生条件太优厚，不会输于任何女人。

他们在一家农家乐，点了些比较有特色的菜，吃了晚饭，然后继续赶往目的地。到了温泉酒店，一到门口能感受其气氛，几个穿泳装的"兔女郎"手里拿着叮当拍子，热烈欢迎到来的客人。里面更是热闹非凡，很多的青年男女，应该是在做什么活动，看巨幅海报，原来是温泉嘉年华五周年庆。里面的绿化弄得非常好，还有盛开的繁花，像一个小森林。开放式温泉游泳池像是森林里的一个湖，也是非常大。水汽氤氲，真是人间仙境啊。很多人在里面嬉戏与游泳，享受着温泉浸润着肌肤的美妙感觉。

看来这个地方的确是个休闲与放松的不错去处,沈孟芝也觉得喜欢。

当沈孟芝与罗丝换好泳装，倪天问已经在池里泡着了，旁边还有个女人，两个人在聊着天。看见那个女人，沈孟芝与罗丝同时大惊失色，这不是那个女星喻冰吗？她怎么会在这里？

她俩赶紧跳下去，游到了倪天问的身边，罗丝非常不甘示弱地挺了挺胸："哟,这不是咱的大明星喻冰吗?不去香港啊好莱坞拿什么奖,跑这个鸟不拉屎的地方来干什么呀?"

喻冰同样傲气地挺了挺胸："这可是我的家乡呀,我可是深深地热爱着这片生我养我的土地,谁叫我是热爱家乡的人呢。酒店的老板请我过来捧场的,他还是我的二叔呢,你说我好意思不来嘛。不过,我也真喜欢泡这儿的温泉,每次到了这里呀,全身的毛孔都舒张开来,舒服极了,还能美容祛百病呢。你们看,我皮肤这么好,就是跟经常泡这里的天然温泉有关系,对了,你们有空多多来啊,我也有些股份在这里,有空来照顾下生意。"

罗丝用水拍了拍脸,心想,这东西还真这么神奇吗?不过,她嘴上可没闲着,指着自己手臂："你看我呀,没泡过温泉皮肤都能这么好,你们看这里这里——啧啧,白白嫩嫩的,真是天生丽质难自弃呀——"

倪天问与沈孟芝都已忍俊不禁了,这俩家伙一相遇,斗气的能力还真是伯仲之间,难分上下。

而罗丝的反驳分明引起了喻冰那高昂的斗志,你想下,她谁啊,大明星、大美女喻冰啊,居然有人敢跟她斗美,还这么明目张胆地挑衅,你说你丫是不是活得不耐烦了,跟老娘斗,好,老娘就跟你斗到底!

"你皮肤好是吧,不就是手上的皮肤吗?算什么啊,大腿呢,大腿在哪里?"

听她这么说,罗丝想,你不就是仗着自己有点名吗,也就是拍过几个片子,还真没看过你拿过什么奖,长得也不过如此,给我傲什么傲,不给你点厉害瞧瞧,还真让你小看了我这骚包罗丝。

"你以为我还比你这细杆儿圆规不入眼啊,凭身材,我看你还没我好呢。"

罗丝这话可真是深深地刺伤了喻冰的自尊心了,"在这里遮遮掩掩的算什么,我们到上面去,正经八百地比试下,你敢不?"

"切,这有什么不敢的啊?"说话两个人就往上面爬。

"喂，你们不会来真的吧？"沈孟芝喊道。刚才，根本就没有她跟倪天问插话的机会，他们做梦都没有想到在这里会碰到喻冰，而且喻冰跟罗丝俩居然像两只情绪激昂的斗鸡，非要来一次比美斗艳不可。俩人感觉到啼笑皆非，但又无可奈何，只有看热闹了。是啊，他们有什么办法。

两个女人在上面搔首弄姿，走起了模特步，罗丝是珠宝模特，时装模特所具备的资质她一样拥有，喻冰以前也做过模特，自然气场也不凡，她俩这么一来，很快地吸引了会场上的男男女女，以为是温泉酒店请来的两模特在作秀。

有人尖叫着起哄着，还不知道谁弄来个大音箱，放起来了舞曲，这时，大家都围了过来，因为喻冰多少有点名气，演过几个片，大家很快就认出了她，人气自然也旺点，很多人便站到她一边，来支持她，成了冰粉团。所以会场分成了两派，罗丝的罗粉团明显有点我寡敌众的劣势，不过她也不是没见过大场面的人，她才不怕。

倪天问与沈孟芝怕节外生枝，也只得暂时结束舒服的泡澡，其实沈孟芝多想再多泡一会。俩人站在罗丝那边，至少，他们仨是一起来的，最重要的是，喻冰那头是里三层外三层，他们想挤也挤不进去了。

这时喻冰与罗丝走完模特步后，开始了斗舞，俩人把头发一散，一下子都变得成辣舞妹子，在跳着劲舞。气氛更加热烈，尖叫声，呼喊声此起彼伏，还有人拿着手机、相机在拍照。事实上，罗丝确实一点都不输于喻冰。

而罗丝也没有想到，这场斗艳赛对喻冰来讲，并没有多大的意义，但是，敢跟她如此叫板的人，估计也只有够胆量的罗丝了。所以，她在网络上迅速蹿红，对于罗丝来讲虽是失去勾引了倪天问的机会，但是，却有了个"泳装热舞妹"的美称。

这三张票其实是罗花钱买的，对于她这么个去娱乐场所从不用自己掏钱的女人来说，也算是花心思花血本了。本来她就是请倪天问来的，但单独请他是肯定不会来的，便捎带上了沈孟芝，但没想到好好的机会却被喻冰与自己的好强给搅黄了。不过这场斗舞也令她出尽了风头,令她的虚荣心得到了无限满足。虽然她们之间没分出什么胜负,但她罗丝在才艺方面并不输于那个大明星喻冰,对她来讲,也非常满足了。

两个人斗得筋疲力尽,跳了各种舞,跳得实在没可跳了又号歌。她们还真像对姐妹似的,舞跳得不错,但同样五音不全,唱歌唱得鬼哭狼嚎似的,一首比一首凄厉,一首比一首跑调跑到爪哇国。问题是这些都不是重点,重点是她们还越号越兴奋,那群看热闹的人纷纷逃亡,重新跳进了水池里,让温水来抚慰他们备受创伤的耳膜。

没有了围观者,她们也觉得没劲了,连着没停歇折腾了一个多小时,那个累啊,骨头都快散掉了,全都瘫倒在座位上。

这时,罗丝突然想到了什么:"倪天问跟沈孟芝呢?"

喻冰也四处看了看,没有发现他们:"是啊,他们人呢?"

她们突然意识到,他们彼此之间不是劲敌,或者,沈孟芝才是。

而沈孟芝与倪天问趁她们在折腾个没完的工夫,两个人换回衣服,四处逛着。沈孟芝感觉到非常轻松,都市男女在生活中,有一种无形的压力与压迫感,自己都不自知,而一旦离开,就自由舒畅,能够做回自己,敢爱敢恨。

倪天问说:"我知道你心里有我的,你为什么躲着我,其实我也明白,你是害怕失去我吧?"

沈孟芝不置可否地由他挽着,享受着他身体散发的独特气息,那是年轻男子的成熟气息,有着柚子一样的香甜。

就像是电影的镜头那样,倪天问托起了她的下巴:"你这个小丫头,我也不知道几时开始,就已经爱上你了。"

他轻轻地吻了下沈孟芝的鼻子,沈孟芝梦游般地应了句"我也是"。倪天问说:"孟芝,明天去我家吃饭吧。我想,我们两个走到一起不容易,我也不想再这么藏着掖着,我想让全世界的人都知道,我是爱你的。我也想让爸妈尊重我的选择,我想光明正大地跟你在一起,让大家都知道，你是我的女朋友。"

沈孟芝没有言语，此时的她是幸福，她想，既然他们两个人是相爱的，为什么就不能在一起，为什么选择一直逃避呢？或者这样也好。

沈孟芝轻声地说："我觉得先让你爸妈知道下吧，让他们有个心理准备，我不想冒失前去。"

倪天问点了点头："嗯，这样也好。放心吧，我一定能做好他们的思想工作，你可得相信你未来夫婿的能力噢。"

"去，不要脸。"

正打情骂俏着，此时沈孟芝的手机铃声疯狂地响了起来，一看是罗丝打来的。罗丝这会估计是真急了，心想着这两个人不会回去了，把我罗丝一个人落在这种前不见村后不见店的鬼地方吧？

沈孟芝接起了电话："我们——在周边逛着喝茶着，你在哪里？嗯，我们马上回去找你啊。"

回到电梯，周围的人很多，沈孟芝抽出了手，怕别人看到，特别是怕罗丝看到。

倪天问却说："怕什么，你就是我的女朋友。"

说实在，如果换成龚炜，沈孟芝可能会坦然接受这样的身份，但倪天问不一样，一是认识的时间太久，二是两家是世交，三是他还是自己的领导，也就是说，也是自己的老板。还有一点，就是他是富二代，而且以后可能还是公众人物，沈孟芝有点不敢面对。

"有什么不好的，以后我们之间就不是秘密了。"

"可是——我还没有心理准备——"

这时，他们看到了罗丝与喻冰，她们两个还在一起，沈孟芝还是觉得不好意思，再次从倪天问的手里抽走自己的手。

喻冰看来对倪天问并没有死心："哎哟，倪大公子，你们刚才去哪里了呀，怎么一转眼就不见了呢？还那么长时间？"

倪天问正想说什么，沈孟芝赶紧抢先说："你们刚才跳得这么起劲，我们也帮不上什么忙,去后面的咖啡厅里喝咖啡去了。"

罗丝说:"哎,我还以为你们偷情去了呢,不打一声招呼就消失了。"

喻冰想想不对,她对这地方太熟了:"你们是从大厅出来的,咖啡厅在右边啊,不应该从中间出来的啊?"

倪天问赶紧解围:"我们喝完咖啡后,看你们还没结束,就到处逛了逛,这地方可真是美。"

喻冰若有所思地点了点头,沈孟芝心想,得赶紧转移他们的话题:"对了,已经很晚了,这地方离我们那也有点远,我们还是回去吧。"

这时喻冰说:"倪公子,要不要在这里住一宿呀?我请你。这里晚上这么美,你看,天上还能看到很多的星星呢,比城里可幽静多了,空气又好,可有天然氧吧的美誉哟。"

罗丝说:"哎哟,那住十天,不就可以活百岁啦?那这里的服务员都长生不老,都成千年老妖精了,想死也死不了呀。"

喻冰狠狠地瞪了一眼罗丝:"至于这两位小姐,我就不留了,免得待着太舒服了,不想回去,又付不起房费,说不定,还被吸血鬼服务员赶跑呢,咯咯咯——"

看着她俩又杠上,这还有完没完啊,倪天问赶紧说:"不不,我得送她们回去呢。"

"我让我司机送她们吧。"

"不不,真不好意思,我明早还有事情,所以,也不能待在这里了,谢谢喻美人的美意,我们走了啊。"

他拉起沈孟芝与罗丝就走,喻冰在后头叫道:"我在这里还要待两天,倪公子有空来找我玩啊。"

罗丝雄赳赳气昂昂地说:"看她个死乞白赖相,说实在的,我还真没看过她演了什么片呢,对了,你们有看过吗?"

倪天问与沈孟芝同时摇了摇头,沈孟芝说:"什么片我具体记不住了,我这个人,健忘,看了就忘了,不过她在电视节目里还是经常有出现的。"

倪天问说:"我才毕业没多久,待在国内时间不长,所以,基本也没什么机会看国产片。"

罗丝不屑地说:"不过是七八线的明星而已,在老娘面前摆什么谱子,老娘可能以后比她还红,哼。哎呀,我的伯乐,我的大导演大制片呀,您在哪里呀,怎么还不出现呀,您让我罗丝等您等得好辛苦呀。"

倪天问与沈孟芝相视一笑,都没说话。

34. 劝医

莫小平与莫母来到老爷子工作的单位,他一个看门的老头,应该在门口就能看见,但是,她们看到的却是一个高个子的青年保安。她们向青年保安打听老爷子的去向,保安说:"他前段时间就辞职了,说自己身体老是不舒服,做不了这种经常熬夜的活了。"

俩人面面相觑,莫小平说:"那您知道他的电话号码或者家庭住址吗?"

"他不用手机的,说手机还要二三十块钱的月租费,说自己也没什么亲人朋友的,就算买了手机也不知道打给谁。地址嘛,我想想,呃对了,你们是谁啊?"

莫母说:"我们——是他的远房亲戚,现在有点急事,要找他呢,麻烦你了,是这样的,他身体不是不好嘛,我们想探望下,买点水果过去。"

"这样啊,我还真不知道他具体住哪里,我去人事部问问吧,应该都会有档案登记的,你们等着啊。"

"真是麻烦你了,谢谢你啊。"

两个人等了一会儿,保安拿着一张纸条回来了:"地址找出来了。"她们道了谢,就去找老爷子。

她们真是汗都找出来了,腿都快跑断了,终于在一条偏僻的小巷子里找到了纸条上的地址。周边都是些简陋破旧的平房,大多是外来务工者租住的,到处飘挂着衣物被单,莫小平拿着手里的地址,一再地核对:"妈,应该就在这里了。"

门是关着的,莫小平敲了敲门:"有人在吗?"

叫了很久,还是没反应,看来,他应该不在,出去了吧。

正当她们大失所望想回去的时候,隔壁一个三十来岁的妇女抱着一个看样子才七八个月的婴儿出来。"你们找谁呢?"

"我找——"莫小平一时卡了,她还真不知道那老头子叫什么名字。

"我们找姓赵的老头,以前当保安的,他是住在这里吗?"

"对啊,我看他早上都在里面,没出去呢,可能我没有注意到吧。那老头是怪可怜的,没见谁来看望过他,而且身体很不好,老是咳嗽,好像病得比较厉害。唉,他的子女怎么都不来看一下,太没有良心了,留着生病的老人一个人生活,万一你说有个好歹怎么办?真没良心,真没良心。"

她边说边直摇头,说得莫小平面红耳赤,然后她突然想到什么似的:"你们是?"

"噢噢,我们是远房亲戚。"

莫母赶紧赔笑,女人说:"噢,可能他不在吧。"这时孩子哭了,她便把孩子哄着进了隔壁去了。

女人的话提醒了莫小平,"留着生病的老人一个人生活,万一你说有个好歹怎么办?"是啊,他现在都是中晚期癌症患者啊。她想了想,便趴在窗口往里看,但是,窗户被各种旧报纸糊得严严实实的,根本什么都看不见,可能,他真的出去了吧,在这里继续等他回来,还是先走呢?

莫母可就急了:"为了来找他,今天店门都关掉了,我可等不了,我得回去做生意。"

莫小平也在犹豫,这里突然听到里面有什么东西发出咚的一声,很响，莫小平有一种不好的预感，"爸爸"俩字她又叫不出口，便使劲地叫道，赵叔。

但里面又没什么反应了，她贴着门听，似乎听到有人在呻吟，她感觉很不妙，没有人照顾，就像邻居说的，就算出了事也没人知道。

越想越不妙，顾不了那么多了，她一脚就把这并不结实的木门给踢开了，只见老头子躺在地上，捂着肚子用微弱的声音呻吟着，"小平——小平——"

莫小平抱起老头子，见他脸色死灰，脸痛苦地拧成了一团，豆大的汗珠从额上滚落，莫小平赶紧说："你怎么样？妈，你帮我扶起他，我背他去医院。"

莫小平咬着牙背着老头子，还好，老头子现在都瘦成一把骨头了，并不重。他们出了巷子，叫了一辆出租车，直奔医院。

两个人在急诊室的门口候着，对于这个老男人，两个人的感情是非常复杂的。莫小平还好点，因为她对这个父亲还没有很深刻的仇恨，不像母亲，她想，如果她经历过母亲所经历的一切，说不定现在和母亲的态度是一样的，可能想杀了他的心都有。但是，对于这样的一个癌症病人，况且又是有深度的悔过之心的病人，怎么能恨得起来。

所以，在心里，两个人还是期盼着老头子不出事。

这时，急救终于结束，医生从里面出来："你们，谁是赵财富的家属？"

莫小平看了一眼母亲："我，我是他女儿——"

"是这样的，病人目前已暂时脱离危险，但是他肺部的癌细胞已经开始大面积扩散了，如果不尽快做手术的话，可能真的就难说了，所以，你们得尽快决定是不是要做手术。"

"成功率会有多少？"

"百分之五十左右吧，现在技术是进步了，但是有些情况我们不能确定，各个病人的体质也不一样。"

莫母说:"那个,手术费要多少?"

"手术费用三万块左右,要先交押金,还有后期的医药费、住院费,如果恢复得可以,出院了还得继续吃药,定期检查,可能得十几万左右。你们得有心理准备,这也要看病人的具体恢复情况了,慢的话可能还要多些,快的话就少些,这些都是后话,先看手术成不成功了,我们会尽自己的所能挽救每个病人的生命。"

莫小平想着老头子那张二十万的银行卡还在自己的手里,想想给他治病应该差不多,赶紧说:"医生,我们同意手术,请您尽快安排吧。"

"那你们跟我来,签个手术意向书,交好押金,做好具体检查与专家会诊,这两三天内就给他安排手术。"

"好好。"

办完相关的手续,老头子也从急诊室转入了病房,等待手术,他看着莫小平与他曾经抛弃的妻子,老泪纵横:"你们为什么要救我啊,让我死了算了,这也是报应,我自作自受。"

莫小平叹了口气:"别说这些没用的话了,现在好好养身体吧,我请假几天,服侍你,妈妈事情多,还要照顾那个店,让她给我们送饭吧。"

莫母也说了:"你就安心地做手术吧,别再提以前的事了,你不提还好,一提啊我还真来气。"

老头子拼命地点点头:"那你是不是不恨我了?不提了不提了,还有,小平、玉莲,我不做手术,我们走吧,那些钱我好不容易省下来的,怎么能花在我这个没用的老头子身上,给莫小平当嫁妆也好,这辈子也算做了一件对女儿有益的事。"

说完,他就坐起来,想拔掉手上的吊针,莫小平看他这么固执,一边阻止一边气呼呼地说:"喂,你再这样,我们就生气了,以后再也不理你了,也不管你了。钱也还给你,跟我们没任何关系!"

"这——"老头子一时为难了,想了想,"小平,你别生气,好孩子,我都听你们的,你说怎么样就怎么样吧,只要你们高兴,进棺材之前能看到你们俩在我身边,我就能心满意足了。"

这时莫母也发话了:"说什么呢你,小平你先在这里陪着吧,我先去店里看看,顺便给你们做些菜熬些汤送过来,现在你这状态外面的菜不能吃,说不定有地沟油呢,我去做些清淡的来。"

"好的妈,你去吧。"

看着莫母离去的背影,再看看卧病在床的生父,莫小平突然感怀着世事弄人。

但这个陌生的父亲终究肯接受治疗了,不管手术结果会如何,她觉得很欣慰。虽然,他并没有抚养过自己,照理说,她也可以完全不理他、不管他死活,但是这个人跟自己有血缘关系,这样的孤寡老人确实也挺可怜的,想想他的经历,想想他住的地方、过的日子,这二十几年来,他应该都是在忏悔里度过的。

既然这样,又何不把他当亲人来照顾呢。所幸,母亲对他的态度也有所好转。

希望自己一家人,都能苦尽甘来吧。

35. 奇怪的后妈

"囧情男女"酒吧。

龚炜一遍遍打着走走的手机,但是,手机一直处于关机状态,把他急的,这酒吧怎么能少了她呢,她不在,龚炜总感觉少了些什么,而且,人气也有所下滑,虽然店里的事一般都是他揽得多,但是,她是自己的工作伙伴,还是自己的老板,一些大的决定,都得找她商量,对于这点,龚炜是相当明确。

她已经好几天没回来了,龚炜急得都想报案了,突然想到了走走的父亲,她父亲倒是来过几次酒吧,来视察走走是不是把他的钱打水漂了,不过视察结果,还基本算是满意,而且,她父亲似乎对龚炜很有好感,令龚炜感觉很亲切。

但是,他并不知道走走老爸的电话号码啊,怎么找他?如果走走真失踪的话,她老爹估计早就找上门了。看来,他应该知道她的去向,不行,我一定得找他问问。对了,去走走家找,说不定走走窝在家里呢,虽然他的拒绝使她伤透了心,但是,像走走这样的人,不至于这么经不起打击吧。他感觉,像走走这样的奇女子,一般的男人还真配不上她,包括他龚炜。

他是经常送她回家的,有一天,她喝醉了酒,他送她到家门。她家龚炜还是知道的,位于高档的住宅区,像这里的套房,没个两三百万的,是享用不了的。像他这样的人,想都不敢想,觉得那是有钱人的事情。

他在门口按了很久的门铃,是走走的爸开的门:"您好叔叔,请问走走在家吗?"

走走爸看着他,微笑着,好像还真有话要说的样子:"你先进来吧。"

龚炜点了点头,便进来了,里面的装修很古色古香,还摆设着一些青花瓷、玉雕之类的贵重物品。大厅里有个非常大的檀木书柜,上面的书多得可以和书店相媲美。看样子,走走的爸是个非常有修养的人,应该出身于一个很传统的书香门第,但是走走的叛逆性格与特立独行感觉跟这里的气氛也反差太大了吧。

"我给你倒杯水吧,西湖龙井?雁荡毛尖?咖啡?还是要牛奶?"

"不用这么麻烦,您随便给我倒杯绿茶就行,白开水也行。"

龚炜坐定,再次看了看周围:"伯父,能冒昧地问一下,您是做什么的吗?"

"我原来是做古董生意的,你看这里这么多的书吧,做古董这行,就得活到老学到老,眼睛稍微晃下神,就会被人忽悠,还不是一般的小忽悠。闲的时候,就练练书法,写写文章,我就这么点爱好,现在也不到处跑了,想安静下来过生活了。"

"您老还是作家呀?"

"就写写小文章而已，又没什么名气。我的女儿走走啊，好像我的优点一点没学去，唉，这孩子——不过是我对不起她，也不能怪她。"

"怎么了，走走她性格不会受过什么打击吧。"

"都是我，以前经常在外面找好货，一出门就是好几个月，一年也没回过几次家，她娘熬不住辛苦与寂寞，改嫁了。走走是由她爷爷奶奶带大的，以前她的脾气就很古怪，又内向，患过自闭症，后来，好不容易改善了点，因为我娶了第二个老婆，她从心底里抗拒，又很久时间不说话，光看着一些乱七八糟的书。可能在那里，她找到了属于自己的心灵世界吧，虽然现在她跟她后妈的关系有所好转，但多少还有点隔阂，所以，她喜欢什么，只要不是违法的，不是坏事，我也由着她。毕竟，这一辈子我亏欠她的太多了，而且她很有自己的想法，个性鲜明，虽然脾气犟，但心地不坏，我觉得，你是唯一能收服她的人。"

龚炜真不知道说着说着，怎么就说到自己的身上来了呢，跟自己有什么关系啊，难道她爸爸也知道她喜欢自己？对了，扯了这么多，竟然忘了自己来这里的主要目的，他朝四周看了看，希望走走能突然出现在他面前。

"对了，走走这几天去哪里了，她在家里吗？"

"她去西藏了，说去雪山面前朝圣几天，什么原因没有说。我这个女儿啊，我是永远猜不透她在想什么，不过，我觉得她可能遇上烦心事了，我还是有感觉的。我猜，你们不会吵架了吧？"

龚炜一听她去远行了，倒是放下心来，但走走爸也实在太厉害了吧，他有点不自然地咳了一声："也没有，只是有的问题，我们想法不一样……"

"唉，这么多年过来了，我也是活了大半辈子了，你们年轻人的事，我也不想过问，但是，走走是真的挺喜欢你的，我从来没见过她会这么喜欢一个人，人的一生，能真心相爱一次不容易。"走走爸感叹道，看来，他又想起了他那些前尘往事，看来文人就是多愁善感。

正说着，门铃响起来，龚炜高兴地说："该不会是走走回家了吧？"

"我去看看。"

打开门，却是一个五十来岁的女人，一头短发，穿着白色职业套装，五官端正，神情略显疲惫，看到家里多了个人，很友好地打招呼："有客人在呀？"

当她看清是龚炜的时候，整个人都呆立在那里，眼光发直，走走爸赶紧向他们介绍："这是我老婆，这是龚炜，跟走走一起合伙开酒吧的。"

原来，她就是走走的后妈，龚炜很礼貌地起身："阿姨您好。"

走走妈看上去神情好像有点奇怪，她这时才回过神来，"你好你好，你就是龚炜呀，听走走与他爸爸经常提起你，不错不错——"她的手有点不受控制地想摸他的脸，龚炜轻轻地躲开了，他觉得走走这个后妈可真有点奇怪，难道是自己长得太帅了，她情不自禁心动了？好可怕啊。

走走妈也意识到自己有点失态，连声道歉："不好意思，我是太累了。走走的姑妈今天非要我陪她逛街，逛了后又打麻将，真是累人。"

"那个叔叔阿姨，走走不在，店里也特别忙，现在知道她去旅游了我也放心了，不好意思今天也没带什么东西来看你们。"

"说什么呢，有空经常过来坐坐啊，走走爸现在基本在家，挺寂寞的，有人陪他聊聊天挺好的。"走走妈忙着说。

这时龚炜已起了身，坚持要走，走走爸也没有强留了："既然龚炜这么忙，那我们不留了，你去吧，有空经常过来坐坐，陪我喝杯酒。还有酒吧这段时间有劳你了，走走这孩子，真不是个做大业的人，太爱使性子了，我替她谢谢你。"

"不谢不谢，其实我最应该谢谢她呢。好了，我走了叔叔阿姨，你们请留步吧。"

走出走走的家门，龚炜真没想到走走爸妈的态度会这么好，看来，有钱人并不是都那么趾高气扬的。但是，他又觉得走走妈的神态真的太奇怪了，特别是她看他的眼神，怎么会这么有感情呢？难道我长得像她的初恋,唉,怎么能拿人家的家长开玩笑呢,呸。

一想到这里,龚炜傻呵呵地笑了。

36. 遭遇被私奔

现在的沈孟芝处于被爱情滋润的状态,今天她心情特好,约了莫小平与柳如一起吃饭。这两个人一来就是狂吐苦水,一个侍候在病床上的老爹,眼睛都变成了熊猫眼,一个在单位与未来的婆婆家来回地跑,同样也要照顾卧病在床的准公公。莫小平的亲爸手术很成功,但是总会有各种的并发症,病人痛苦,她也苦不堪言,她不知道这样的日子还要过多久,同样是单位医院两头跑,网店也停下了。

对沈孟芝,她俩是各种眼红嫉妒羡慕恨,柳如说:"孟芝,现在就你最爽了,身上没有各种麻烦与负累。看来啊,健康才是最重要的,身体才是关键,没个好体魄啊,其他房啊车啊钱啊爱情啊全是浮云。"

沈孟芝笑着说:"你终于可以得道成仙了,认识你这么久,就这句是人话。"

"去。"

莫小平仔仔细细从头到尾打量了沈孟芝一番:"看你印堂发亮,脸色红润,天庭饱满,有喜事?"

柳如也叫嚷着:"谈恋爱了,跟谁?老实交代吧,别藏着掖着,趁这回我们都有时间,以后想见到我们可不容易啊。跟龚炜认识了这么久,也该谈上了吧,换人家早就生米煮成腊八粥了,能生一个连的孩子出来。赶紧说,赶紧。"两个八卦女人支着耳朵做倾听状。

沈孟芝咳了一声:"我是恋爱了,不过不是跟龚炜。"

柳如叫了起来:"哇,还有个备胎啊,真看不出来啊,赶紧说,别让我们猜啊,谁谁?"

"你们——都认识的——"

"停——让我猜,不会是那个富家公子倪天问吧?"

沈孟芝看了她们几秒钟,然后郑重地点了点头。柳如尖叫了:"天啊,那样的富二代都被你搞定了?那个女明星叫什么来着的都没搞定,沈孟芝,从今天起,你就是我的偶像!没有之一!赶紧说说,你们是怎么勾搭上的?"

柳如个女色狼又来了,沈孟芝好气又好笑:"该说的我已经都说了,其他的无可奉告。"

"说说嘛,说说嘛。"而沈孟芝是干脆只张嘴吃东西不负责说话。

柳如没辙了:"不说也可以,为了证实这件事情的真实性,你把你的富二代约出来。你看,我们家属都还没有把关呢,你说是吧,莫小平?怎么这么轻易就把咱的孟芝小姐勾搭走呢。马上打电话,把他叫过来,如果他来了,就证明是事实,不来的话,嘿嘿,你就吹着吧。"

"他真来了,还不被你们吓跑啊,我可不冒这个险。"

莫小平说:"我们保证会宽容对待我们孟家的爱情俘虏!不会吓他的。"

"是啊,赶紧赶紧打电话,叫出来啊。"

于是沈孟芝便给倪天问打电话:"天问,你在干吗呢?不忙吧,我两个最要好的朋友想见见你……嗯,好的……"

挂上电话,沈孟芝说:"他马上就来,遂了你们的愿了吧?不过我可丑话说在前头,一,你们得友好对待,不得有任何的冷嘲热讽,不得说话太露骨,得尊重他;二,不能问他一些隐私问题,比如以前交过几个女朋友啊,初吻是什么时候啊,等等,当然更不能问我跟他的隐私问题;三,不许调戏他吃他豆腐——"

柳如叫了起来:"亏你还是我们朋友,都是些什么话,我们像是这么没分寸的人吗?"

莫小平也有点抗议:"我们还不稀罕呢,那他来了,我们干脆都闭嘴,什么话都不说,行了吧?"

"好啦好啦,你们懂得分寸就可以啦,真是的。"

等了好一会儿,倪天问才赶到了,介绍了之后,他抱歉地说:"不好意思,过来有点晚了,刚才送倪静蔓去机场回来,孟芝电话打过来的时候,我还在回来的路上。"

"倪静蔓到机场?怎么了,她去哪里玩呀?"

"这不都开学了嘛,她啊,最近真是让人操心,喜欢上一个唱歌的,非要带上他去玩几天,让我给她买两张机票,被我骂了,结果赌气不理我了,还要离家出走,只好答应送他们去武汉玩几天。"

柳如说:"唱歌的歌手啊,在哪里唱的啊,说不定我们认识呢。"

柳如不过是随便应一句,但是,倪天问的回答却令她仨瞬间石化了:"在哪里唱静蔓也没有说,不过她叫他小七。"

"小七!"柳如与沈孟芝同时惊呼,沈孟芝看了看莫小平,"那个那个,可能是同名吧,一定是同名。"

而莫小平脸色唰地一下变得惨白,她一声不吭地拿起手机打电话,但对方手机却是关机状态,这会肯定在飞机上。莫小平咬着嘴唇,那神情,像是要吃人了,而沈孟芝与柳如两个人噤若寒蝉,你看看我,我看看你,谁都没敢吱声。

倪天问莫名其妙地看着她们:"你们——都怎么了?"

沈孟芝推了下他,柳如与莫小平都没来得及说一句话,他倒好了,第一句话就能把全场给镇住了,沈孟芝嗫嚅地说:"那个那个——小七是莫小平的男朋友。"

"什么啊,这事……"倪天问有点尴尬了,"不好意思,我不知道,我不知道倪静蔓是不是知道……我是不赞成他们谈恋爱的,总觉得那个唱歌的有点不靠谱——"一想到那个唱歌的也是莫小平的男朋友,他赶紧解释,"不是不是——我的意思是,倪静蔓还小不适合谈恋爱。对了,外号叫小七的人可多了,也可能不是他呀,你说不会这么巧吧——"

沈孟芝使眼色,示意他少说话,莫小平愣不吭声地吃菜,好像跟这些菜有仇似的,然后突然发话:"你妹妹是不是留着齐刘海的,头发不短不长,皮肤白白的,眼睛大大的,戴着一个小黑框?还有一个外号叫百合?"

"对对,太对了,你怎么知道得这么清楚呀,你认识呀?"

这话一对上,莫小平便确定了小七跟那个该死的野百合私奔去了,她嘴巴停了下来两秒钟,然后哇的一声哭了出来。三个人每个人一张纸巾,同时递上,莫小平擦了一张扔一张:"呜,怎么会这样,小七你这个混蛋,你竟敢背叛我,我要杀了你!呜——"

这事情也转化得太突然了,本来是沈孟芝介绍男朋友,大家好好相聚的高兴日子,没想到男朋友的妹妹劈了好朋友的腿,这事情令大家都有点尴尬,倪天问更是觉得很愧疚:"静蔓这孩子太任性了,说不定事情并不是你们想的那样——"

但这句话实在是没什么说服力,莫小平哭得更凶了,全咖啡厅的人都往这边瞅。

这该怎么办,连一向镇定机智的柳如都有点傻了。

"对了,我也是刚送他们到机场,说不定我们现在追过去,他们还没登机呢。"

莫小平停止了哭泣:"他们几点的飞机?"

"两点十分的,还有三十五分钟。现在飞机还经常会误班,我们过去说不定他们还没走呢。"

莫小平猛地抓包起身:"走,赶紧走!"

沈孟芝赶紧叫:"服务员,迅速埋单啊。"

四个人风风火火地赶到机场,开始分头找,这时,已经是两点零五分了,只有五分钟的时间,他们到处找了会,哪里还有倪静蔓与小七的身影。

莫小平彻底瘫了,这段时间因为照顾生父,她颇感气力不支,而且最近也经常觉得不舒服,会发低烧与头晕。面对这样的事,她实在无法接受，小七会跟别的女人私奔，而弃她于不顾，这悲惨的情景只有在电视里才会看到，现在竟然活生生地发生在自己的身上。不对，这桥段怎么这么熟悉，天，亲爸还不是这样甩下老妈跟别的女人跑了啊，而且，还是在老妈怀孕的状况下。

怀孕？莫小平突然觉得一阵恶心，难道母亲的悲剧命运会在自己的身上重演？难道这是自己的宿命，难道我也怀孕了？对了，这个月的例假都迟了一个多星期了，一想到这里，莫小平就直接晕倒在地。

倪天问、柳如、沈孟芝三个人重新聚合，发现莫小平还没回来，赶紧去找莫小平。却见一边乱哄哄的，有人围着，一看，正是莫小平晕倒在地，三个人都吓得魂飞魄散，倪天问实在不知道自己会闯这么大的祸，吓得有点哆嗦："怎么办怎么办？"

沈孟芝大吼一声："赶紧送医院啊！"

倪天问便背起了莫小平冲出机场大厅，把她放到车里，然后直奔医院。在路上，沈孟芝非常担忧，莫小平的心理承受能力这么差，这可怎么是好。

柳如一声叹息，因为此时莫小平的处境，跟她以前被前夫抛弃时的情景实在是太相似了，她喃喃地说："为什么受伤的总是女人，为什么那些始乱终弃的臭男人，总是得不到相应的惩罚？上帝创造了男人与女人，为什么把所有的优势都给男人，把所有的痛苦都留给了女人？难道，他是闭着眼睛造的吗？"

倪天问并不知道莫小平与小七之间的情况，只知道他们是男女朋友关系："他们——在一起多久？"

沈孟芝感伤地看着依旧在昏迷中的莫小平说："都好几年了吧，莫小平真是命苦，对他实在太好了，有什么好的东西都留着给他，唯独忘了她自己。她是单身家庭出身的，她母亲怀着她的时候，父亲就跟别的女人跑了，都过了二十几年，前段时间才来认，结果那老头得了癌症，她便忙着去照顾他，可能就没时间顾得上小七了……"

倪天问哪经历过这种事情,听得都唏嘘起来:"唉,想不到莫小平有这样的身世,活得这么不容易。"

快到医院门口时,莫小平缓缓地苏醒了,沈孟芝叫道:"小平,小平你醒了啊。"

"噢,我怎么又在车里了呢?"

"你刚才晕了,我们送你去医院。你看,到医院了,去检查下吧。"

"我没事,只是这段时间太累了,身体太虚了吧。"

"那也要看下,让医生开些补药也行。你这个人对谁都关心,就是不爱惜自己。"沈孟芝又觉得内心一阵难受,唉,小平,你怎么这么傻呢,女人,为什么不能对自己好点呢。

"我真的没事的,没什么好查的……"

倪天问说:"既然到这里了,查一下吧,让医生给你做个全面的检查,放心,费用全部我出,这事,真的都怪我……"

莫小平无力地摇了摇头:"这事跟你没关系,或许,是我的命吧,命里有时终须有,命里无时莫强求,如果他真想离开,就让他走吧……"

如果事实真如她说的那么洒脱就好了,在倪天问的坚持下,莫小平便做了全身检查,而检查的结果,令他们都非常震惊,莫小平有身孕了!

这难道真是命运的轮回,莫小平脸色苍白地拿着这张B超单,晃了下,几乎摔倒。

沈孟芝担心地说:"你没事吧?"

"我去病房照顾老头去……"

柳如叫道:"不行,你这样的身体还去照顾别人?先回去好好休息,我给那个混蛋打电话,骂死他!"

莫小平幽幽地说:"那又有什么用呢,能换回他的心吗?一个人,如果心走了,留着人又有何用。你们回去吧,不用为我担心,我没事的,我去病房看下老头。"

说完她便转身往住院部走,三个人呆呆地看着她,都不知道应该如何是好。今天的事情他们谁都没想到,没想到小七会干劈腿的事,而对象还是倪天问的亲妹妹,更没想到莫小平在这非常时期竟然怀孕了,这世界,真是无巧不成书啊。

三个人只得回去,一路上,都心思沉重,谁都没有讲话。

而此时的莫小平,在医院的卫生间,用纸巾捂着自己的鼻子嘴巴,不住地哭嚎。

37. 自杀未遂

沈孟芝穿着睡衣,抱着自己的手臂坐在床上发呆,越想越觉得男人真是种残忍的动物,喜新厌旧,始乱终弃。想想柳如曾经的遭遇,再想想现在的莫小平,这样的狗血剧情就发生在生活中,就发生在自己的身边,有时候,现实确实比小说还狗血。

这时,倪天问打电话过来:"孟芝,你睡觉了没?"

"还没有呢。"

"有心事吧,我刚才给静蔓打了一个电话,我告诉她莫小平与小七之间的事,而且莫小平怀孕的事我也告诉她了,我觉得她不会那么自私没一点道德心。她说他们确实是一起在武汉玩,但是,事实并不是我们想的那样,小七在那里订了把吉他,他想亲自去取,就跟着静蔓一起过去了,两个人在路上好有个照应。虽然静蔓很喜欢他,但是他们之间真的没有什么,小七喜欢的还是小平,他事情办完了明天就会回去的。"

"这是真的吗?"沈孟芝真希望是真的,事情就这么简单,而没有一丝的杂质在里面。

"静蔓是这么说的,我觉得应该不会假,她这个人虽然比较爱耍脾气,但是心眼不坏。"

"那太好了,我马上打电话给小平啊。"

沈孟芝高兴地跳了起来,赶紧给莫小平打了过去,但手机响了很久都没人接,真奇怪,难道她睡着了?要不明天再给她打电话吧,不行,如果不把这个好消息传到,我晚上别想睡觉了。

于是沈孟芝坚定不移地继续拨,打了好久,真是功夫不负有心人,手机竟然接通了。"小平,告诉你一个好消息——"沈孟芝的话还没有说完,听到的却是一个中年妇女的声音,听声音应该是莫小平的母亲,"噢,你是伯母吗?我是沈孟芝啊。伯母,小平在吗?"

这时,沈孟芝才听到莫母声音的异样:"小平她——刚才在医院的卫生间切脉自杀——"

"你说什么——"沈孟芝从床上蹦了下来,"小平她有没有关系啊?"

"因为发现得及时,暂时生命没有危险,就是失血有点多,现在还在输血。我、我怎么这么命苦啊——"莫母再也控制不住,哭出了声。

"伯母,你镇定点啊,我现在马上过去,等我。"

沈孟芝胡乱地套了一件衣服,抓起包,打开房间就冲出去,沈母正端着一碗刚熬好的甜汤:"你去哪里啊,刚给你炖了燕窝红枣汤啊。"

"我有点事,先放着,不用等我啊你们先睡觉。"

"这孩子,怎么还是这德行。"沈母无奈地摇了摇头。

到了医院,莫小平躺在病床上,脸色惨白,身上还打着吊针,而莫母一看到沈孟芝又泣不成声:"你说,家里两个病人,我怎么照顾得过来啊。我上辈子作了什么孽啊,遇上一个坏男人,还生了个不孝的女儿,小平啊,你为什么要干傻事啊,要死,我陪你一起死算了——我活着还有什么意思,这辈子苦不到尽头——"

莫母情绪很激动,确实,她遭遇的打击太多了,但是,她可能还不知道莫小平怀孕的事。劝了好一会儿,莫母的情绪才有所稳定,沈孟芝终于有机会向莫小平解释小七的事了:"小平,你真的误会小七他们了,刚才倪天问打过电话问过他妹妹,他妹妹说是因为小七在武汉订了把吉他,跟静蔓是同路,所以便一起去了,只是有个照应,他们之间并没有什么——"

莫小平虚弱地说:"你不用安慰我,也不用解释什么,我懂的。"

沈孟芝急了:"小平,这是真的,我不是安慰你。"

莫母听了在一边叫道:"原来是小七啊!我就说呢,小平为什么会干这种傻事,问她一直不说话,真是那小子,那小子敢做对不起小平的事,我就跟他拼了老命!"

沈孟芝说:"小七真的不是你想象的那样,他们真的没什么,他心里只有你。他买了把吉他想好好赚钱,以后要养活你们俩的,他说等攒够了买房子的钱,再把你娶进来,不对,是把你们母女俩都接过去——"除了第一句,后面那些话纯属是沈孟芝自己编的,反正只要是安慰她们母女的话,再怎么肉麻怎么恶心,她都要来一段了。

莫小平半信半疑地看着她,看样子,并没有先前那样全然死心的样子,沈孟芝趁热打铁:"他说啊,还指望着你给他生一大堆的娃呢,对了,他明天就要回来了,到时候,让他自己来说。"

说得莫母都有点相信了:"孟芝啊,你不会是哄我们娘俩开心吧?"

"我,我,绝对不是,如果有半句假话,我,我,天打——我不得好死——嗯,不得好死!"

不得好死总比天打雷劈婉转得多吧,至少,也死得含糊点、漂亮点。

"妈,你去好好休息吧,今天你也很累了,我没事的,吊针打完了就没事了。回去睡一觉就好了。"

"唉,我先去看看老头子。我啊,总有一天会被你们父女俩给气死。"

"伯母,晚上小平由我照顾好了,吊针打完了,我送你们一起回去,都好好休息下。"

"也好。"

莫母走出病房后,莫小平轻声地说:"孟芝,你跟我说实话,你刚才说的是不是真的?"

沈孟芝也不想骗莫小平,重要的是,事情并没有想象中那么坏:"大部分都是真的。小平,我觉得小七真的并不像其他男人那样,当初,我是不看好他，但是，我觉得这两年来，他改变了很多，他是为你而改变的，这点，你也看得到，不用我说。至于他去武汉的这件事，由他明天自己跟你说吧。还有，听说你怀孕的消息，他很高兴呢，但是你又一直不接电话。"

"这是真的吗？"

"真的，傻瓜。"

这时，莫小平苍白的脸上有了一丝笑容。

莫小平基本上没什么大碍，就是有点虚弱，沈孟芝又去看了下她亲爸，然后就带莫小平与莫母回家。

车上，沈孟芝说："伯父身体有没有好点了？"

莫母说："他恢复得还行，莫小平今天自杀的事我也瞒着他，没敢告诉他，免得他情绪不佳影响恢复。过几天他也可以出院了，待在这里啊，花钱都跟流水似的。到时我把他接到家里来吧，照顾起来也方便点。"

"伯母，如果你手头紧的话，尽管说，我能帮得上的一定帮。"

"唉，小平有你这样的朋友，真是她的幸运。"

"别说客气话，我跟莫小平都认识这么多年了。伯母，你们一家人终于能团聚了，真是件值得庆幸的事，这可是一桩大喜事呢。"

"我也不知道是悲还是喜，现在，家里不是多了双手来帮我干活，而是多了个病员来由我照顾，我这辈子真是劳碌命啊。"

一提这个，莫母又是一阵唉声叹气，确实，她这辈子真是太苦了。

莫小平说："妈，他现在特殊情况嘛，等他恢复了，一定会帮你。到时候，你们一起打理这店不是更好吗？你都说忙不过来，到时，跑腿进货送花的事都让他干，把现在请的小二退了，还可以省下一笔钱呢。"

沈孟芝说："对对，只要一家同心啊，所向无敌，众志成城啊，以后肯定会好起来的。"

把她们送到了家，沈孟芝一个人回去，这时已经折腾到深夜一点，累得她一进房间就倒头想睡，这时突然想到还有什么事情没做。对，小七。

赶紧打电话给小七,把明天他要说的话都交代好了,免得再出差错:"你给我听好了,以后可不能吓着莫小平的,否则,哼,一尸两命啊,你受得起啊。好了,好了,我得睡觉了,明天说些好听的话安慰安慰莫小平,就这样。"

挂下电话,沈孟芝终于感觉心情舒畅了。然后倒头死睡。

38. 警告

第二天沈孟芝一来上班,倪天问就来问候,看来,他为这事是非常惴惴不安。看他那黑眼圈肿眼睛估计晚上都没有睡好,毕竟自己的亲妹妹差点当第三者,这事还真够丢脸的。"孟芝,你把这事转告了莫小平没有?"

"说啦,不过莫小平自杀啦。"沈孟芝边给自己倒茶边轻描淡写地说。

"你说什么啊?自杀?是不是真的?"

"当然是真的,我几时骗过你?"

"天啊,那你怎么会这么淡定啊?"

"被及时抢救了。切,还不是你的亲妹妹干的好事,差点闹出人命,而且还是两条命。如果莫小平真有什么三长两短,我这辈子都不会心安了。"

"真的没事了?"

"嗯,估计还得打几天吊针补补,现在她身体太虚,又刚怀上。"

"我下班了去多买些孕妇能吃的补品给她,莫小平这个人真是个好女孩,看她表面这么坚强,其实比谁都脆弱。其实静蔓也没干什么坏事,喜欢一个人并没有错呢,是吧,主要是我们都误会他们了。"

"孤男寡女一起出去玩,况且静蔓喜欢小七是众所周知的事了,不误会都难啊。希望他们之间真没什么,否则真难收场,莫小平自杀了一次,照她那性格,难保不会出现第二次,第三次。"

"希望？什么意思？"

"如果你妹妹是骗我们，其实他们是真的在一起，现在的说法不过是一时的缓兵之计，那么，悲剧并没有过去……"

"我觉得这种可能性很低吧。"

"等小七回来，私底下，我们拷问一下。"

"只能这样了。有时候啊，是我们想得太复杂，总是把好的事情想坏，把简单的事情想复杂，把美好的东西想猥琐了，一般情况下，事情有时候并没有我们想象得那么糟糕。"

"希望是这样吧，否则我的小心脏啊，也真经不起这般折腾了。"

"孟芝，你别老想着别人了，也想想我们两个人吧。你也该考虑一下我们之间的事情了。对了，我昨天回家，把我们之间的事，给我爸妈说了。"

沈孟芝瞪大了眼睛："你真说了？他们——什么反应——"

"你真想知道啊——"

"废话，赶紧说，不会是大发雷霆吧？"

"差不多吧——"

沈孟芝一下子瘫倒在座位上："我就说——"

"我还没说完呢，我爸那个眼睛瞪得跟桂圆似的，我妈像个铜铃一样，嘴巴张得能吞下一只大萝卜。然后我爸说，你跟沈孟芝，你再说一次再说一次，我是不是听错了。我妈又说，你喜欢谁就谁吧，现在我们不拦着你了，喜欢就去追吧，现在谁当我的媳妇啊，我都不敢反对了。"

"她真是这么说的？"

"嗯，还有我爸呢，他说，沈孟芝挺不错的，我们能结成亲家的话，我也不用亏欠她老爷子了。"

沈孟芝乐得心花怒放，她想不到他们这次会这么爽快，而不是像上次阻止米丽塔那样万般刁难，难道我以后有机会成为倪家的媳妇了吗？那么整个倪氏珠宝便是我跟倪天问的，我一定把公司弄得越来越好。不过那都是以后的事情了。对了,倪天问会怎么向我求婚呢?这时的沈孟芝,脑子里已经是婚庆的场面,露天婚场,盛宴与美酒,有白鸽在空中飞翔,她一袭洁白婚纱,倪天问一身白西服,帅得跟天神似的,然后他极其深情地看着她:我愿意娶沈孟芝为妻……在亲友们的起哄下,他们当场甜蜜亲吻……

"喂,你想什么呢?我问你啊,几时我们两家吃个饭啊?这次可真是两亲家相聚呢,得隆重点。"

"我爸妈还不知道呢,我先得跟他们讲讲。"

"不是吧,我说沈孟芝,你小肠子可真多,这么重大的事情都想藏着掖着,真有你的。好了,我得回办公室了,这两天等你回话呢。"

"嗯,你去吧。"

倪天问刚回去,龚炜就打电话来:"孟芝,我们一起吃个晚饭吧,有好几天没见你了。"

沈孟芝想了想:"也好,中午见。"

她想,或许,到了她跟龚炜说清楚的时候。既然她跟倪天问眼看着就要修成正果,不能再拖着人家龚炜了,他应该珍惜他现在拥有的一切,这样,或许他跟走走也会有好戏,多美好的结果啊。

嗯,就这么办,工作吧。正准备进入工作状态,这时倪董的秘书打来电话,让她去一下董事长办公室。

倪瑞开让我过去?不会是因为自己与倪天问之间的事吧,或者,有礼物送给我这个未来的媳妇呢,嘿嘿,想什么呢,看把你美的,都不知道自己姓什么了,也有可能是工作的原因找我呢。

到了董事长办公室,秘书出去了,沈孟芝心情很好地进去,对这个未来的公公有点害羞了,她微笑着说:"倪董,您找我有事吗?"

倪瑞开笑呵呵地说:"这回怎么不叫我倪叔叔了,而是叫倪董了?"

"那个,您不是说过,在公司里以职位相称的。"

"你坐吧。"然后倪瑞开也从自己的办公位上起来,坐到了沈孟芝的旁边,看样子,他是真有很多话想跟沈孟芝谈。沈孟芝心跳得很厉害了,该不会真是谈我跟倪天问几时要举行婚礼的事吧,这我可由着你们啦。

"孟芝,你今年多大了?"

"我二十七了——"看来真是找我谈婚论嫁的,沈孟芝的心里美得咚咚跳。

"噢,二十七,真是好年纪,想当初,天问的妈妈二十四岁生下了他,二十七岁时生下倪静蔓,现在,他们都长大了,也都懂得谈恋爱了。不过这事情也真没让我们少操心,你知道,我们家族也算是有头有脸的,很多人啊,都是冲着我们的家产来的,并不是真心跟他们有感情的,当然,你别误会,我不是说你。"

他叹了口气继续说:"你们之间的事呢,天问昨天都跟我们说了,以前啊,我觉得,我们是为了孩子们的未来着想,所以希望他们能够按我们的意愿处对象,这样,他们以后也会幸福,当然,对我们的这个产业也会有很大帮助,可谓是锦上添花。但经过米丽塔那事后,我们发现这想法是错误的,越是逼着天问,他越是会想不开。感情这东西,还真是不可捉摸,你看,他竟然那么快就走出来了,前几个月还在为米丽塔痛苦得要死要活,而现在,他又爱上你了。"

沈孟芝刚开始听着还觉得倪瑞开可能是怀着好意,但听到最后一句,却感觉很不是滋味:"倪董事长,你到底想跟我说什么?"

"孟芝,沈家跟倪家是世交,大家都认识这么久了,其实,我对天问跟你恋爱之事真没什么意见,反而有点高兴,能不能修成正果,就看你们的造化了,我们绝对不会有什么意见,也不会阻拦,我觉得挺好的。不过,结婚这事能不能缓一下,过个一两年、两三年的,如果你们的感情真的经得起磨炼的话,我真的很高兴,会亲自给你们操办婚礼。"

沈孟芝感觉一下子从天堂坠落到地狱,她是个聪明人,怎么不明白这话里的意思。等个两三年?我都三十了啊,这话不是摆明着说,你们可以恋爱,但是结婚可真有些难度,或者说,她沈孟芝不配当倪天问的妻子。

沈孟芝瓮声瓮气地说："他并没有向我求婚，放心吧，我还真不稀罕当什么倪氏家族的媳妇。"

"不不，孟芝，我真的不是这个意思。时间长点，我觉得你们都可以有多种选择，明白谁才是最适合自己的人，对你们自己的将来也有好处。你是个好女孩，我不想因为你以后会受天问的气。"

沈孟芝越听越来气了："倪董事长，如果您没有其他的事，我回办公室了，我还有很多事情要忙。"

"好吧，你去吧，你不要生气啊，我真的没反对你们在一起。对了，改天我们两家吃个饭吧，现在都亲上加亲——"

"再说吧，我先退下了。"

这只老狐狸！走出倪董办公室，沈孟芝感觉头重脚轻，眩眩晕晕的，这一天都不在状态。她真不知道，为什么自己跟相爱的人走在一起会这么难，为什么老天总这么三番五次地捉弄她？难道她沈孟芝这次真的要放弃倪天问吗？倪瑞开的意思她懂，不过是说得很婉转而已。

她是好不容易决定跟他在一起的，就这么轻易放手？

过了一会，倪天问过来，一脸的春风，看来，他对他父亲跟自己约谈的事并不知情。"亲爱的，晚上一起吃个饭吧。我订了位置了，可是一个很浪漫的地方，你一定会有意外惊喜的。怎么了，脸色这么不好？"

沈孟芝有气无力地说："我不去了，我晚上另外有约了，已经答应了。"

"谁啊，难道比我还重要啊？"

"那个，柳如她们。"

"跟她们随便几时都可以，今天我可是费了一番心思啊，你一定会喜欢的，推了吧，好不好？你忍心让我这么失望吗？要不，你喊上她们，我们一起？"

而沈孟芝根本没兴致跟他玩笑："不不，我们还有事情要处理，不能有别的人参与。"

倪天问一脸的失望:"唉,又是你们女人的事情,那好吧,我改天再约你了。"

这时,倪天问的手机响了:"妈,晚上在外面吃饭啊,噢,好吧。"

倪耸了耸肩膀:"你不去,我只好约老妈子一起喽。怎么了孟芝,你是不是真不舒服?早上还好好的,这会怎么这么奇怪,哪里不舒服,要不要给你送点药?"

"没,没什么,我来那个了,所以——"

"这样啊,那好,我先回了,迟点再给你打电话。"

看着倪天问现在的情绪这么好,沈孟芝想,为什么我就不能跟他一样乐观一点,自信一点,为什么要让别人来左右我的命运呢?对,我沈孟芝也不是那么容易被打败的人。

一想到这里,沈孟芝心情又好了起来。

39. 惊变

想不到龚炜约她的地方竟然是沈孟芝最喜欢的那个法国餐厅,这小子,几时也懂得浪漫了。不过,我今天来的目的真的要让他很失望了,一想到这里,沈孟芝又觉得自己很对不起龚炜。

沈孟芝到了餐厅,龚炜已经坐在一个比较角落的位置等她了,看到她向她挥手,坐定后,龚炜东看看西看看,似乎对这里的环境还没有欣赏够。"想不到这里的生意会这么好,早上来订的也只能是这个位置了,如果再晚点订,可能位置都没有了。唉,我真落伍,都不知道有这么一个好地方。不过,就算发现,以前也只是看看,总觉得这是有钱人才来得起的地方。"

沈孟芝坐了下来,恍惚间想起了跟倪天问一起来这里的情景,如果此时,坐在她对面的是倪天问该多好啊。

"这地方消费可不低噢，怎么了龚炜，怎么想到约我来这里吃饭？不会是发横财了吧。"沈孟芝看着菜单边说，然后点了几个价位适中的菜，既然把龚炜当作了朋友看待，就不能太让他破费。

"跟你认识了这么久，也没有带你去比较起眼的高档地方请你吃个饭，所以，咱也来浪漫下嘛。"看来龚炜对自己动真格了，自己得先在他面前摆正态度，该对他坦诚以待了。

"龚炜，我有话对你说，这样的——"

"嘘，还是让我先说吧，孟芝，我给你带了一件礼物。"

说完，龚炜从上衣兜里拿出一个小盒子，看大小，应该是首饰，他含笑地说："你打开来看看，喜不喜欢。"

"这个——"沈孟芝有点尴尬了，她真害怕是戒指之类的东西，因为根据她的专业判断，那盒子里装的东西百分之九十就是戒指。

"这不好吧。"

"你先看看嘛。"

沈孟芝只好犹犹豫豫地拿起了盒子，她真不想打开这个盒子，所以便向四处扫了一眼。这不扫不要紧，一扫吓一跳，她看到了三个熟悉的身影，那中间显眼的位置上坐着的不正是倪天问吗？竟然还有他妈，他爸，而他们的对面，还坐着一个看起来挺年轻、穿着华丽的女子，旁边还有一对中年男女，看样子，应该是女孩子的父母。

两个家庭在一起这是干什么？难道是相亲？沈孟芝不自觉地缩了缩身子，怎么感觉自己倒做贼心虚起来，怕他们看到，不过随即也坦然了，自己在这个角落很容易看到他们，而他们并不容易发现自己。难道倪瑞开董事长白天之所以对自己讲了那一番话，就是为了让自己早点退出，而他们又给他安排了另一个女孩子？

这时，龚炜拿手在她的眼前晃了下："你在看什么呢？这么出神？"

沈孟芝猛地回过了神："噢噢，没，没什么。"

"赶紧看看吧，孟芝，好不好？"

龚炜都有点急了,快要求她了,好吧,沈孟芝打开了盒子,里面果然是毫无悬念的戒指,是钻戒,市场价两万左右。这对龚炜来讲,真的是一笔不少的钱了,不知道他攒了多久才攒起这笔钱。

"那个,龚炜——这个戒指,你还是——"沈孟芝吞了一下口水,感觉咽喉干涩。她喝了一口饮料,心想着,我该怎么婉转地拒绝这个该死的戒指。

这时,她再看了一眼坐在那里的倪天问。刚开始的时候,看他很不高兴的样子,但是这会,居然也有说有笑,而且,还给那女孩子很勤地倒酒,两家人那么其乐融融,她不禁想起了早上倪瑞开对她说的话:"以前啊,我觉得,我们是为了孩子们的未来着想,所以希望他们能够按我们的意愿处对象,这样,他们以后也会幸福,当然,对我们的这个产业也会有很大帮助,可谓是锦上添花。但经过米丽塔那事后,我们发现这想法是错误的,越是逼着天问,他越是想不开。感情这东西,还真是不可捉摸,你看,他竟然那么快就走出来了,前几个月还在为米丽塔痛苦得要死要活,而现在,他又爱上你了。"

难道他还没来得及为我要死要活,就已经爱上了别人?难道我连米丽塔都不如?

沈孟芝感觉内心被撕裂了般地疼痛,碎得四分五裂,事实都已摆在自己的面前,她又何必再自欺欺人。

她猛地把杯子里的饮料全都灌进了喉咙,放下杯子,然后把戒指从盒子里拿了出来,仔细端详了一番。这戒指还是从倪氏珠宝买的,看来他还是蛮有心了,挺照顾我所在的公司,可惜,我也不会在这个公司待下去了。

然后她把戒指递给了龚炜,龚炜有点魂飞魄散:"孟芝——你这是——"

"给我戴上吧。"

龚炜一时间没听明白,因为,他心里已经认定,沈孟芝会拒绝他,他已经做好了惨痛收场的准备。

沈孟芝再次把手递了过去："给我戴上吧。"

这回他可是听得明明白白实实在在，他乐得有点手足无措："真的啊？好好，我给你戴上，给你戴上。"

这时他又想到什么似的，神情严肃地说："孟芝，这可是我的求婚戒指，你可得想明白，如果你以后愿意跟我在一起，我可就得牢牢圈住你了。"

沈孟芝再看一眼倪天问那桌子，依旧是气氛好得俨然是一家人，倪天问跟那女孩子说说笑笑。

她咬着牙关狠狠心，但脸上还是装着一脸的笑，有时候，谁都不知道，一个人笑容有多美，背后的伤就有多痛。"嗯，我想好了，难道你反悔了？"

"我、我怎么会反悔呢？"

然后，他便给沈孟芝很郑重地戴上戒指，这一刻，沈孟芝有点神情恍惚，她没有想到第一个为她戴上戒指的男人是龚炜，而不是倪天问。

"现在，你可是我的人了，跑都跑不掉。"

沈孟芝勉强笑笑，这一餐，她并没有别的情侣吃得那么愉快，龚炜也有点心事重重地看着沈孟芝。

吃得差不多时，倪天问那桌人也走掉了，沈孟芝说："我们走吧，我很饱了。"

龚炜拉着她的手，她并没有拒绝，她开车送龚炜回家，到他宿舍门口龚炜问道："要不要上来喝杯茶？"

"不了，今天有点头痛，我想早点回家休息。"

龚炜也没有挽留："那你好好休息吧。记住，忘记那些不开心的事，要乐观地面对以后。虽然我现在并没有什么钱，但是，我会努力的，孟芝，我会努力让你过上最好的日子，不想你受任何委屈。"

沈孟芝的笑意略带疲惫："嗯，我知道了，再见。"

看着沈孟芝的车子开远，龚炜神情忧郁地叹了口气。

此时的小七一个劲地给莫小平赔礼道歉，因为他是坐动车回来的，飞机费钱了点没舍得，所以，回来得比较晚。

"小平，你看，我给你买了什么东西，帽子、裙子、围巾，还给咱们的妈与你的那个爸买了武汉的特产，还有你最爱吃的周黑鸭，可是排了好长的队才买到的．不过你怀孕了现在还是少吃为好。对了，还有一个最重要的人，我可没忘记，那就是我们的宝贝喽。我想一定是女儿吧，我最喜欢女儿了，长得像你，当然，也有一半像我最好，全像我，我也乐意。如果是男孩子我也喜欢，反正是咱们的孩子，我都喜欢，你看这小衣服多可爱啊，如果是男孩子就穿这件，女孩子就穿这裙子，还有这条围巾，跟你那条可是一模一样的噢。嘿嘿，你看，我也有一条，也是一样的噢，咱一出去，就知道是一家三口，这叫亲子装吧。"

莫小平还是有点赌气不理他，虽然心里已原谅了他，但是还是觉得就这么和好了，面子挂不住啊。小七有点无奈了："老婆，你说句话呀，你真的什么都不喜欢啊，那好吧，你不喜欢的东西，我也不留了，我拿到楼下扔垃圾筒里。"

说完他还真搬起了那些东西，莫小平喂了一声，又没话了，小七说："喂是什么意思，我没听懂，不说清楚我拿走了。"

"放下。"

"放下是吧，好吧，那我放下吧。"

他放下了东西，然后捧住了莫小平的脸："嘻嘻，老婆，你终于说句人话了，不不，你终于说句我听懂的话了。"

莫小平心里的气早已消了大半，但是，不听他亲口解释，她心里的疙瘩是解不开的："哼，你说那天，到底干什么去了？从头到尾，一个细节都不能漏。"

"哪天啊？"小七假装不明白哄小平一下，但又被她一个白眼瞪了回去，赶紧招了，"你说的是那天的事情啊，是这样的，这段时间我不是都在练吉他嘛，白天在培训班学，现在我的水平在技术上没什么问题了，什么风格都能驾驭得了，龚炜想把我转为正式歌手，跟别的歌手同等待遇，但是得让我自己买把好点的电吉他。好几千块啊，在网上找的货，这么贵的东西，不亲自跑一趟，试用一下，我不放心啊。刚好那天百合，也就是倪静蔓来酒吧说她就要开学回学校了，一问，她竟然也要回武汉，她说路上多一个人聊天也不会那么寂寞了，而且还可以暂时当她的护花使者，非要我一起去，她可以给我出机票钱。我哪想到机票是她叫她哥买的，还故意说我是男朋友，我哪想到这么多，一想到可以省路费，就心动了，嘿嘿，然后就跟她一起过去了。先是把她送到学校，然后我直接去找卖家的，她回学校就要开学的，哪有时间陪我，我去那里验了下货，然后去别的乐器行看了下，就马上回来了。坐车可比不得飞机啊，我这不马不停蹄嘛。累啊，还给你们采购了这么多东西，都快压死我了，你们居然还误会我，把我当作什么人，真是气死我了。"

小七倒是越说越觉得自己是满肚子的冤屈啊，实在是吃力不讨好。

"谁叫你非要跟那个野百合去的，如果一个人去不是什么事都没有了，自作自受。"

"我还不是为了多省点钱，攒点老婆本嘛。"

"以后这钱可不能省，该花的还得花，知道了吗？"

"知道了，老婆。对了，看看我的新吉他，现在起，我给咱的孩子天天弹音乐，在娘胎里，就把她打造成音乐天才。以后啊，让她赚钱给我们花，咱只要脚抖抖，享享清福就好了。"

"去，看把你美的，现在的孩子啊，一生出来就要花大笔的钱，脾气啊还没一个好的，不给我添麻烦就行了，还指望着她赚钱给我们花。"

这时，小七已经把吉他插好电源，调试了一会音，然后唱了起来，"亲亲的，我的宝贝，我要越过高山，寻找那已失踪的太阳，寻找那已失踪的月亮；亲亲的我的宝贝，我要越过海洋，寻找那已失踪的彩虹，抓住瞬间失踪的流星……"

而在门口偷看着的莫母,看着他们重归于好,一颗心终于放了下来。

至少,莫小平,不会重蹈她的悲惨命运了。她是这么想的。

40. 为爱决斗

沈母做完了早餐,叫道:"孟芝,该起床了,早餐在桌子上了,我去买菜了啊。"

当她拎着大袋小袋的菜回来,发现桌子上的粥与馒头都原封未动地放在那里,全冷掉了。"不会吧,又没吃早饭就跑出去了啊。"她边自言自语边去沈孟芝的房间,想去收拾下,却见门关着,敲了敲门,里面并没有反应,于是便拧了开来,却见沈孟芝还在睡觉,"不是吧,孟芝,你人不舒服吗?怎么还没去上班?"

她摸了摸女儿的额头,没发烧:"怎么了,孟芝?现在都九点多了。"

沈孟芝把被子盖住了自己的头,支吾地说:"我请假了。"

"请假了?是不是哪里不舒服,要不要去抓点药啊?"

沈孟芝实在受不了,她起床推老妈出去:"妈,让我安静地待下不行啊,我想睡个够不行啊?"

"好好,那你睡吧。喂,那你饭总得吃啊,会饿坏的啊。"

沈母只得出去,沈孟芝把门关上,上了锁,然后又倒在了床上。她真想这么睡死过去,再也不想醒来,看到这个让人头疼的世界。

现在,她是谁都不想看到,也不想说话,也不想吃东西,把手机都关机了,总之三个字:没心情。

沈母心里很纳闷,这孩子怎么了?这情绪不对啊,该不会失恋了吧?噢,难道跟那个小胡子(龚炜)真的谈上了?又这么快就吹了?唉,魔咒啊,就说呢,孟芝的恋爱期从没超过三个月。不行,我得去祈祷下,这个魔咒一定要破掉,否则孟芝这辈子可能真嫁不出去了。对了,听说城东的那个签很灵的,我得去求个签,烧个香,然后求大师把孟芝的婚姻魔咒给破掉。嗯，必须的，马上。一想到这里，她急忙喊了个朋友，一起去庙里烧香了。

她刚一出去，家里的电话就响个不停，原来倪天问发现沈孟芝没来上班，手机也关着打不通，便往家里打，但是，家里就是没人接。

"不是吧，孟芝不会出事了吧？怎么没来上班也不说一声，至少也要请个假啊。而且手机为什么关机了呢？这倒也罢了，家里的电话还一直没人接，真是怪事。不会出什么事了吧，难道她全家都出事了？"

倪天问越想越急，而龚炜也急，既然沈孟芝答应了他的求婚，那么，他们之间至少应该像个男女朋友那样互相关心，互相问候吧，但是为什么关机了呢。他在街上买了包糖炒栗子与泡芙蛋糕，这两样都是女孩子爱吃的，想送给她就走，而去她公司，却说她今天没来上班，他心里就感觉到不妙了，然后就往她家跑，按响了沈孟芝家的门铃。

"老妈不会钥匙忘了带吧？唉，真是烦，就不能让我安静下。"

她磨磨蹭蹭无限烦厌地从房间出去，打开门，却是龚炜，想想自己蓬头垢面，穿着睡衣，有点不好意思："怎么是你？也不说一声？"

"你手机一直关着，去你公司楼下，打你办公室的电话，说你没来上班，也没请个假，我想你可能有事，就过来了。"

看来还是龚炜懂得关心人，他把糖炒栗子和泡芙蛋糕递给沈孟芝："这是给你的。"

沈孟芝可真的有点饿了，便接了过来："进来吧。"

这是龚炜第一次进沈孟芝的家："伯父伯母呢？"

"我妈估计出去淘便宜货了，她就爱转悠淘宝贝。我爸呢，在上班。"

沈孟芝边说着边拿出一个泡芙蛋糕来啃，龚炜说："你早上不会还没吃吧，你今天怎么不去上班呢，也没请假。是不是人不舒服？"

"请什么假啊，明天过去辞职，不干了。"

"辞职？"龚炜一听到这个消息，竟然无比高兴，心想，最讨厌的事就是沈孟芝跟那个富家公子在一个公司上班，辞职好，越快越好，嘿嘿，那我就没什么后顾之忧了，免得天天担心。

"做得不痛快就不做了呗，以后我养你，你想吃什么就吃什么，想穿什么就穿什么，我龚炜还怕养不好你这个人吗？"

"切，说得这么轻松，我可是好吃又懒做、又喜欢充面子的女人，优点没多少，缺点一大堆。"

"我现在酒吧不是缺人手嘛，走走这个人很情绪化，经常会去旅行，她一不在，我就更忙了，要不，你来酒吧啊，薪水制。"

"这个——唉，我爸妈要是知道我在酒吧打工，他们会杀了我的，在他们的脑子里，酒吧就是不正经的地方。"

"又没跳脱衣舞又没有任何色情的东西，不就是喝点酒吃点东西听个歌嘛，有什么不正经啊。"

"我们是这样，但他们的想法不一样。"

"没事，我会做他们的思想工作。"

"唉，还是等我辞掉职再说吧。"

这时，龚炜突然不说话了，神情变得严肃起来。有些事情其实他心里明镜似的，只是没有说破。他又怎么不认识那天在他酒吧，当他向沈孟芝示爱的时候，拉她跑的那个浑蛋呢。昨天，他也刚好在那个餐厅，沈孟芝脸上的阴晴不定全是跟他有关的。他想，如果不是看到这一幕，或者，沈孟芝已经拒绝了自己，自己其实不过是她赌气后的选择罢了。

但是，即便如此，龚炜也不想放弃，他觉得老天爷既然给了他这个机会，那就是天意如此，他一定要好好珍惜。

"孟芝，不管怎么样，记得还有我呢。对了，晚上要不要来我家吃饭，我妈烧鱼的水平一流，方圆十里都没几个能赶得上她的。"

"这个，我今天真的没什么状态，这样吧，过几天吧，好不好？"

"嗯，也好。那你好好休息吧，我改天再来看你。"

龚炜正要走，这时门铃又响起，龚炜说："不会是你妈妈回来了吧？那我要不要躲躲。"

"切,我们又没偷情,躲什么啊?"

沈孟芝便出去开门:"妈,你就不能用钥匙开门嘛,真麻——"

"烦"字还没有出口,却看到倪天问一脸焦虑地站在门口:"孟芝,急死我了,你到底怎么了,不来上班也要说一声啊。手机也关了,家里电话也没人接,这都什么事啊。"

沈孟芝冷冷地看他一眼,边关门边说:"我很忙,对不起。"

倪天问赶紧挡住:"喂,你到底怎么回事啊,你也得给我个明白话啊,这都算什么啊?"

沈孟芝气呼呼地说:"你自己做的事情,你自己清楚。"

"我做了什么啊?"倪天问看上去是一脸的无辜,一看他那模样,沈孟芝想掐死他的心都有了,她大声地吼道:"你还跟我装装装!"

"我装什么啊,你就不能给我个明白话啊?"

这时龚炜从里面冒出来了:"你找我女朋友有什么事吗?还大叫大吼,一点修养都没有。"

倪天问可认得他:"噢,我明白了,原来是你这小子搞的鬼,给孟芝灌了什么迷魂汤了你说?"

"你还说我?像你们这种花花公子,就爱到处留情,四处散爱,今天爱这个,明天爱那个,整天的花花肠子,不就是觉得自己有钱吗?"

"你说什么啊,我看你像个不务正业的二流子,流氓样的,就知道勾引没见过世面的女孩子!"

两个人越说越激动,你一拳我一腿,竟然打起架来。沈孟芝这可慌了神:"喂,你们这是干什么,有话好好说啊,别动手啊。"

这时,沈孟芝的老爸回来了,他是回来吃午餐的。他平时午餐都在家里吃,也不晓得沈母去求签了还没回家做饭呢。还没到门口,他就听到里面怎么乱哄哄的,沈孟芝老爸的第一个反应就是家里进贼了,他操起楼梯口的拖把就冲了过去。他看见自己家的大门开着,里面有两个男的在扯打,也分不清谁是贼。他心想全打晕了再说,总有一个打对的,然后一边一棍,一边一棍,然后再来一棍:"打断你们的狗腿,让你们这些狗贼乱偷东西!"

沈孟芝一时间都吓傻了呆住了,等她回过神,龚炜与倪天问全被打趴下了。倪天问有气无力地,捂着肿着的半张脸说:"沈伯伯,我是天问,倪天问啊,你干吗要打我啊——"

龚炜也没好多少,捂着青肿的胳膊,苦叫道:"我是龚炜啊,你女儿的对象啊。"

你想,沈从青可是当兵的出身的,下手可并不轻,这下轮到沈从青傻掉了:"你们,你们不是贼啊,我,我——"

沈孟芝心里叫苦不迭,这都什么事啊,她叫道:"爸,你怎么不分青红皂白就乱打人啊!"

沈从青自知理亏,喃喃自语般地说:"我在门口听到里面有人在打架,以为家里进贼了,所以——"

龚炜苦着脸说:"未来的岳父啊,你下手还真猛!"

"未来的岳父?"沈从青与倪天问同时尖叫,倪天问说道,"你别乱讲,我才是沈孟芝的男朋友,你不过是个冒牌货!"

"我呸!你才是骗人货啊。小白脸!"

两个人又吵作了一团,这时沈母匆匆地赶回来做饭,看到这一情形,都吓呆了,同时出现两个鼻青脸肿的女婿,估计换谁都不那么淡定了。

不过还是沈母最冷静:"行了行了,你们都进来慢慢谈,都什么事啊,乱哄哄的,等下隔壁都来围观了。我先去做饭,你们都坐下来,等下一起吃啊,边吃边聊啊。"

说完,她便进了厨房间开始忙活起来,边忙边哼起了歌,心里真是乐开了花了:看来烧了一回香真是管用啊,一回来就俩女婿来抢孟芝。不过,同时来俩,这也多了点吧,真是太神了哟。"微山湖哟,浪呀嘛浪打浪呀……"

沈母一言点醒梦中人,沈从青也冷静了下来,是啊,冲动是魔鬼,解决不了任何问题,坐下来把问题搞清楚了,才能想办法解决。

"那个,你们,不要紧吧。孟芝,拿碘酒来,给他们擦擦吧。"

"没,没什么,小伤,小伤。"龚炜与倪天问同时说,然后又互相瞪了一眼,沈孟芝把碘酒与棉签拿了过来,都不知道应该先给谁擦好。虽然心里偏向倪天问,但是想起他跟别的女孩相亲就特别来气,先给龚炜擦吧,也好,这段时间龚炜确实挺照顾自己的。

于是她把碘酒放在龚炜面前,给他擦了起来。龚炜乐了,他以胜者的姿势冲倪天问挤眼睛,倪天问向他龇牙握了下拳头,但是很快龚炜就乐不起来了,疼得哇哇叫,这回轮到倪天问乐了。

沈从青自然是看在眼里,他咳了一声:"那个,你们倒向我说说,你们为什么打起架来了?"

这个原因,他们可真是没法说清楚,倪天问说:"他先动手的。"龚炜说:"是他先骂人的。"

看来,想知道这个原因可真是件困难的事,沈从青摆了摆手:"这样吧,你们喜不喜欢我女儿沈孟芝?"

"喜欢。"俩人终于有意见一致的时候了。

沈从青满意地点了点头,心里也乐开了花,嘿嘿,看来我家女儿真是抢手货,谁说没人要来着:"那么,孟芝,你自己说说,你到底喜欢谁?"

三个人六只眼睛一齐聚过来,这个问题,沈孟芝可真不好回答,说倪天问吧,怕伤了龚炜的心,她越来越感觉,龚炜才是真心对她,能跟她终老的人,而倪天问,他们之间毕竟有过一段快乐的时光,"我——不知道——"

"什么,你说你不知道?你两个人都不喜欢?你可别告诉我,他们两个你同样喜欢啊?"沈从青可就糊涂了,最重要的当事人都说不知道,那他这个裁判可怎么当啊。

这时,倪天问说:"沈伯伯,我跟沈孟芝现在真的是男女朋友,我爸妈都知道了,我没有骗你。"

"这是真的吗,孟芝?"

这时龚炜急了,他一把举起了沈孟芝的手:"你看她手上的戒指,这可是我昨天向她求婚的戒指. 你看,她都答应了。这个,我可说不来谎,事实胜于雄辩啊。"

沈从青瞪大了眼睛,想不到自己的亲闺女几时变得如此强大,能同时脚踏两只船啊,为什么以前就没这潜能啊,也不至于我们俩老人老是为她操心。

"孟芝,他们说的都是真的吗?"

沈孟芝感觉自己无地自容了,现在就像是在接受审判似的,在接受着多方的质问。她放下手里的棉签,把倪天问与龚炜一个一个往外面推:"行了,你们都走吧,以后再也不要来我家了,也不用来找我了,我再也不想看到你们了,也不想嫁人,我喜欢孤独终老,我乐意!"

"喂喂!孟芝,开开门,孟芝,我还没吃饭呢。"门砰的一声关掉,龚炜与倪天问同时被关在门外。他们也觉得很累,互相瞪了一眼,便也各自回去了。

这边轮到沈母叫了:"孟芝,你怎么赶他们走啊,我烧了这么多的菜,怎么吃啊。"

沈从青看这情形:"唉,晚上接着吃了,晚上不用再烧菜了。"

沈孟芝闷不吭声回自己的房间,然后砰的一声关上了门,沈母又叫:"你怎么也不吃啊?天啊,这都什么事啊。"

沈从青也长长地叹了口气:"随她吧,她的事由她自己来处理吧。"

沈母喃喃自语:"难道早上的香火钱没给够?怎么好运一现就没了啊?"

整个晚上,龚炜都在酒吧里发呆,客人与员工喊了他几次都没有反应。这时,一个中年妇女叫了他好几次他才回过神来,总觉得这位阿姨很眼熟,但一时想不起在哪里见过。

"龚炜你好，我是走走的母亲。"

"噢，阿姨你好。"

她四处看了下："走走说晚上回来的，还没回来吗？"

"她回来了啊？"

"她最没准，说要回来，所以——我来看看——我以为她先来酒吧了，也顺便来看看你。"

看来走走的这个后妈对走走还是挺关心的。对了，最后一句话什么意思，也顺便来看看我？这话多奇怪，这时他才发现走走妈提着一个保温桶。"我本来给走走炖了海参鲜菌汤，她既然还没有回来，就给你留着吧，这段时间你一定很辛苦了。唉，这酒吧要不是你撑着，像走走那样的脾气，真不适合干实业的。"

"这怎么好意思，还是给叔叔吃吧。"

"家里还有很多呢，哪会少了他，你就别跟我客气了。你帮了走走，其实也是帮了我，又不是什么好东西，随便补补。"

"那好吧，谢谢阿姨。走走一来人气就好多了，你看，今天生意这么一般。其实，她才是酒吧的福神。"

"她是挺机灵的，人聪明，脑瓜子特别好用，就是不怎么务正业，爱做一些稀奇古怪的事。"

"说不务正业，跟我差不多嘛，否则我们怎么一拍即合呢。"

"呵呵，你赶紧吃了吧，冷了就不好吃了，先尝尝怎么样。"

"那好吧。"龚炜尝了一口，这汤烧得还真是特别香，特别鲜美，然后他就一匙一匙地吃完了，"阿姨，你做的汤真好喝，跟我妈做的鱼有的一拼。"

"你妈？你父母他们身体好吗？"

"唉，我也有段时间没回家了，他们挺辛苦的，每天起早贪黑，做着贩鱼的生意，早上四五点就得起床，我妈现在身体也有些差了。辛苦了一辈子，我都不能给他们帮一些忙，我真没用。"

走走妈的脸上有点不自然:"我先回去,你如果喜欢喝汤的话我再给你熬。"

"不不,不用麻烦了。"

"没事的,有点事做总比闲得慌好。你看我,一闲下来就会去打麻将,打得眼睛都是红血丝,人都变老了。还是熬汤喝好,全家都能喝到,还能补身子。走走爸也爱喝,我呢也会喝一些,就是走走不喜欢喝甜的,你如果喜欢甜汤,我可以单独给你做。我啊,一闲着人就不舒服,一定要弄些事来做才觉得舒服。"

"那样不好吧,阿姨?"

"好了,就这样,我有空做了就给你跟走走都捎一份,我走了。"

龚炜把吃完了的保温桶递给了她:"那您走好。"

这时,旁边的女服务员说:"龚经理,她是你老妈吧,一看就知道,真显年轻,而且还这么贤惠。真是羡慕啊,有这么贴心的老妈。"

"什么啊,她是走走的妈好不好。"

那女孩子一下子杵在那里说不出话了。

"还有,你说什么,一看就知道?什么意思?"

"你觉得你们俩长得像啊,一般儿子长得都像妈。噢,不好意思,她不是你妈,不过,确实有几分像,我、我忙事去了。"

什么?龚炜摸了摸自己的脸,又进卫生间看看自己的那张冒了几颗痘的脸,真的是跟走走的妈长得有几分像,他一下子明白了她为什么对自己这么好。

很简单,亲子相呗,这跟夫妻相一样,人对与自己长相接近的人有一种莫名的亲切感。

这么一想,龚炜就轻松了,但是,一想到沈孟芝,又不轻松了。

那个倪天问,你一抓一大把女人,为什么非要跟老子抢啊?龚炜越想越气恼,这时候,突然有人一拍肩膀,他吓了一大跳,却见真是消失了两个星期的走走。只见她一身奇装异服,脸晒成了麦糖色,正龇牙咧嘴地对他笑："我回来啦——"

龚炜上上下下打量了她一番："这副模样，你这是从非洲难民营逃出来的，还是从不知道哪个朝代穿越来的？"

"随便你说哪就哪呗，都行。累死我了，刚回来，家里都还没来得及去。还好，酒吧还在，我还以为你会变卖这里所有的东西，然后卷钱跑了呢。"

"切，我是这样的人吗？"

"看来不是嘛。好了，太累了，我得回去洗个澡，好好睡个觉。你把我这两大箱东西搬回去吧。还有这一袋东西，都是我在外面淘来的宝贝，先放在这，有空你把它们挂酒吧里吧，嘿嘿，那一定是风味更浓。"

"好好，刚才你妈还来过，给你送补品喝呢。"

"她特意送到这里来？"

"是啊，但是你没在，她以为你今天不回来了，就给我喝了。"

"嗯，知道了。走吧。"

在门口叫了个车，把走走送到她家门口，龚炜也就告辞了，免得又跟她那热心肠的妈客套个大半天。

原以为，走走的出去是跟他有关系，但是现在看来，就算跟他有关系，走走都已调整回来了。嗯，走走就是非一般的女子，她这样洒脱的女子怎么可能为了一个男人要死要活的呢。这点龚炜还真是羡慕她，不过心里好一阵轻松，终于对走走不用背负着什么心理负担了。

41．意外事件

柳如跟随吴为来到吴家，吴伯伯已出院几天了，现在家里休养。柳如带了些补品水果过来，吴母一看到准媳妇来了就乐了，拉着她的手嘘寒问暖的，柳如还真没受过这样的待遇。"柳如啊，以后这里也是你的家了，不用买什么东西，自己人，不用客气。"

柳如笑着说:"我这几天比较忙,吴伯伯出院了都没来得及来看,顺便买了些东西过来,也不知道你们爱不爱吃。"

吴母笑得像菊花一样,是啊,有这么个孝顺的准儿媳,也算是吴为前世修来的福了:"对了,柳如,有空我们两家人坐下来商量下,几时把婚事办了。老头子一直念叨着呢,他可盼着抱孙子呢,人老了啊,也就这点盼头。"

吴伯伯坐在沙发上说话了:"就我想,你不想。"

"想想,我也想。"

柳如说:"回去我跟爸妈说一下,约下时间,到时我打电话过来通知你们。"

吴为说:"妈,你们也别太心急,总得一步一步来,你看现在爸身体不怎么好,如果再多一个孩子来照顾,我怕妈忙不过来。再说,我跟柳如都是要上班的人,柳如也就三个月的产假,所以,我们还是决定等两年再要孩子吧。"

吴母有点急了:"这事情可不能等的,我能,我能照顾得了,趁我现在还有力气干活,以后再老了真的会干不动了。"

"如果真有孩子了,我们还是请个保姆吧,否则您太辛苦了。"柳如说。

"现在请个保姆要三四千啊,再加上养个孩子多费钱,现在老头子吃药也得花钱,哪有这么多钱。"

这个——柳如与吴为有点面面相觑了,看来天底下有百分之九十的老人家都是很节俭的,吴为赶紧打圆场:"现在都还没结婚呢,你说是吧,干吗想到那么远呢,船到桥头自然直呗。"

"好好,我去炒几个菜了,你们都待在这里看电视吧。"

说完,吴母就去厨房间忙乎,柳如这个准媳妇总觉得让未来的婆婆一个人做家务,自己干坐着有点过意不去,于是也跟着进了厨房:"我帮你洗洗菜吧。"

"不用，会脏了你的手的。"

"没事，没事的。"

于是柳如便开始忙乎起来，而两个女人在一起肯定会拉起家常："柳如呀，吴为能娶了你，真是我们家的福分，你看看，要相貌有相貌，要人品有人品，工作也不错，这样的好姑娘真是难求。"

柳如笑笑："伯母过奖了，吴为也不错呀。"

"对了，听说你以前谈过男朋友，后来又分手了是吧？当然我也只是随便问问，你说这个年纪谁没恋爱过呢。"

柳如心里咯噔一响，男朋友？难道吴为没告诉他们我是离过婚的，只说我以前交往过男朋友？他这是干什么，这个瞒不过去的啊，就算现在不说，以后他们也会知道啊，到那时性质就不一样了，这种欺骗情节就来得严重得多。柳如真不明白，吴为为什么不把这件事告诉他们，难道是怕他们反对，或者，他们之间在一起只是为了让他父母高兴？而跟爱不爱没多大关系？

柳如的心真的乱了，莫母看她神态有点奇怪，以为惹起了姑娘的伤心往事，赶紧说："看我个老太婆，真多嘴，别介意啊，我就是随便问问。"

柳如心想，还是趁婚约未定的时候，先坦白，免得订了婚约，然后又退婚，我可再也丢不起这个脸了。

"伯母，我是结过婚的，我以为吴为告诉过你们的。"

"结过婚？"莫母瞪着眼睛，半晌没回过神来，柳如继续说："嗯，离婚好几年了，因为我们性格不怎么合，他呢，又喜欢上别人，所以……"

莫母仿佛震呆了，心里也一下子被击垮了，也是，以为清清白白的准媳妇突然说自己以前结过婚的，还到了准备选婚期的时候才说，换成谁都有一种被欺骗的感觉。

"你们——结婚多久？"

"也有两三年了。"

莫母的脸色越来越阴沉,柳如有一种大灾来临的感觉,她真不明白,为什么吴为不事先告诉他爸妈,而这样的事情非要她自己说出口,这种感觉,像是突然被人撕破了衣服,赤裸裸地站在人家的面前,令她自己都觉得无地自容。

好吧,如果他们真的无法接受这样的事实,那么,还是早点放手吧。柳如有一种疼痛难忍的焦虑感。

这时,莫母一声不吭阴着脸走出厨房,对正在看电视的吴为说:"你过来下。"

吴为看了一眼跟在后面同样脸色不好看的柳如,然后跟着莫母去了里头的房间,吴伯父看着他们神神秘秘的样子,不知道发生了什么事,赶忙问道:"怎么了柳如,发生什么事了?"

好吧,既然都这样了,都摊开来说吧,柳如便将自己结过婚的事告诉了吴伯父。吴伯父的反应有点意外,但没像吴母那样震惊,沉思了一会儿:"噢,这样,吴为怎么不早点说呢,其实离过婚也没什么,现在离婚率这么高,坏男人又这么多,你真是受委屈了,遇到不好的男人,是应该早点离,否则啊,真是一辈子受苦。唉,我那妹妹,也是遇到坏男人,整天不是赌博就是打架,不是打架就是喝酒,喝醉了酒就打我妹妹,我叫她早点跟他离婚,离他远远的,但她就是不敢,说孩子都这么大了,怕丢人。我这病啊,有一半就是被他们气的,唉,真是作孽啊。"

柳如想不到吴父跟吴母对这件事的反应会相差这么大,看来,吴父是站在自己这边的,应该并不反对自己跟吴为的婚事,那么,事情便没有自己想象的那么糟糕。柳如多少有了点欣慰,但是心里还是惴惴不安,因为她已经觉察到,在这个家庭,吴母才是一家之主,是最强势的,而吴伯父一直是病恹恹的,不知道是不是因为他身体不好,直接影响到他在家庭的地位。

吴为跟他母亲的声音越来越大,看样子吵起来了,但听不清他们在说些什么。柳如感觉自己很没脸待在他家,但又不能这么一走了之,真是如坐针毡般难受。好不容易等到他们出来了,吴母有点抱歉地说:"柳如,关于订婚的事情我们先缓一缓吧。"

最坏的打算变成了现实,柳如强露微笑:"嗯,我还有事,我先走了。"

说完,她拿了包就走,吴为急了:"妈,你——"跺了下脚,然后跟着柳如跑了出来。

后头吴母在叫:"吴为你回来!"

一路狂奔,柳如的眼泪止不住地泉涌而出,她以为她终于找到了幸福,她以为自己那么辛苦终于找到一个可以依靠的男人,还有一个看似对她还不错的婆家,一份安稳而不用担心会随时失去的感情,为什么,这一切会在一瞬间分崩离析呢?为什么幸福来得那么不容易,而摧毁却只需要那么一刻的时间。

"柳如——"吴为紧追着在后面,终于拉住了柳如,他气喘吁吁地说,"柳如,你听我说——"

"我们没什么好说的了。"柳如甩开了吴为的手。

"我觉得这并不是什么大事,我这不是一直想找机会跟他们说嘛,但是,我最近实在太忙了,因为前段时间我爸在医院我请了几天的假,所以一直在学校补课,晚上还得晚自修值班,这几天都睡在学校里。本想双休日回家找机会说,今天不是把你带来吃饭了嘛,我哪想到你们今天会聊到这个。"

"那你为什么以前不说,偏偏等到现在?为什么一开始就不说啊,你就是不想说是吧?怕我给你丢人,我配不上你!"

"你说什么呢,这都什么话,我真不是那样的人。那几天我爸在医院,我不想让他们听到不开心的事情啊。"

"他们开心了是吧,我不开心了!你别再跟着我了,以后也别再找我了,我们的事情完了!"

柳如怒气冲冲地招了辆出租车,就上去了,吴车无奈地拍着车门,眼睁睁地看着柳如离开。

42. 面对

这天早上,倪天问边对着镜子,憋一肚子的闷气,边给自己擦消炎药水。

他到现在都没有明白,为什么沈孟芝突然对他那么有恨意,而且居然接受了龚炜的求婚。他们前一天还说着要永远在一起,这样的变脸也变得太离谱了吧?而更令他窝心的是,昨天打架都打了老半天,自己搞得鼻青脸肿的,他还是没搞明白,这到底都怎么回事啊。神啊,让我死也要死得明白啊,这究竟是为什么啊。

但沈孟芝根本就不接他的电话,他连个吐闷气要个明白话的机会都没有,真是越想越窝囊。

他是越想越生气,不行,一天没搞明白,他就一天没心思吃饭,没心思睡觉,也没心思上班。沈孟芝,你可真狠,真是杀人不用刀,剜心不见血,我对你这么好,你却这样对我,你到底想我怎么样啊?

倪母从外头购物回来,猛然看见儿子那模样,都认不出来了,还以为有贼闯进来了,对他大吼:"你什么人啊?"

这一句话引得保姆与倪瑞开同时跑出来,倪天问的气这回终于有处撒了:"你们干什么啊,我是你们的儿子啊,自己的亲生儿子都不认识啊,有这样的父母啊!"

沈母扔下手头的东西,心疼地摸着儿子的脸:"是宝贝儿子,果真是天问啊,你怎么变这样了,是不是跟人打架了啊?到底发生什么事了啊?疼不疼,赶紧去医院啊。"

"就一点皮外伤,没什么事。"

"你得说说是谁把你弄成这样的,我去找一群人灭了他,谁敢欺负我倪家唯一的继承人啊。"

"妈,你说什么呢,昨天喝了酒开车,结果就撞树了,你可不要乱讲,否则我会被起诉酒驾的,要进班房的。"

"这样啊。"

倪瑞开发话:"你说的是不是真的?"倪天问忙不迭地点了点头,倪瑞开皱起了眉头:"怎么这么不小心。不对啊,昨天我们不是一起回来的吗?你没喝酒啊。"

"那、那、那是前天,前天我们才一起回来的,昨天我不是跟朋友喝酒去了嘛。"

"噢,那我记错了。那个,儿子啊,你没撞到什么人吧?"酒后撞人逃逸事后老子背黑锅顶罪要么摆平的乌龙事件太多了,倪瑞开又不由得想到了这点。

"没有没有,绝对没有。"

"那好,你就好好在家休息两天,别再出去给我惹事了。真丢人。"

沈母接着话说:"多过几天再去上班也不迟,不就上班嘛。对了天问,那天相亲的女孩子怎么样?那女孩子对你印象好像不错。"

"妈,我不是跟你说了嘛,我已经有女朋友了!我心里已经够烦了,你别再添乱了好不好?"

沈母叹了口气不再说话,倪瑞开不乐意了:"人家可是副市长的女儿啊,多少人想攀着,你还来脾气了。"

"你喜欢你娶吧,妈说不定也乐意,我也不介意再多一个小妈。"

"你——"倪瑞开气得吹胡子瞪眼的。

这话听得倪母也有点不乐意了:"儿子,你怎么说话越来越不像话了,是不是跟沈孟芝学的?"

"你别老冤枉人家好不好?反正我喜欢的东西,你们都要反对,我到底是不是你们的亲生儿子啊!"

倪瑞开也有点生气:"并不是我们要反对,我们只是让你多个选择,多比较一下,这也算不尊重你吗?还不是想让你以后过得好一点啊。"

"你以为选秀啊,你们别管我,我就能过得很好!就因为你们把我的人生规划成你们想要的那样,所以我现在才过得很不好!"

一说,两父子又吵了起来,倪母心疼儿子:"好了,好了,天问都这样了,还吵。儿子,带你去医院看一下,全身检查一下,说不定别的地方伤到了,脸也让医院用最好的药水擦一下,发炎了就麻烦了,那可就毁容了,我儿子长得这么帅,可不能有一点儿差池。"

这点倒说到倪天问的心坎里去了,于是他就跟他妈去医院了。

事实上也没什么大碍,开了些消肿的药水与消炎药,回来的路上,倪天问对倪母说:"妈,你以后就别给我安排什么哪家董事长的千金,哪个什么局长市长的女儿跟我见面,我真的很喜欢沈孟芝,现在我只喜欢她,那天,要不是看在她刚好是我学妹的分上,我早就翻脸走人了,下次你们再这么做,我不能保证对方能下得了台。"

"儿子,你说什么呢,我觉得你跟那副市长的女儿挺有缘分的,你想下,这么凑巧,你们还是高中同学,而且,这么门当户对的,相貌又这么相配,你们俩站一起啊,金童玉女、一对璧人啊,那真的是绝配啊!我越来越觉得,你们可能前世就是一对。"

"切,还前世,老妈你还是预言师啊,妈,你要是再这样逼我啊,别怪我离家出去,找米丽塔去,住法国不回来了!"

最后那句话,当然是唬他老妈的,他老妈还真被唬倒了,不过她心里还疑惑着:"她不是对你死心了吗?"

"要不要我去试试,不过,这次去了,再也不回来了。"

"好了好了,不逼你了还不行吗,真是的,唉,我怎么生了你这么个不懂事的儿子。"

"我就知道,还是妈对我好。"

倪母无奈地摇摇头,或者,有时候还是由着他吧,逼得太紧,她可能真会失去这个唯一的儿子。上次米丽塔的事情,他又是离家出走又是去法国,她已经吓得不轻,这一次,还是算了吧,沈孟芝也算是过得去的人选，虽然，远远及不上那个副市长的女儿。

看来，自己也得劝劝老头子了，唉，这两父子，真是让人操心。

事实上，倪瑞开也和她想的一样，其实觉得沈孟芝也算还行，并没有像反对米丽塔那么强烈，至少，就算她赌气回娘家了，也不会跑到法国那么远，倪天问也不用跟过去道个跨国歉。再这样下去，大家都累，说不定，跟沈家的世交之情也就此了断，也犯不着这样。

当沈孟芝递上了辞职报告书，倪瑞开惊讶地瞪大了眼睛："辞职？怎么了，孟芝？你不是干得好好的，为什么要辞职啊？"

"我最近感觉很累，想休息一段时间。"

"那也不用辞职，我可以批你一段时间假期，一个星期够不？不够就一个月？要不两三个月也行，随便你几时来上班，这都欢迎你。"

"谢谢倪董……我是打算自己创业了，趁着还年轻，自己闯荡一番。"

"这……"倪瑞开左右为难，不知道如何是好。

"不行，她不能辞职！"倪天问不知道从哪里冒了出来，"孟芝，你不能这样，你到底对我有什么不满意，或者我做了什么对不起你的事，你只管说出来就是，为什么要这么藏着掖着？还有，我们的事情跟工作没一点关系，你不能因为我而放弃自己喜欢的工作。"

既然大家都在，沈孟芝也打算辞职了，她也不想再瞒下去了，说明白了也好，免得这一家人还在那里装傻："那天我也刚好在维也纳餐厅，不好意思，正看到你们两家人其乐融融的。那个女孩是你的结婚对象吧？你父亲真能为你着想。所以，我没什么好留的，这个地方，没我更好，没我在就不碍眼了。"

这时，倪瑞开说话了："孟芝，你真的误会天问了，那天原本是我们一家人吃饭的，但刚好副市长那天也有时间可以出来，于是我自作主张，约了副市长一家一起来吃饭。当然，想让他女儿跟天问见一面，当时倪天问完全不知情。"

"是啊，孟芝，我真的一点都不知道。"

"不知情？你们不是聊得挺好、挺融洽的吗？是不是要我祝福你们白头到老？"

"孟芝，我也没想到那个副市长的女儿是我高中时的同学，老同学见面总不能拉着个脸吧？而且，我也只是把她当作同学，没其他任何想法。"

这时，倪瑞开咳了一声，他仿佛觉得这里跟他没什么关系，是他们之间的事了："那个，我有事先出去下。对了，这份辞职报告，我顺便扔外面的垃圾桶了。"

看来倪瑞开还是有留自己的意思，如果事情真的像他们说的那样，那么，自己真的是误会倪天问了？但是，沈孟芝已觉得自己被这份感情折磨得筋疲力尽，她真感觉自己再也无法继续了，真不想一直都这么累。

倪天问抓着沈孟芝的手："孟芝，我心里只有你，我们不要再这么互相折磨了好吗？"

这时，他突然单腿跪了下去，从怀里拿出一个首饰盒，打了开来，里面竟然是那条令群星都失色的"爱琴海之恋"！

沈孟芝有点失声地说："它怎么在你的手上？"

"向我爸要的，他说我可以送给最心爱的女人。那个，戒指，我以后补上。"

沈孟芝脑子一下子全空白，说实在的，她是真心喜欢这条项链，因为是职业鉴定师的缘故，所以并不仅仅是因为它的价值，这是她见过的世界上最完美的项链。这世界上，估计没几个女人不喜欢它的，就冲着这条项链，对方就算是个没半点感觉的人，她可能也会考虑下，更何况，对方还是倪天问，自己所喜欢的人，换成哪个女人都会尖叫答应。

但是，她冷静地想想，自己已经答应了龚炜的求婚，这会，难道再答应了倪天问？"爱琴海之恋"虽然诱人，她还没被这诱惑迷失了理智，她不想背负无情不义的骂名。

她缓缓地说："天问，太迟了，我——已经答应过龚炜的求婚了……"

"那有什么关系,不就是一个戒指啊,我还两个给他!"

"这不是戒指不戒指的问题,是我对不起他,那天他约我吃饭,刚好在那个维也纳餐厅,你们也在那里,我也没想到,那天他会向我求婚,而在你的刺激之下,我就答应了他了。"

"那你怎么不问清楚啊,至少也要给我一个解释的机会啊?"

"我都看到了,以为你也没什么好解释的。你起来吧,今天我是不能接受这条项链的,我们之间还有很多的问题没有解决。"

倪天问想了想,站了起来:"这样吧,我们三个人坐下来好好谈谈吧。孟芝,你心里是喜欢我的对不对?"

沈孟芝避开了他的眼神,她的心很乱,如果接受了他真是太愧对龚炜了。

"我不知道,我先回办公室。"

"这样吧,今天晚上我还有事要处理,明晚我们约龚炜一起谈谈,你觉得如何?"

沈孟芝点了点头,也好,该解决的就一起解决吧。

43. 意外

柳如只身来到喧嚣的演艺酒吧,她觉得自己压抑的心情必须得到释放,否则会疯掉的。一到那里,就要了一打啤酒,等酒劲上来,感觉最好的时候,她便冲进舞池甩着短袖外套很带劲地跳舞。

一个看样子挺年轻的男子很快被她吸引,贴了过来,配合着她跳了起来,两个人跳得大汗淋漓。一场终了,柳如回到自己的位置,拿起一瓶啤酒就咕噜咕噜灌了下去,这时,那位年轻男子也拿着一瓶酒过来,问道:"一个人?"

柳如笑着点了点头:"你呢?"

"我跟朋友一起过来的,不过他就要回去了,家里有孩子。"他指了指坐在那头的另一个男人,然后朝他扬了扬手道别,"现在,我也是一个人了喽,跟你一样。"

"这么说,你没孩子等你吗?"

"我还没结婚呢,单身。"看他那样子,二十五岁左右吧,也不像是个结了婚的人,然后他说,"那我就坐这里,陪你喝酒,咱也算是有缘分了。"

"好,喝!"柳如也正愁着没人陪,于是两个人要了副骰子,你一杯我一杯地灌,很快,前面的一排啤酒全都见底了。柳如还想要,男子喊:"不行了,再喝下去,我走不动了。"

"切,什么酒量,服务员,再来半打。"

于是酒又上来了,结束时两个人是喝醉了互相搀着出去的,然后怎么回到家的都不知道。

第二天早上柳如是被手机的音乐声吵醒的,头很疼痛,睡意蒙眬间接起来电话,是吴为打来的:"柳如,你在家吗?"

"嗯。"

"我在你家门口了,你来开个门吧。"

柳如又嗯了一声,然后又想到了什么:"我不想见到你,你走吧。"

"不,柳如,今天我一定要见你,否则我不回去。你不开门,我就用备用钥匙开门了。"

柳如嫌老是开门麻烦,就给吴为也配了一套。既然他是有办法进来,有什么办法不让他进,柳如只得说:"随你便!"

这时,她突然想起了什么,发现自己竟然全身赤裸,而身边躺着一个陌生的男子,她尖叫了一声:"你是谁?!怎么会在我家里啊?"

"我也不知道,昨天是你把我衣服脱光了,可能还做了什么了。喂,就算有做了什么,占便宜的可是你,我才二十二岁啊。"

柳如再次尖叫了一声,天,这都什么事啊,自己竟然跟一个小男生发生了一夜情！而现在首要的问题不是一夜不一夜的问题，而是，吴为马上要进来了，如果他一来，发现自己跟这个小男生在一起，天，自己的一切就彻底毁了。

她一边拿衣服套头上，一边说："你得赶紧消失！"

"我——你以为我蜘蛛侠啊，说消失就能消失啊。"柳如不愧是记者出身，处理事情的能力特别强，反应也快，她把他的衣服扔给他，把内卫生间的门打开，说，你赶紧进去，倒锁起来，不能发出任何声音啊。然后她拿白胶带把门给封住，又用椅子给顶住。

这时吴为的声音已出现在房间门口："柳如——开开门吧，不开门是吧，那我进来啦。"

柳如又赶紧往床上躺，这时吴为已经从门口进来："柳如，你还在睡觉，没事吧？酒气好浓噢，昨天不会喝酒去了吧？"

"喝不喝酒关你什么事……"

"唉，不会还在生气吧？都是我的错，好不？柳如，等下去我家吃饭吧，我妈做了好些你喜欢的菜。"

"不去。"

"别再生气了，乖，我妈只是突然间知道这个事情心里没准备，所以才心里不舒服。都是我不好，如果我早点说，她当时也不会反应这么大。"

"说不去就不去。"柳如又别过了头。

"别生气了嘛，赶紧起床，再不起床我可就自己动手喽。"

吴为就开始挠柳如的腋窝，柳如被挠得咯吱咯吱地笑，这时，一个陌生的手机铃声响起，是凤凰传奇的歌，吴为说："是你的电话响了吗？"

"不是啊，难道不是你的？"

吴为拿出自己的手机看了下："不是我的。"

这时柳如的脑子轰的一声响，天啊，这手机一定是那个二十二岁的小男生的，这怎么好？"对了对了，我新买了个手机，都差点忘了这事。

唉,真是老了不中用了,放哪了,放哪了,我找找。"

然后她便到处找,结果在被子底下找到了那个该死的手机,赶紧把它给关机了。"都没电了,还没给它充足电呢。"

"呃,这手机看上去并不怎么新啊,背后还贴着彩膜?"

"是这样的,这是二手机,我同事转让给我的,才五百块,我就随便买了,我现在的手机不是屏幕有些划伤了嘛。"

"噢,真的是这样的吗?二手的苹果都这么便宜了?"

"嗯,有的人就是喜欢换手机,都要最新款的,他们放着也是放着,不如便宜卖了。"

"那几时也给我整个几百的苹果吧。"

"好好。"

看来这个话题不能再继续了,否则得越编越离谱,好在吴为那榆木脑袋相信了。柳如想,嘿嘿,我这个记者还说服不了你这个木脑瓜啊。正当她得意时,吴为盯着卫生间的门问道:"这是干什么呢柳如,卫生间怎么了,用白胶带这么粘起来?"

柳如这会可真有些紧张起来:"是这样的,里面的马桶塞了啊,臭死人的。我怕臭味跑出来没法睡觉啊,就干脆把它给封死了,想方便时就去外面共用的那个大卫生间。"

"就这么封啊,治标不治本啊,会长虫子的,我帮你弄弄看。"

"不不不,我已打电话约了通管道的师傅了,说明天会过来修理的。"柳如真怕继续待下去自己都快变成精神病了,她得赶紧带着吴为离开这里,"我们出去吃点东西啊,我快饿死了,我换件衣服,你先出去。"

不由分说,她便直接推吴为出去,吴为还在嘟嘟囔囔:"不是吧,换个衣服也要你未来的老公出去,你几时这么害羞了?"

柳如怕有意外,关上门反锁上。

然后她把耳朵贴卫生间的门上,轻声地叫道:"喂——你没事吧,我先出去下,等下回来再放你出去。"

小男生哭丧着声音说:"那你能不能把手机递给我,否则我会无聊死的。还有,你这卫生间怎么这么臭啊,不会真的堵马桶了吧?"

"不行,没时间了,会露馅的,你就委屈下吧,好好地待着,不能叫喊,回头我就回来解救你,你现在别再说话了,嘘——"

这时吴为又敲了敲门:"柳如好了没?换个衣服都这么久。你,刚才是不是在跟我说话?"

"噢噢,我是问你,出去吃什么呢。"

柳如赶紧换好衣服,化了个简妆,然后抓了包就出了房间,并把门给锁好。这边吴为说:"我不是说过,我妈让我带你去吃饭呢。"

"那个,你妈?"

"是啊,她想为那天的事情向你道歉呢。"

"噢噢。"

"我过来的时候我妈就在烧菜了,这会应该烧得差不多了,我们过去就能吃了。我以为你在生我妈的气呢,真的,老人家就这样,别太放在心上。"

这时的柳如可能是因为心里愧疚,还真想拍他们全家的马屁呢,于是便听话地跟着他到他家。这回,吴母对她可真是客客气气,一直笑脸相迎,百般讨柳如的欢心,柳如也不好意思摆架子了,于是一家人便其乐融融地吃饭,而吴为也是不停地给她夹菜。

饭毕后,她便帮吴母一起收拾饭碗,吴母有点不好意思地说:"柳如,上次的事,你别往心里去啊。我是因为突然听说这事,真的是心里没什么准备,所以才会——"

"说什么呢伯母,我明白的,我也应该早点说出来,我们都应该坦诚以对才对。唉,我是一直以为吴为早已告诉你了。"

"都是吴为那孩子,真是的。"

所有的芥蒂一下子都消除了,柳如的心情特别舒畅,美好的未来又向她招手了。

心情一好，她什么事都忘了，然后又陪着吴为去逛街，给他爸妈也买了些礼物，吴为也买了些东西给她的爸妈，逛累了，两人又在外面吃了晚饭。

等她回到家的时候，天都黑了，打开房间，看到那扇架着椅子还粘着胶带的卫生间门，她突然想起了那个小男生还在卫生间。她都吓晕了，赶紧扔下手里的一切，然后搬椅子撕胶带，大声问道："喂，你还在吗？喂喂——"

当她打开门，却见那个小男生瘫坐在冰冷的卫生间地上，全身颤抖着，看见她便嘶哑着声音大声地呜咽着，豆大的泪珠从眼眶汹涌地淌了出来。

"我都一天没吃饭了，喊破了喉咙也没人来救我……"

44．龚炜的放弃

莫小平最近因为呕吐瘦了一圈，想不到怀孕是件这么折腾人的事。

小七挽着莫小平去医院做孕检，小七的脑袋不停地贴着她的肚子听动静："宝宝怎么这么安静，都没踢你肚子呀？看样子，以后一定会很乖的。"

"你傻呀，才三个多月，哪能这么快就有胎动。小七你喜欢儿子还是女儿呢？"

"女儿吧，天天捧在手心。"

"我觉得还是儿子吧，这样，能跟你一起做音乐，多好。"

"谁说女儿就不能搞音乐了，说不定比老子搞得还好。"

"都行，都行。这小家伙快点出来吧，快把我的胃都吐出来了。"

"那等他出来要不要先揍他一顿？我给你报仇，老婆。"

莫小平眼睛一瞪："你敢！"

"就知道你舍不得。小宝宝快快长大吧，早点出来，让爸来抱抱你噢。老爸现在有能力养活你们娘俩了,以后啊还要努力,要赚更多的钱,让你们娘俩啊过上舒服的日子,吃上放心的奶粉。"

这时轮到莫小平检查了,做了宫位检查,听了胎心,又做了个 B 超,整体指标都不错,孩子偏小了点,主要是因为吐得比较频繁,医生让多加强营养,开了些钙片与孕宝口服液。小平看着 B 超单里的小宝贝,小小的,蜷缩着身体,多可爱的小生命,她第一次感觉到了做母亲的幸福。

"我妈一听到我有了个女朋友,还怀了孕,你不知道她有多高兴,嚷着要给我们办婚礼呢。"

"过段时间应该会好点,这两天也吐得少了,如果小宝贝没意见,我就没意见。"

这时,莫小平突然感觉肚子里好像动了下,不知道是不是幻觉,她开心地叫:"他说了,没意见!"

"真的呀,那你可别叫着累啊。"

"嗯。"

现在莫小平的父亲身体有所好转,生活方面也基本能自理了。老妈有了伴,她也放心了,否则她还真不想嫁出去。而现在,又多了个小宝宝,一切,都开始变得美好起来了。

最重要的是,小七变了,不再是以自我为中心的、狂妄自大只会弄点小忧伤的文艺青年,经过了生活的磨炼,也变得成熟多了,多了一份责任心。

最重要的是,他懂得珍惜应该珍惜的人,倘若没有莫小平,他真不知道自己还在何方流浪,一边时常流露着淡淡的忧伤,来标榜着自己的特立独行,而一边因为交不起房租水电费而窘迫。

现在他才明白,活在现实中,才能离梦想更近。

这段时间,龚炜一直拒绝着跟倪天问、沈孟芝进行三人谈判,耗子躲猫般地躲着他们。其实他知道,是自己的心里很没底气,他们两个两情相悦的,你龚炜算什么,不过是人家一时气急下的替代品。

龚炜就这样躲着他们,玩着躲猫猫的游戏,但是躲得了初一,躲不过十五,最近越躲着他俩,他俩就越是阴魂不散。倪天问自从龚炜找他PK之后就老来酒吧找他:"龚老板,这次我们玩什么呢?"

龚炜直接进卫生间把门给锁了,要么自己溜了,懒得搭理他。我玩不起,还躲不起吗?

而沈孟芝也来找他,龚炜正想躲起来,却被沈孟芝逮个正着:"龚炜,你怎么了,怎么这么鬼鬼祟祟的,老是躲着人干什么,借高利贷被追债了?"

"切,我一等良民,能干那种事吗?"

"那你干吗老躲着我啊?"

龚炜随便拿了只杯子就擦了起来:"没看见我一直都忙着啊。"这时走走探过头来轻轻地说了一句,然后又飘走:"这活是服务员干的。"

龚炜朝她瞪了一眼:"没你什么事,去去。"

然后朝沈孟芝说:"你不就是向我讨祝福吗?我衷心地诚心地五体投地地祝福你们白头偕老,在天一对比翼鸟,在地一双连理枝。"

"不是吧,你就这么放弃了?你真的不喜欢我啊?"

"嗯,倪天问确实不错,是个女人都想嫁他,他喜欢你是你的福气,珍惜吧。"

"这话听起来好像被他喜欢着就得嫁给他了,龚炜你说老实话,是你的真心话?"

"当然。你们两个互相喜欢啊,干吗还搞得这么复杂。是我自作多情了,现在我面对现实了,我认了。"

其实关于这两个男人之间的选择,沈孟芝一直在衡量,但感觉很艰难。现在,她越来越想过着平静的生活,波澜不惊,现世安稳,没有明争暗斗,也不用天天盛装示人,或许,龚炜才是她真正应该选择的吧。她自认自己没啥出息,也没啥雄心壮志,只想过好自己的小日子。

她是这么想的，但是，没想到龚炜竟然这么快就放弃了对自己的坚持，这令自己开始倾斜的天平刹那间就失去了方向，顿时有一种说不出的挫伤感。

沈孟芝脱下了手上的戒指："龚炜，上次我是利用了你，我有愧于你，但是，我觉得你才是最适合我的，只是没想到，你对我的所谓诚心也不过如此。既然这样，咱们也两清了。"

沈孟芝把戒指塞进了他的手里，然后就转身离去了。

这回轮到龚炜蒙了，都说女人心海底针，这玩的又是哪出啊，我真不明白啊，真猜不透啊。

龚炜拉住走走，求解释，毕竟女人更了解女人，况且，走走不是还会算命嘛。

但走走却耸了耸肩，一副爱莫能助的样子，还说了句让龚炜更加气闷的话："我都越来越不了解自己了，还了解别人？"

确实，现在的走走只是把龚炜当作一般的朋友与合作伙伴，至于她心里有什么想法，谁都不知道。走走就这么个人，是一个喜欢把什么都埋在心里的人，龚炜实在摸不透她的心思，有时候，当他放弃揣测的时候，她突然又主动告诉你了，你根本拿她没辙。

自从走走这次回来之后，她又变得那么活泼开朗，像是个永远不知道忧愁的小姑娘，没心没肺。但她沉静的时候，又令人感觉她像是一团黑色的火焰，会炙得你透不过气，你突然感觉，她原来是如此沉静而神秘的女人。

走走身上这种神秘的气息倒是吸引了很多男人，但是，她好像对他们从不来电，只是在酒吧时逢场作戏，该说的说，该笑的笑，该喝的会喝，但是，一旦动真格，或有人敢对她动手动脚，她就一个拳头劈了下来，所以，至今还没个男人对她有野心。

虽然龚炜也曾有过莫名的失落感，但倒也是清静了，走走毕竟是走走，特立独行，古灵精怪，神秘诡谲，这世上，还真没一个世俗男人能配得上她。

而他却不明白,越是表面看起来复杂,喜欢游走,喜欢一切古怪另类东西的女人,她的世界越纯净,她想要的感情也越简单。简单到可以没有任何要求,只要能走进她的内心,她就会对你死心塌地。

这回沈孟芝是真的气恼,走边走诅咒着。

好吧,你龚炜既然不稀罕我,我还巴不得冲着那个"爱琴海之恋"去呢,多美的项链,值个好几百万,未来还能成为珠宝公司的老板娘,有个帅哥陪着我过日子,多美的事啊。你就这么把我往金山银海里推,我还有什么不乐意啊,哼。

算了算了,别想那么多,过两天还得参加莫小平与小七的婚礼,去,这些坏鸟,纯粹是为了刺激老娘啊。

45. 身世

龚炜在走走父母的邀请之下,过去吃饭,今天是走走父亲的生日。

既然人家这么邀请,又不好意思不去,龚炜想来想去,也不知道送什么礼物好,就去买了一堆海参鱼胶枸杞之类的滋补品,反正走走的后妈爱熬汤。

来开门的是走走的后妈,她看见龚炜特别的高兴:"龚炜你来了就行,拎这么多东西干什么呢,真是的。"

"我也不知道买什么东西给伯父祝寿呢,就顺便买了这些东西。"

走走爸也笑呵呵地说:"过来坐吧,小伙子。走走,快点下来,龚炜来了。"

走走下来了,看着一桌的饭菜,随手抓了个鸡腿啃了起来:"哇,这么多好吃的,妈,你也快点过生日吧,又可以吃到这么多好吃的了。"

"看你馋的,好像平时都没给你吃饱似的。先去洗个手再吃吧。"

"我啃完了就洗。"

"这孩子。"看样子,走走现在跟她后妈的关系还真不错。

四个人围着桌子坐了下来,走走妈推了推走走爸,走走爸像是如梦初醒般,给龚炜倒上了酒:"龚炜,谢谢你一直以来对走走的关照。"

"这个真是惭愧,我觉得一直是走走关照我,而不是我关照着她。"

"你又跟我们客气了,她那脾气,我还不知道。对了,龚炜,你父母身体好吗?"

"还算好吧。"龚炜觉得有点奇怪,怎么突然问起我父母来,难道他们也有招我为婿的意思?

"你,还有个哥哥吧?"

"是的。"

"成家了吧?"

"嗯,成了呢,我哥也快当爸爸了。"

"真是喜事啊!对了,你几时有空,我想跟走走妈一起去看看你的父母。"

龚炜更有点莫名其妙了,他们难道去我家提亲?现在流行女方向男方提亲了吗?却见走走也有点莫名其妙地看着他们,一脸的迷惑:"爸,你们这是干什么呀?"

走走爸一时间被她问得说不出话了,向走走妈使眼神求救,走走妈解释说:"是这样的,你不是住在人民东路吗?我以前就住在那里,所以,想去那里走走,顺便去拜访下你爸妈,说不定,以前还是邻居呢。"

走走白了白眼睛:"年龄大了的人,就是无聊。你们想去就去,我可不凑这份热闹。"

龚炜笑呵呵地点了点头:"阿姨,你以前也住在那里呀?我们一家人一直住在那里啊,都住了几十年了,如果你以前就住在那地方,我应该认识你才对。"

走走妈说:"是这样的,我很早就搬走了,那时你应该还小着呢。"

"嗯,那也有可能。行啊,过两天我带你们去,没个人带路,可能你们都找不到路了。"

饭毕,龚炜走的时候,走走妈拎着好多的东西,是刚才他拎的东西的两倍还不止,她叮嘱着:"这些,你都带回家去给你爸妈吧,我们家里一大堆这些东西,实在吃不了,放着时间长了就会过期,很可惜的,你拿着好了。"

这,这年头送礼还翻倍回礼?

他越来越觉得这个走走妈真的太奇怪了,难道真的是我们以前的邻居?跟我父母认识的?

他边走边打了个电话给他老妈:"妈,我遇到一个奇怪的阿姨,她是我同事走走的母亲,说以前也住在人民东路的,她说这两天去看看你们,说不定你们还是老相识呢。"

"这样啊,好的好的,要不要过来一起吃饭?那我再准备些菜。"

"不用,不用这么麻烦的,就拜访下而已。可能人年龄大了就会念起旧来,估计就看看而已的。"

"好的好的。"

他老妈也没有多说,估计她心里也在纳闷,这个走走的母亲会是谁呢?

当龚炜带着走走的父母去他家时,他老妈开门相迎,看到走走的父母,仔仔细细地打量了一番,最后把所有的视线都落在走走妈的身上,突然间就气得浑身哆嗦,然后随手抄起一把扫帚赶他们走:"你来干什么?!还嫌不够丢人啊。你们走,走!"

不是吧,这都什么情况,龚炜的脑袋一下子大了,难道他们以前都认识?"妈,你认错人了吧,他们是我同事的父母啊。"

走走妈赶紧解释说:"大姐,你别误会,我这次来真的没有其他意思,只是想来看看你的。"

龚炜妈说:"你还认我这个大姐啊?扔下孩子一走就是二十几年,你以为我容易啊。"

龚炜都蒙了，什么孩子？还大姐？难道这个走走妈是我妈的亲妹妹？怪不得她们长得有点像,也怪不得那天那个服务员说我长得挺像她。这么说，走走妈是我的姨妈了？她们说的那个孩子又是谁，不会是我哥吧？

正当龚炜在胡思乱想的时候，走走妈哭起来："姐，我知道你们很不容易，这么多年来，我心里一直很愧疚，夜里经常睡不着觉。我真的很想念你们，但是，我想重新开始生活，想过上好日子，那些日子我真的受够了。我知道，我实在太自私了，只想到自己，不顾你们，我也一直没有再怀上孩子，我想可能是上天对我的惩罚吧。"

听得龚炜有点心慌，都什么意思啊，难道他跟他哥之间真有一个不是妈亲生的？他抓着母亲的手，把她拉到一边："妈，这到底怎么回事啊？跟我没关系吧。"

母亲长长地叹了一口气："唉，既然都来了，这事也瞒不下去了。现在龚炜也长大了，咱们都干脆摆开来，进来吧，我们都说清楚吧。"

听了好一会儿，龚炜才搞清楚，原来自己并非老妈的亲生儿子，而是她的外甥，走走妈才是自己的亲生母亲，而她们是亲姐妹关系。他脑子轰的一声响，这都什么事啊，这样的狗血事件竟然会发生在自己的身上。

在走走妈的诉说下，龚炜才搞明白，原来，她早年爱过一个男人，但男人想出去闯荡，走之前，他们过了一夜，但她没想到正是这一夜，令她怀了孕。惶恐不安中，她只得将孩子生了下来。孩子两周岁的时候，她决定去找那个男人，便把孩子托给了她姐姐，她姐姐也有个儿子，这样他们也有个伴。

只是这一走，她再也没有回来。在当时那种通信不便利的情况下，她根本没法找到那个男人，身边的钱也花光了，她又冷又饿，在这样的绝境下是走走爸救了她。身体恢复后，她便在他家做女佣，后来走走妈因为意外死亡，他们便走在了一起。而她生过孩子的事一直瞒着走走爸，怕他会介意，会嫌弃她。

直至一次无意中看到龚炜，那种母性特有的感觉告诉她，他可能就是自己的儿子。经过暗地派人调查，龚炜果真是自己的亲生儿子。知道走走喜欢着龚炜，她非常高兴，她觉得，以后可以跟儿子长久在一起了，所以，她千方百计地说服走走爸支持他那宝贝女儿创业。前段日子，她向走走爸爸坦白了龚炜是她亲生儿子的事，走走爸除了叹息也没说什么，毕竟他们都老了，而他也还有走走这个女儿。如果龚炜与走走两个人能走到一起，倒也是件完美的事，了却他们多年来的夙愿。

但是，越是时间过得久，她越是觉得愧对于龚炜的养父母，关于他家的情况她也有所了解，知道他们一家人过得并不容易，心里更加不安了，便想堂堂正正地向他们道个歉。她想不到的是，今日一见，发现姐姐竟然已满头白发。

"姐，是我对不起你们，让你们这么受苦。"走走妈哭得很伤心，龚炜妈也在哭，分散了二十几年的两姐妹抱头痛哭，而龚炜的脑子轰的一声响，"那走走——"

走走爸说："你们没任何血缘关系，不过以后她就是你妹妹了。"

"那真好，我多了一个妹妹了。妈你不用多想，我还是你的儿子，以后，走走妈就是我的姨妈，我们也多了一家亲戚。"

走走爸妈忙不停地点头："对对。"

听到龚炜这句话，龚炜妈才放心地点了点头："儿子，你这么懂事，我也算没白疼你一场，心满意足了。"

龚炜心里想，今天走走没来，如果她来了知道自己跟她有那么一层莫名其妙的关系会有什么想法？不过两家人也各自有自己的生活，他们的关系也不会有什么实质性的改变。不过有一点倒可以想象一下，如果生母成了自己的丈母娘？

那么，真的能皆大欢喜？

只是走走还喜欢自己吗？

自己又真的对沈孟芝已经死心了吗？

46．峰回路转

莫小平的婚礼很简单，没有去酒店，是在小七乡下的家里举办的。

小七和莫小平想的是现在在酒店办酒席费用太高,何不省下这笔钱，以后在城里买房子用。他们想以后买个二居室，小七的父母是不愿来城里的，那么，莫小平的父母一个房间，他们一个房间，以后有了钱再换个大点的，让孩子睡一间。只要努力，一切都会实现的，况且，现在花店在莫母与老头子的共同打理之下，生意也越来越好了。

沈孟芝与柳如作为伴娘，随着迎亲队伍来到小七家，小七家的院子比较大，被布置得很漂亮，红地毯一路铺满，上面洒满了玫瑰花瓣，气球与彩灯流光溢彩的，绝不比酒店的婚宴大堂差，重要的是空气还新鲜。

而且酒席也不差，各种山珍海味一样没少，量又足，还能吃到地道的山货。穷人有穷人的活法，幸福才是最重要的，连沈孟芝都越来越羡慕这傻丫头的坚持。当初，谁都不看好小七，结果，倒是她最先得到了自己的幸福，不久的将来，宝宝出生，莫小平的生活一定会变得更加圆满的。

这场婚礼就邀请了一些要好的朋友与一些至亲参加。事实上，婚礼是龚炜与走走特意为这个特殊的员工兼朋友策划的，"囧情男女"的歌手全部出动，全程免费演出，热闹又激情的演出真是空前绝后。这场别开生面的婚礼吸引了村里的很多人过来看，小七的父母忙着分糖果，又喜庆又热闹。

看得沈孟芝与柳如都有些心动，柳如说："我结婚的时候也要请他们来，不知道吴为乐不乐意。"

"我觉得挺好的，唉，算了，龚炜怕还真不乐意。估计他心里还恨着我呢。"

"给他们钱呗,当婚礼策划吧。不过啊,你如果嫁给了倪天问,还用得着请他们啊,倪天问一家自有安排。到时啊,肯定搞得全城皆知。而且'爱琴海之恋'戴在你的身上,第二天肯定会登上杂志与报纸的头版,到时,你可得接受我的独家专访。记住,独家噢,不能让别人得了去,否则,休怪我会翻脸,哼。"

"那你是不想做伴娘了吧?"

"这个——什么跟什么啊,这两个好像不冲突啊。"

正聊着,龚炜从背后冒了出来:"你们聊什么呢,这么起劲?"

柳如咳了一声:"我在聊我的婚礼。对了,龚炜,你们做得挺不错的,干脆也接些婚庆的业务吧。"

龚炜嘿嘿笑了声:"有这想法。"

"那个,过几天我结婚啊,你们能不能来啊?"

"不是吧?连你都结婚了,那么我们这些光棍怎么办啊?"

"谁说我就不能结婚啊,我是认真的,我的婚礼也由你跟走走策划下。原本我也没有请婚庆的想法,我们也想省省来着。"

"好啊,你是我们的朋友,费用就不收了。况且,吴为跟走走还是亲戚,亲堂妹呢,这个钱怎么好意思收。请我们吃一顿就行了,我们有肉吃有酒喝就行,反正图个热闹,还算是给我们酒吧打个广告。不过,在婚礼上,你们得说是在'囧情男女'里认识的怎么样?"

"龚炜,我们确实可以算在那里相遇的,原本虽然也认识,但是你的酒吧让我们有机会相亲相爱,现在又终成眷属。"

"真的啊,唉,我怎么感觉自己越来越像上帝一样伟大呢。"

柳如看了看一直没说话的沈孟芝,又看了看龚炜:"我去看看莫小平换好衣服没有。"

看着柳如往里面走去,龚炜咳了一声:"孟芝,看你的好友一个个都嫁人了,你最近过得好吗?"

"挺好的。"

"那就好，那就好。那个你们、你们——发展得怎么样？"

"我们？你说谁啊，追我的人太多了，你不指个名道个姓，我还真不知道。"

"这敢情好，你啊，没人追才浪费，你说是吧？不扯别的，说认真的，你跟倪天问现在到底怎么样了？"

"还好还好。"就四个字，没后话了。沈孟芝之所以不想多说，是因为她这段时间一直拒绝着跟倪天问来往，她只想让自己安静段时间，证明自己没有他，依旧能过得很好。

"那个，你不辞职了吗？"

"其实我挺喜欢我的工作的，再说了，我如果辞职了真不知道该干什么了，不像你跟走走，有自己创业的勇气，我啊，早已经被朝九晚五的生活磨得没有一点激情与胆量了。就这么过吧，反正，轰轰烈烈是一辈子，平平淡淡也是一辈子。"

"那——你们打算几时结婚？"

"这个，我还真不知道。"

"不是吧，孟芝，倪天问确实挺好的，至少他对你挺真心的，这可是我的真心话。"

"你被倪天问的糖衣炮弹给轰炸了？"

"你把我龚炜想成什么人了，我像那种昧着良心说胡话的人吗？"

"像。"

"你——好了，那个——孟芝——"龚炜搔着额头，一副欲言又止的样子，"如果我跟走走在一起，你会祝福我们吗？"

"从一开始，我就感觉你们应该在一起，没有比你们更相配的了。"

"不是吧？"

"这是我的真心话。对了，我得去莫小平那边了，龚炜，祝福你啊，走走真是个好姑娘，好好把握吧。"

这时，走走正往这边凑了过来："你又向人家示爱了？"

龚炜嘿嘿地说："刚好相反。"

"相反？"

"我们互相祝福着彼此能找到属于自己的真正幸福。"

"这算彻底完蛋了吗？"

"嗯，不完全是，还是朋友，不过从现在开始，我打算开始重新追求。"

走走很鄙夷地唾弃："你真是打不死的小强，没救了。"

"什么啊，我换对象追求了啊。"

"换了，谁啊？"

"保密。"

"切，我还不想知道了。"说完，走走就走开了，懒得跟他搭话了。

龚炜看着她的背影笑了，或许，沈孟芝说的是对的，走走才是自己命中注定的人。

倪天问在沈孟芝的楼下久久徘徊着，他放话给了沈孟芝，如果她今天拒绝见他，那么他就一直在下面等。

眼看着天空下起了雨，沈从青与沈母往窗口瞅了瞅："看来这小子对咱孟芝是真心的，不错不错。"

沈母也点了点头："我看行。咱孟芝以后啊成了倪家媳妇，这不了却了你的凤愿嘛。咱孟芝以后就是富家太太、阔太太了，啧啧，以后我们也沾沾光。孟芝就是命好，哟，我说孟芝怎么还不下来，万一他生气走了怎么办，那富家太太不是当不成了？"

沈从青白了她一眼："看把你急的，好像要当富家太太的是你一样。"

"喂，话怎么能这么说，老头子，越活越腻烦了是吧？"

"我还不顺着你的意思嘛。"两个原本早睡的人这会像打了鸡血一样，边守在窗口看发展，边干着急。

其实沈孟芝心烦意乱着，让他回去就不回，你说都什么事啊，天天都能见着的人，非来闹这出。沈孟芝不想理他，上了一会儿网，刷微博，微博全是些负面新闻，撞车逃逸的、强奸幼女的、老人跌倒没人扶的、红十字会又被人晒丑闻、当官的又爆出艳照门等等，看得心情更不好，然后便打开电影看，只看见画面上人在说话，具体在放什么一点都没看进去。

这时雨声越来越大，沈孟芝心想，这笨蛋这回总该回去了吧，我也好安心睡觉，否则别想睡着。她打开窗帘缝，切，怎么还站在那里，不过手里竟然多了一把伞。这就奇怪了，难道他是有备而来的，电视里那些站在楼下傻等的男人不是都淋着雨的吗？

就是不够诚心，你就继续站着吧。

其实那伞是沈从青给的，小伙子虽然这么有诚心，也不能因此而淋出病啊，否则他还真怕倪瑞开夫妇怨他全家都是这么不近人情的人。

而此刻突然间又是电闪雷鸣，一道闪电照亮了半个夜空，紧跟着一声雷鸣，正当倪天问准备躲进车里时，突然看到沈孟芝急急地跑过来，一把拽过他，拉他到屋檐下："你这是干什么啊，不怕被雷给劈焦了啊。"

倪天问心想好险，还好自己慢了一步，否则啊，今天全白站了。而沈从青夫妇已经彻底熬不住了，都去睡觉了，没看到这一幕。

"烤焦了也好，刚好给你当消夜吃，反正这个点你也饿了吧？"

"去，都什么话。"

"你不生气啦？对了，你为什么要生我的气啊，好像我没做过什么对不起你的事啊？"

沈孟芝想想也对："谁叫你非要来见我一面的，又不是我要见你是吧。你说吧，今天找我到底有什么事？"

"也没什么事，就是想你了，想见你。你白天都不理我，唉，我都不知道自己做错了什么，你说我这多冤，孟芝，我们都别这样互相折磨了行不？"

"这个——我考虑下吧。"

"这个还用考虑啊,你看,老天爷都看不下去了。"

这时又一道闪电,沈孟芝也怕得赶紧拉倪天问进门:"好了赶紧进来,到我家换件衣服,看你那狼狈样。"

说是这么说,沈孟芝的心里却是甜滋滋的。进了沈孟芝的家里,倪天问进去冲了个澡,去换了件她老爸的衣服,然后抱着沈孟芝,不肯走了。

"雨也差不多停了,你还是回去吧,你不能睡我这里。"

"你是我的女朋友,为什么不行啊。我不想走了,我困。"

说完,倪天问就躺在了沈孟芝的床上,沈孟芝急了:"喂,不行,明天早上我爸妈发现你在这里过夜,这事就闹大了,说不定会去找你家算账。"

这话说得倪天问有点迟疑了:"不会吧,这跟我爸妈有什么关系啊,难道会来逼亲?那还正求之不得。"

"切,行了行了——"沈孟芝硬是把他拉起来,然后把他往外面推,倪天问无奈了:"真想我走啊,我是有条件的。"

"有什么条件啊?"

"第一,咱们和好吧,以后不许再对我用冷暴力了。"

"好好,答应你还不行嘛?"

"还有第二,亲我下,这里。"说完就仰起了脸颊,沈孟芝狠狠地在他的脸上叭了一下:"这下可以了吧,我的小祖宗,明天还得上班的,困死我了。"

"好了好了,那我走了,明天见喽。"

沈孟芝送走了倪天问,一头倒在床上,突然觉得无限寂寞起来,唉,应该让倪天问留下来的……

47. 被调包的情人

倪天问都觉得自己今天够迟的,居然还能在路上看见罗丝,看来这妞真是没一点长进。

只见她急着在招出租车,本来他是想假装看不见的,故意离她远点,但是,罗丝没近视,眼睛可亮着呢,一眼就认出他来,一个箭步冲过来,吓得倪天问赶紧刹车,"你干什么啊,不要命啊?"

"带我一程嘛,求求你了。唉,我这个月的奖金都快扣完了。"

好吧,既然罗丝都这么说了,倪天问也不好意思不带她,原本就是顺路,他只好说:"上来吧。"

倪天问看她脸色不怎么好,顺便问道,"今天好像气色不怎么样。"

罗丝哎呀一声,然后摸了摸自己的脸:"唉,我都晕头了,今天忘了化妆了。现在我隔壁住了一个变态男人,吓死我了,晚上都不敢睡觉。"

"变态?"倪天问心想,跟你不是刚好配。

"是啊,睡觉打呼噜啊,那个响起来打雷一样,而且还喜欢放屁,屁放起来也打雷一样!好恶心噢。"

倪天问忍不住扑哧一声笑了:"那你不是整天生活在雷阵雨中?"

罗丝娇嗔地说:"你这人,人家都被折腾死了,还笑。唉,本来想跟人合租省点租金,哪里想到会碰到这样的人啊。"

"你应该啊,先让人试住一晚的。"

"试住,这都能试住?还真没听说有这事,唉人家都交了半年的租金了,我又不好赶人家走,况且,钱都已被我花完了。买了几套衣服与内衣就没有了,你说钱怎么这么不经花,现在我的车子都舍不得开了,油钱贵,唉。"

说得这么可怜,还不是自作自受,倪天问也懒得理她,她倒是自言自语起来:"对,我一定得想办法让他主动搬出去,这样既可以不用退租金,又可以让他滚蛋。天问哥哥,你帮我想想办法嘛,凭你的智商,一定能行。"

"这个——你扮鬼吧，把他给吓出去不就得了。"

倪天问也是随口说说，罗丝叫了起来："哇，天问哥哥就是聪明，这个主意好啊。"然后她又想到了什么，"天问哥哥，这个主意好是好，但是——我会害怕的，最后把自己给吓晕了怎么办呀？要不，晚上你陪我吧，咱们偷偷地来，然后半夜起来把他给吓晕掉！"

倪天问忙不迭地摆摆手："不好意思，我有事，不能陪你。"

罗丝的声音越来越嗲起来："天问哥哥，求求你了嘛——你不能就这样不管我的死活，否则我会天天迟到的，"

听得倪天问寒毛倒竖，实在受不了，大吼一声："别再叫了，再叫我就翻车了！"

这时，一辆超速的车跟了过来，倪天问一时被罗丝叫得心烦意乱，差点跟那车子擦上，两个人都吓出了一身冷汗。

再一看那个车子，不是沈孟芝的车吗？

倪天问心想，天，事情怎么这么巧啊？这时沈孟芝也转过头来，分明看到了他跟罗丝在一起，然后就回过头去。倪天问心急了，沈孟芝不会又误会我了吧？昨天好不容易才跟她和好，今天还没来得及说一句话，难道就这么又误会上了？他把车停了下来："罗丝，你去跟沈孟芝解释，说你不过是搭我的车而已。"

"解释，我干吗要解释啊？"这时，她突然开窍了一样，"不会吧，原来你喜欢她啊。"

倪天问不再逃避这个问题，让她知道更好，免得老是纠缠自己："是啊，沈孟芝是我的女朋友，你一点没看出来啊？你赶紧去解释下，好不好？"

罗丝眼珠子一转："这也可以，不过我可是有条件的，你晚上得陪我扮鬼吓人，否则我才不干。你们误会了关我什么事呀，我凭什么要去对她解释，你说是吧？"

"你——"孤男寡女的待到半夜三更，我还真怕你霸王硬上弓，本少爷贞洁不保啊。不行不行，我是绝对不能去的。对了，公司里的那个叫阿学的司机不是一直对罗丝垂涎三尺吗？而且他人还算好，罗丝能嫁给他倒是她的福气。不过他比较穷，她又那么爱花钱，他也不敢想象这两个人是不是会有什么发展前途，反正把她给哄着再说。

"好，晚上我去你那里，你先去解释。不过，你要表现好，如果表现不满意，沈孟芝没消气，我就不去了。"

"你放心吧，看我的。"

罗丝心想，过了今晚，你整个人都是我的，都已拜倒在我的石榴裙下，我还怕什么沈孟芝在我手里抢啊，这点小事算什么。

于是她便进了公司，先把早上忘化了的妆都补上，然后泡了一杯咖啡，接着才慢吞吞地去找沈孟芝。

沈孟芝的心里不是滋味，昨天还信誓旦旦，今天一大早就看到倪天问的车里有个女人，还是著名的骚包罗丝。真不敢想象他们是从宾馆里出来的，还是只是偶遇，这两种揣测像两只猛兽一样在她大脑里打架，直至罗丝敲门进来，打架才处于暂停状态。

罗丝一副兴高采烈的样子。

"孟芝，我今天运气可真好，刚好搭上倪总的车。那些出租车都讨厌死了，都不停下来的，还好我眼尖，发现还有免费的车子蹭，嘿嘿，省了十块钱。"

沈孟芝的心里松了一口气，不过她还是有疑问，罗丝怎么一开口就向我解释这事，难道是她心虚？

她漫不经心地说："谁知道你是半路上搭他的车，还是一直在坐他的车呢。"

"切，你是说我跟他有一腿是吧？如果有的话，我罗丝就会让全世界的人都知道，我摆平了倪氏集团的少爷倪天问，恨不得往他的脸上贴商标，他是我的，其他女人莫近。我哪会像你这么低调，你啊，连我罗丝都瞒过了，还真有一套。"

沈孟芝咳了声，倒也是，照罗丝的性格，如果像倪天问这样的钻石王老五被她逮着，她肯定恨不得在他的脸上贴着"我是罗丝的"之类的标签广而告之，让所有的女人都看见，怎么可能会这么低调呢。对了，她是怎么知道我跟倪天问之间的关系？倪天问说的？算了，无所谓，知道就知道吧。

"不过孟芝你还是得小心点噢，在你们没任何婚约前，我还是不会对倪天问死心的，这叫公平竞争，你说是吗？"

"好吧，罗丝，你爱要要去吧，如果你能抢得去，说明他不是真正属于我的，如果抢不去，那么，我就认定他了，你也倒算是给我帮了一个大忙。"

"看来你没意见，嘿嘿，好吧，到时你可不许哭哟。"

沈孟芝早对她这种拍都拍不死的小强精神佩服得五体投地："行了行了，随便你，我还有事情，你先回你的地去吧。"

"那亲爱的再见喽。"说完罗丝就扭着屁股走了，沈孟芝看着她挺纳闷，难道罗丝真的要开始对倪天问展开狂风暴雨式的进攻？

对，我得跟牢他，看他到底是不是个始乱终弃的男人，如果是，这样的男人不要也罢。

罗丝晚上在家里可是兴奋得跟打了鸡血一样，把房间里里外外擦擦抹抹打扫得很干净，然后拿着空气清新剂正想喷，但想了下，还是咬咬牙，拿自己价格不菲的名贵香水出来当清新剂到处喷，连鞋柜都不放过。完了开始打扮自己，化个妆化了足足一个小时，然后开始挑衣服，当然，得挑足够性感的衣服，一定要把自己的好身材毕露无遗，让男人呼吸急促，血脉贲张，鼻血直流，然后一切便自然而然地发生了……

当然，至于要扮鬼吓唬室友的事她早就忘得一干二净了，点起了迷情精油灯，接下来，就是等倪天问的大驾来临了。

一切准备妥当，玫瑰精油的芬芳在四处弥漫，幽暗迷幻的灯光，舒适整洁的大床，紫罗兰的大花床单，还躺着罗丝我这样的一个倾国倾城羞花闭月，让人欲罢不能欲死欲生的性感尤物，还怕搞不定你这么个臭小子？

她拿出手机打电话，嗲声嗲气地说："天问哥哥，快点来吧，我都准备好了，就差你来了。"

此时的倪天问其实在跟沈孟芝在海边看星星，今天的事情他已跟沈孟芝讲了，为了避免某些麻烦，又觉得这事挺好玩的，所以，他觉得很有必要跟沈孟芝一起分享。再说他们这么久没在一起卿卿我我，现在重归于好冰释前嫌，自然就如漆如胶黏在一起了。

他说："好好，我马上来，马上来啊。"然后他打了个电话给那个喜欢罗丝的司机阿学，"阿学，你赶紧去罗丝家里扮鬼吓唬他的室友。"

"好好，我马上过去，要带什么东西过去吗？"

"不用，把自己洗干净了就行。"

"啊？"

"行了快去吧，人家要等急了。"

"好。"

打完电话，倪天问又忍俊不禁地笑了，沈孟芝有点担心地说："这样不好吧，万一出什么事情？"

"能有什么事，如果她想有什么歪心，那么，阿学也白占了便宜，嘻嘻。"

沈孟芝啐了他一口："你可真坏。"

"这可是她自找的，怪不得我啊。"

过了一会儿，阿学打电话来，说自己到了，倪天问便打电话给罗丝，说自己已到楼下，罗丝媚气如丝地说："门开着了，你进来吧，记得把门给关好噢。"

倪天问赶紧答应，然后又给阿学打电话，阿学嗯了一声，估计迫不及待地进去了。

阿学轻手轻脚地走进罗丝的出租房,然后轻轻地关上门。里面有两个房间,其中一个门口放着女人的鞋,不用说,那一定是罗丝的房间,于是他便轻轻地推开门,却见里面幽暗幽暗的,只有一只紫色的精油灯在散发着极迷幻的紫光。阿学一时间根本看不清里面有些什么东西,他关上门,学着倪天问的嗓音:"我来了——"

话刚一说出,阿学就被一个浑圆幽香的肉体搂得严严实实,一个柔软香甜的嘴巴凑了过来:"想死我了,天问哥哥——"接着就堵住了他的嘴。

阿学哪禁得起这等色诱,自然是激情澎湃地回应着,两个人便热火朝天地翻云覆雨起来……

折腾了两三个小时,最后两个人都疲惫地睡死过去,以至于隔壁的胖子打呼噜都影响不到罗丝了。

罗丝一觉醒来,发现自己躺在一个男人的怀里,才想起自己昨天跟"倪天问"的风流事来,她的内心无比舒畅,幸福感汹涌而来。她轻轻说道:"亲爱的,还在睡吗?好像不早了吧。"

她想再给倪天问一个甜蜜的吻,猛然发现这男人根本不是倪天问,她尖叫了一声,从床上跳了下来。

这一叫把阿学从温柔乡里给震醒了,当他明白是怎么回事,赶紧坐了起来:"罗丝是我啊,不要叫。"

罗丝捂着胸部又一声尖叫:"不要过来!你怎么会在我床上,说!不行不行,我要报警!你这个色狼!"

阿学慌了:"别别,昨天是你拉我上床的啊!我怎么知道啊,我一进来你就直接把我压倒了,是你色诱我,还是我色诱你啊?"

罗丝哭了:"你来干什么啊!谁叫你来的?"

"我——我来是想告诉你,倪天问因为有事,来不了了,谁知道我一句话都没来得及说完,你就急着拉着我上床了……"

"哇——你个臭流氓,我怎么会跟你这么个小人睡觉!我活着还有什么意思啊,我怎么这么命苦啊!"说完又号啕大哭起来。

阿学一时手足无措,不知道怎么好,只能不停地安慰:"罗丝,别哭好吗?你一哭我心都碎了,我阿学是个大男人,我会对你负责的。"

这一句话又戳中了罗丝的痛处:"谁要你负责啊,呜——我都交了什么运啊我怎么这么倒霉啊——"

这时,门外突然一阵猛烈的敲门声:"开门开门!"

两个人相视一看,罗丝也吓得停止了哭泣,然后赶紧穿好衣服。罗丝打开门,却是隔壁那个胖子,只见他一脸的怒气,脸都涨得通红:"你们这对狗男女,昨天吵了我一夜,一大早又不停地鬼叫!还有你,你这个臭三八,老子早就看你不顺眼了,整天嫌东嫌西的,东西乱扔,对有钱的男人不停地发嗲,对没钱的男人指桑骂槐的!臭三八,把钱退给老子,你找别人合租去!"

罗丝又哇的一声哭了:"你也来欺负我!我哪还有钱还你啊,都花完了……呜呜……"

胖子大吼一声:"还哭!"

罗丝一下子怔住了,吓得大气都不敢出一下,胖子抡起了拳头:"没钱还我是吧,那你给我滚,你们都给我滚。"

说完,他就动手搬罗丝的东西,阿学说:"你别这样啊,有话好好说,有话好好说!"

"你这个鸡公,给我闭嘴!给我一起滚!"

阿学想在罗丝面前表现下男子汉气概,无奈对方实在是人高马大虎背熊腰,他哪是对手。结果两人被两百来斤的大胖子扔出了门外,接着,把罗丝所有的东西都甩出了门外,最后,门砰的一声关上了,并反锁掉。

罗丝在外面无力地敲着门:"喂,你怎么赶我走啊,我赶你才对啊!怎么说我也是二房东!呜,我怎么这么命苦,我还没找房子呢,那我以后住哪里啊?"

阿学无奈地收拾着她的东西,把东西整理好放进她的行李箱里,好几大箱的东西,有些东西实在塞不下,只得作罢了。

"这样吧,先在我那里住一下吧,委屈一下。不过你放心,我不会收你房租。"

"什么,你睡了我还想收我房租?哼!"

罗丝抬起腿就走,阿学拎着几个大行李箱在后面气喘吁吁地问:"喂,罗丝,去哪里啊?"

"还能去哪里啊,你家啊!"

48. 感情那点事

过了几天,倪天问在公司食堂里碰到阿学,想知道那天晚上的事,于是两个人便坐在角落里聊了起来。得知罗丝还住到了阿学家,倪天问大笑三声:"真有你小子的,看不出来啊,你还挺有一手嘛!"

阿学有点面红耳赤地搔了搔头,很快他就哭丧着脸:"这个我可真没有想到,不过以后真没好日子过了,你知不知道,罗丝什么事都不做,地不拖,也不打扫,自己的衣服也不洗,都扔给我,好像她跟我在一起我占了便宜似的,一定要把她侍候得跟姑奶奶一样。"

"她如果真心想跟你过长久的话,让她改改坏毛病吧,别惯着她。"

"这个可真不容易,而且我觉得她是实在没地方住了才跟我在一起的,如果一勾搭上有钱的男人估计马上就把我给踹了。"

"那你是不是真心喜欢她?"

"是的,我是真的喜欢她。"

"那就先纵容她吧,日子久了,她就会发现你的优点,才发现你才是最爱她的人。说不定,她也会真心喜欢你的呢,这就叫日久生情嘛。"

"唉，但愿这样吧。"

这时，他们看到沈孟芝与罗丝打了餐，正在找位置，倪天问向她们招了招手，沈孟芝点了点头，但罗丝明显想逃避什么，不大愿意过来，看着沈孟芝过去，才很不情愿地跟过去。在公司里，可能她也就跟沈孟芝还算是朋友，凭她那德行，也没人愿意跟她做朋友。

沈孟芝坐在倪天问的旁边，而罗丝只得坐阿学的旁边，不过故意隔了一个位置，生怕别人知道她跟阿学有一腿似的。

倪天问心里更是乐了，但是又得拼命地忍着，不过，他总得为那天晚上的事道歉："那个——咳，罗丝，对不起，那天的事。"

罗丝眼睛猛地一瞪，装傻："什么那天的事？"估计这事没有人比她更忌讳提了。

"就是那天你喊我一起扮鬼吓你邻居的事，后来因为沈孟芝有事叫我，于是我便去沈孟芝那了，所以，想让阿学带话给你的，让他配合你去吓人。"

这话一说，罗丝更紧张了，头低得快埋在快餐盘里了，只顾吃饭，菜都不夹一下。"噢噢噢噢，没、没关系。"

"后来，没、没发生什么事吧？那个胖子吓跑了没？"

他们的事沈孟芝也早就猜到几分，现在一看罗丝紧张成这个样子，便更是猜得八九不离十了，于是暗地推了一下倪天问，打圆场："能有什么事呀，罗丝你说是吧？哪有这么多问题，真是的。"

阿学在罗丝的面前也心虚着："就是，告诉她后我也就回家了，说下次我陪她吓唬那胖子呢。"

罗丝依旧低着头说："我已经不住那里了，太吵了受不了。"

倪天问也没问下去，再问下去，估计罗丝可能就会翻脸了。"搬了好搬了好，免得咱公司的美女模特整天蔫着一张脸，看着多让人心疼，你们说是吧？"

"对对。"沈孟芝与阿学一同应道。

这时,不知道他们已住在一起的沈孟芝倒是为他们张罗起来:"罗丝,阿学人挺不错的,在公司里待了这么多年,我也算比较了解,人实在,很细心,又勤快,还单身着呢,这样的男人实在不多了。"

"你说得这么好,那怎么不给自己留着?"罗丝没好气地说。

"我就是觉得,你们不是挺有缘分的嘛。"

倪天问给沈孟芝使了个眼色,沈孟芝赶紧捂着自己的嘴巴,怕说漏嘴了:"我是说,你们都是冬天生的吧?这不、不是挺有缘的还是什么呀?"

阿学看气氛不对,自己也快吃好了,就扒完赶紧开溜:"我先回去啊,还有客人要送,你们慢慢吃。"

一看阿学走了,罗丝带着质问的口气说:"你们到底是几时勾搭上的,是不是上次去泡温泉勾搭上的?我请你们泡温泉,你们倒好,去幽会,撇开我这个天真善良的灯泡,你们对得起我吗?"

倪天问咳了一声:"那个罗丝,其实我跟沈孟芝在一起有一段时间了,不是故意把你当跳板的。这样吧,为了弥补我们上次的过错,我送你两件衣服吧,让沈孟芝陪你去买,孟芝你自己有喜欢的也买几件,这张卡就放你那里。"

倪天问拿了张银行卡给沈孟芝,罗丝抢了过来:"里面有多少呀,我可以刷一千以上的吗?"

"一件不能超出一千,两件不能超过两千,这可是我的工资卡,里面也就几千块钱,多了,那你得自己掏钱。"

"切,小气。"罗丝把卡还给了沈孟芝,"唉,有个有钱的男朋友就是好,能随手甩出一张卡给你花。唉,我为什么就没有这样的福气呢?"

沈孟芝不客气地把卡收好:"那你也可以让阿学把卡给你刷呀。"

"他那点钱,真不够我去商场溜达一圈。唉,不吃了,没胃口吃饭了。"说完,她就起身了,倪天问跟沈孟芝对视了下,然后偷偷地笑了,沈孟芝暗自高兴的原因是:终于扫荡了一个顽固的绊脚石,嘿嘿。

这时倪天问紧握着她的手:"等我们定下日子,结婚了,好好去度蜜月。你想去哪,马尔代夫?泰国?还是迪拜?"

　　沈孟芝想了想:"去英国吧。"

　　倪天问有点愣了:"英国?为什么?"

　　"去你待过的城市感受下。"

　　倪天问更紧地握住了她的手:"孟芝,你真好。"

　　龚炜看着走走坐在吧台上,手里拿着几张纸牌,搬弄来搬弄去,看来,她又在搞什么新把戏了。

　　"走走,你又在研究什么呀?教教我吧。"

　　走走眼皮子都没抬一下:"新魔术。自己都没研究出来,怎么教你?"

　　"不就纸牌嘛。"

　　"说得这么轻松,我在研究刘谦的魔术呢,在想着,怎么从人的眼皮底下,把纸牌直接从玻璃上穿过去。"

　　"这个我也会啊。"说完,龚炜拿了两张一模一样的纸牌,"看好了。"他把一张纸牌作势往桌面下插,然后用手一捂,另一只手捂着另一张纸牌放在桌子下面,猛地一摊,"你看,不是出来了嘛。"

　　"切,你这也叫魔术?连三岁的孩子都骗不过,也不怕人家向你砸鸡蛋。"

　　"我这不是不会嘛,闹着玩的。走走,我们很久没有好好聊过了。"

　　这会的龚炜好像是没话找话,走走继续盯着自己的纸牌,有一搭没一搭地应着:"跟你除了聊酒吧的事情,还有什么好聊的。"

　　"唉,真想不到,你的妈居然也是我的妈。"

　　走走白了他一眼,纠正道:"什么你的妈,我的妈,是我的后妈居然是你的亲妈。这身份还真够囧的。对了,这事情怎么会这么巧,我呢,是刚好成了帮助你完成梦想的人,那你呢,又刚好是我那后妈的私生子。不会都是你那亲妈亲手安排的吧?她呢,没法亲自帮助你,便借我的手,完成对你的帮助。"

"这个，你得去问你的那个妈了，我可真不知道。"

"唉，算了，事已至此，问不问也没什么意义，幸好咱这一对假哥假妹，倒也是臭味相投。以后，我会一直把你当作哥，您放心，不会把您赶跑。"

"你——真的把我当作你哥？"其实龚炜想说，你真的只把我当你哥，就没别的想法了？

但走走说："哥怎么了，哥就哥呗，比我年纪大的我都可以喊哥，不就哥嘛，又不是喊爹，你说是吧？"

龚炜一下子被噎得说不出话来。唉，看来走走是真的对自己没任何想法了，可怜啊，她心中的小萌芽就被自己那样给摧毁了。把人家的毁了后，自己的又冒出来，然后想示点好，但却没有机会了。

龚炜突然间有一种天苍苍野茫茫的悲怆感。只愿君心似我心，定不负相思意？现在，跟谁相思去，沈孟芝现在跟那姓倪的家伙打得火热，走走呢，对我已死心，春风都吹不生了，火再野有什么用。龚炜啊龚炜，你怎么就这么悲催啊，看似身边也有暗香浮动，其实都是些影子，没一个实体的。唉，我龚炜怎么找个女人谈个恋爱就这么难。

一时间，龚炜感慨万分，越想越觉得人生无趣，正在万念俱灰的当儿，一个老顾客进来，龚炜跟他打了声招呼，老顾客便随口回应："老板跟老板娘都在啊，最近有没有做活动啊，打个折啤酒搞特价什么的。"

龚炜与走走互相看了一眼，龚炜说："她才是真正的老板，也不是我的娘。"

"哈哈不是吧，这么久以来，我一直以为你们是小两口呢，误会啊。我看大部分的客人跟我的想法是一样。"

龚炜终于明白为什么在酒吧里，男人对走走只有仰慕的份，而女人对自己也只是像个哥们般的，顶多开开嘴皮玩笑，原来大家都以为这是夫妻店啊。看你们这一对夫唱妇随着，配合得这么天衣无缝，晚上也待在一块，还有什么硬挖墙脚的心思啊。

"走走,原来啊都是因为你的关系,我这么一个大好青年,都没人追,你得负主要责任啊。"

走走睨着眼睛看他,白多黑少:"去越南给你买个老婆?"

"这怎么行,咱是讲感情的人。"

"去,感情能当饭吃吗?能当钱使吗?"

"你又庸俗了吧,喂,走走,我现在终于体会到什么叫人言可畏了。"

"什么意思?"

"咳咳,要不,咱们就遂了这广大客人的愿望吧。"

走走站起身来伸伸懒腰:"听了您这话,我顿时便意盎然了,去卫生间了。"说完就真往卫生间走了。

"喂喂,你怎么这样啊?"旁边的服务员抿着嘴巴笑。

龚炜碰了一鼻子的灰,人家追自己的时候自己不乐意,现在,自己倒追了,人家对自己又不感兴趣了,天意弄人啊。他又想起自己追沈孟芝时的情景,追女孩子真是种技术活啊,之所以没追到手,看来真是自己资质不够。

其实他不知道,有时候,女人需要的只是诚心而已。

49. 虚惊

柳如正计划着拍婚纱照的事,头次结婚的时候,因为经济的问题,他们并没有拍过,这次既然有再婚的机会,怎么也得整一套,免得落下终生憾事。

于是她问一个女同事:"小雅,你不是负责做广告的嘛,跟婚纱店的关系怎么样?"

"挺好的啊,你是想拍婚纱照吧?"

柳如点了点头,小雅说:"好几家婚纱店都在我们这里打过广告,而且它们的知名度也高,品牌店比较有保障。对了,前几天还有家店的老板刚刚找过我，要做广告呢，我打电话过去问问，让他在活动价上再打个折扣给咱，怎么样？"

"好啊，越实惠越好啊，当然，全免最好。"

"想得美，我现在就问。"

说完，小雅开始打电话了："赵老板您好，我是报社的小雅，通知您一声，您家的广告我们准备周五刊出。我还有个私人的问题想问你，我同事呀，她要结婚了，想拍婚纱照呢，能不能弄个优惠价给她呀……嗯，这活动看似挺不错，这个……是最低是吧……可不可以再优惠点……那好吧，我问下她回头给你电话啊。"

看她搁下电话，柳如赶紧说："怎么怎么说？"

"这次啊，他们推出的店庆活动是厦门外景两日游，拍摄加旅游，团购价格是2888，给你算内部价，在这个基础上再打8折，不能再少了。我算一下——就是2310元，便宜500块大洋呢。不过他说了，不能给其他客人透露这个价格，否则他只能喝西北风了。"

"听起来不错啊，你赶紧把周五要刊发的海报内容给我看看，这个套餐有些什么东西。"

"你等下啊，我打印一张给你。"

柳如拿着那张单子，感觉还挺不错，又有的旅游，又能拍婚纱照。厦门也是她挺想去但目前还没有去的地方，跟吴为一块去多好啊，便给吴为打电话："亲爱的，下班了我们去婚纱店逛逛怎么样？这边有一家店在做活动，挺实惠的，能给咱一个内部价。我们先去看看，感觉可以的话就定一套，你说怎么样？我们都快结婚了嘛,拍一套放在婚房里用。"

"好啊，你说了算。我下班去接你。"

柳如与吴为进入了婚纱摄影店，里面豪华漂亮的婚纱真是令柳如心动啊。

但是她做梦都没有想到，竟然会在那里碰到那个跟她一夜情的小帅哥，而那个小帅哥竟然还是这家婚纱店的摄影师，而他也分明认出了柳如。如果他开的是餐馆,柳如是绝对不会吃一口饭,喝一口茶的,怕他会下毒索命。

导购小姐很热情地介绍着他们的摄影师:"你别看他年纪轻,他的作品可是获过奖的,是我们的首席摄影师。你是报社来的,我们自然会给你们派上我们最好的摄影师,拍出你们人生中最美的照片,一辈子都难以忘记的。怎么样,想好了没?想好了,付好定金,我们就可以给你们安排好拍摄日程跟具体细节。"

柳如脸色已经都吓白了,那摄影师分明对那天的事是终生难忘了,也难怪,小命差点就断送在她的手上,只见他意味深长地说:"对,我一定会给你们拍出一套终生难忘的照片来,享受新婚蜜月的感觉,特别在海边拍出的效果很好的,放心吧,不会游泳也没关系的。"

这话说得柳如小腿都发抖了,跟这么一个有过一夜情的男孩待在一起,而且她还无意中给他幼稚的小心灵留下终生难以抹去的阴影,她这小心脏还真受不起这种折腾啊。而且他肯定会在这几天里寻机报复的,搞不好,不但她一生的幸福毁在这个小子的手里,说不定连小命都没了,她嘿嘿地赔笑:"那个,那个,我们再考虑下吧。"

一向不喜欢逛街的吴为说:"我觉得挺好的呀,要不,就定在这里吧,免得再跑别家,跑来跑去多麻烦,又得花大半天时间,也不一定比这里好,柳如你说是吧?"

他个木头脑袋完全没有意识到柳如的不对劲,柳如急得不行,便捂住了肚子做呻吟状:"哎哟,我肚子痛——"

"不是吧,你怎么了?"吴为问道。

而摄影师自然猜得透柳如的把戏:"肚子疼是吧,卫生间在那边,您先去方便吧,方便好了咱再慢慢谈。"

"不不不,我得赶紧回去吃点药,我们走吧。"

说完她就硬是拉着吴为走,吴为都没弄清楚是怎么回事,那个摄影套餐的导购小姐莫名其妙地看着他们的背影,一时间没回过神,当她意识到自己即将失去一桩生意时,就大喊:"喂,这套餐真是很优惠啊,十年一遇啊——"

小摄影师恨恨地说:"别喊了,他们是不会回来了。"

"你怎么知道啊?"小摄影师没再理她。

逃过这一劫,柳如有一种劫后余生的感觉,她觉得自己再也经不住这种折腾了,必须得马上尽快把结婚这事了结了,结婚照的事,以后再说。

俩人走在路上,吴为奇怪地看着她:"你肚子不疼了?"

"是啊,好了,不疼了,刚才突然间就痛起来了,真奇怪。"

"要不,你明天去医院做个全面的身体检查吧,这样放心点,免得有什么事。"

柳如啐了他一口:"说什么呢,你是成心咒我是吧?你看我身体这么好,能有什么病。"

"病哪里能用眼睛看得出来,我这不是关心你嘛。"

"这样吧吴为,你明天早上有没有时间?"

"明天上课呢,怎么了?"

"你抽个时间,我们先把红本本给领了怎么样?"

"我也正有这想法,我算一下,我上午两节课,十点没课,这样吧,十点后我们在民政局见,记得把证件都带过来。对了,结婚应该要照片的吧,要不,我们回刚才那店里先拍几张?"

柳如心想你这不是成心吓唬我啊:"不不不!民政局里有专门负责拍结婚照的,我们把身份证户口簿带过去就行。"

"对对对,这个你比我有经验……"

柳如瞪大了眼睛,切,还惦记着我是有过一次婚姻的啊,吴为也突然意识到自己说错了话:"我、我不是那个意思。"

"行了,我累了,回家了,明天早上见。"

"不是吧,就这么回家了啊?我们晚饭还没有吃啊。"

"不吃了,饱了。"

是啊，吓饱加气饱，还有什么好吃的，柳如扔下摸不着头脑的吴为自个儿搭车走了。

"饱了？怎么饱了？"吴为这回更不明白了，怎么突然间就饱了？还赌气走了，女人真是善变的动物啊，真是让人莫名其妙。唉，可能自己刚才那句话又让她想起伤心往事了吧，我怎么这么不小心。

50. 假戏真戏

餐厅里，倪家与沈家这俩准亲家在就餐。

沈从青说："真想不到，我们终于成为真亲家了，我真是激动啊。"

倪瑞开笑着说："我们两家，看来非但缘分未尽，而且以后啊，血脉相连，都是一家人了。等以后有了孙子孙女就更亲了。这是天意如此，天意如此啊。结婚请柬我们早几天已经发出去了，再过两天啊，我们就是真亲家了。"

沈母说："能嫁到倪家，真是我们孟芝的福气。"

倪母接口说："哪里哪里，孟芝啊，聪明又能干，又那么懂事，能讨到这样的媳妇，才是我们倪家的福气呢。"

这些客套话听得沈孟芝与倪天问都忍不住地发笑，最近他们也忙，沈孟芝忙着试婚纱，买结婚用品，倪天问也没闲着，都在为结婚的事忙乎着。毕竟，倪氏家族是个大家族，结婚的事可马虎不得，就算他们想马虎，倪瑞开也不肯，怕丢了面子。其实沈孟芝很想从简，但这个事情也不是自己说了算，只得由着倪家。

在酒席上商量了一些细节问题后，沈孟芝回到家，又迫不及待地穿上今天新买回来的婚纱，在镜子面前来回地照，一想起自己就要成为新娘子，心里那个兴奋。正高兴着，柳如打电话来："孟芝啊，今天我们领红本本了。"

"真的啊，那恭喜你啊，你不会跟我们同天结婚吧？"

"唉，我那婆婆迷信得很，选日子都选了一个月。不过我怎么也得要做你的伴娘，放心好了。我已经是有保障的了，不在乎几时办酒。为了庆祝我成为合法新娘，你这个富豪媳妇总得意思意思吧？"

"意思什么啊？您老就直说。"

"请我喝一杯啊。对了，你不是过两天就结婚了嘛，为了庆祝你马上就要结束单身的日子，也得不醉不休一次。以后啊，你成为倪家的媳妇啊，可不比我们这些普通人家的，想出来玩可真没那么方便了。"

沈孟芝想想也是，有段时间没去"囧情男女"了，倒也挺想念那里的，去看看龚炜和走走也好，说不定以后真的很难有机会看到他们了。而莫小平现在孕后期，也不宜出来，她就跟柳如一起混了："好，就晚上再混一晚了，后天就要结婚，明天要忙得屁滚尿流，也没时间了。这就去。"

说完，沈孟芝还真去了，沈母正想来叫孟芝早点睡觉养好皮肤，结果看着她直跑出去："你干什么啊孟芝，都是要结婚的人了啊，给我回来！"

但她哪拉得住沈孟芝："这孩子，都是嫁出去的人了，还让我这么操心！"

到了"囧情男女"，柳如也刚到，龚炜一看到沈孟芝就凑上来："哎哟喂，新娘子，居然还有空来我这玩，是不是后悔啦？你不是还没结婚嘛，现在后悔啊，还来得及。"

沈孟芝白了他一眼："后悔什么啊？"

"后悔放弃我啊，要不，婚别结了，跟我好了，我养着你。"

柳如说："切，就你那德行，你能跟倪天问比吗？真是的。"

"我怎么了，他不就是有几个钱嘛？怎么就不能比了？"龚炜还真来气了。

沈孟芝听这话音不对，再说就要打架了："行了行了，龚炜，你不祝福我下，还来拆台，都什么朋友。"

"好啊，祝你跟那个小白脸白头偕老。祝福完了，现在轮到你了。"

"轮到我？"

"回礼啊，我也要成家了，不过我们先订婚，结婚慢慢来。"

"不是吧，龚炜，你跟谁啊？"

柳如说："我看啊，他是跟这个酒吧订婚吧，还成家。"

"你说对了一半。"

龚炜向走走招了招手，走走便往这边过来："什么事呀，龚炜？"

"我啊还真想跟酒吧结婚，不过，它顶多算是我的小妾，酒吧的老板才是我的老婆。"

这回轮到柳如惊讶地张大了嘴巴："不是吧，你们就这么勾搭上了？"

"天天在一块的，不勾搭也难，你说是吧，走走？"

"不是吧走走，你们几时开始的呀？"

"这个这个——"走走咳了一声，一时说不出话来，龚炜接过话说："也就近段时间的事。我不是失恋了嘛，还好啊有走走一直陪着我安慰我，让我啊，走出了痛苦的沼泽地。"龚炜一脸苦大仇深的样子。

走走看看这个，又看看那个，迟疑地点了点头："对对对。"

也好，这样，大家以后都没什么芥蒂了，沈孟芝也不用老感觉对不住龚炜了："龚炜，后天我结婚，你跟走走一起来吧，喝杯喜酒怎么样？"

龚炜正想推辞，走走却抢先一步："这必须去，这是你的大喜日子，我们怎么能不去呀，龚炜你说是吧？"

"我……"龚炜这回还真是骑虎难下了。

柳如说："我什么我，去就去呗，又没人笑你，反正除了我们也没人知道你追过沈孟芝。我们保证对谁都不讲，男子汉大丈夫的，有什么放不开的。"

"就是就是。"在三个女人的怂恿之下，龚炜哪有拒绝的机会，他狠狠地瞪了一眼走走："去就去，谁怕谁，我这不有你陪着嘛。"

"我不一定有空。"

沈孟芝可说了:"你们得一起来,一起啊,否则以后我再也不来这酒吧了。"

"这个——好吧——"

大家边喝边聊,沈孟芝的老妈不停地打电话来催,怕她喝多了惹事,在这节骨眼上,可不能出意外啊。沈孟芝烦不住了,看时间也差不多了,于是便跟柳如一起回去了。

龚炜看着她俩走了出去,对走走说:"走走,还是感谢你帮我捡回了面子,不拿你来冒充我女朋友啊,我还真丢不起这个脸了,无地自容啊,不过后天参加婚礼的事是你应承下来的,你还得陪我演下去。"

"切,这都关我什么事啊,陪你可以,要演出费。"

"你开个价吧。"

走走伸出一个指头,龚炜猜:"一百?一千?一万啊?切,你就做你的发财梦去吧。这样吧,我就以身相许吧,咱假戏真做,好不好?"

"门都没有!"

好吧,既然沈孟芝都嫁人了,我就一心一意地追你,还怕你不被我的诚心感动啊,你就等着瞧吧!

51. 逆袭成功的婚礼

沈孟芝与倪天问的婚礼如期举行,这是倪家的大喜事,自然是非常豪华与铺张。露天的婚礼,现场摆着很多的糕点与饮品。倪瑞开请了很多要人,包括喻冰也到场了,现在的喻冰看上去和眉善目的,非常淡定,也没有表现出忌恨,估计她已坦然接受了这样的事情,倒是碰上了罗丝,俩人又不免一场唇枪舌剑。

这时婚车已到,沈孟芝穿着洁白的婚纱,踩着铺满各色花瓣的红地毯款款而来,柳如与大肚子莫小平跟随其后。礼炮声与结婚进行曲响起,一身白色礼服的倪天问更是俊朗迷人。他扶着沈孟芝向亲友们道问候，接下来，就要开始牧师宣读婚誓与交换戒指仪式。

就在这时，倪静蔓却慌慌张张地朝他们跑了过来："哥，不好了，不好了。"

倪天问皱了皱眉头，"你这野丫头，什么事情这么慌慌张张的，慢慢说啊。"

倪静蔓上气不接下气，花了一分钟时间才把这几个字给说清楚："那个——那个——米丽塔来了——"

"米丽塔？"沈孟芝跟倪天问同时惊呆了，沈孟芝更是脑子里轰的一声响，米丽塔这会往这边赶，能有什么好事啊。她盯着倪天问："是你邀请她来参加婚礼的？"

倪天问急着摆手："没有，我没叫她啊，自从那次我被她从英国赶回来后，我们再也没有联系了啊。"

而喻冰站在一边偷乐着，哼，我得不到的，你沈孟芝也别想得到。原来是她暗地里给米丽塔送的"情报"。

沈孟芝还没盘出个所以然，米丽塔带着另一个洋妞气势汹汹地赶到了。倪瑞开与倪母也看到了，想拦着她，但没有拦住，她直奔向倪天问，扑在他的怀里号啕大哭，那哭声真是惊天地泣鬼神，你说这大喜事的……

所有的人都被这变故给惊呆了，纷纷嘀咕着这是怎么一回事，倪瑞开气得胡子都发抖了，但总不能强行把她拉走吧。沈从青与沈母也感觉到大事不妙，有人来闹婚礼啊，这个洋妞，难道是倪天问的前女友啊？

倪天问这会是哑巴吃黄连，有苦说不出："米丽塔，你冷静点，好好说话，好不好？"

他想掰开米丽塔的手臂，但没有成功，只能求救般地看着沈孟芝。沈孟芝气呼呼地把头一扭，假装没看见。柳如与挺着大肚子的莫小平也一筹莫展，站一旁干着急。而龚炜对走走低声地说："看来，这婚礼有点玄乎了。"

走走白了他一脸:"你又高兴了。"

"我才不高兴呢,我觉得他们俩在一起真的挺好的,而且我们俩在一起也挺好的,所以,他们俩还是在一起吧。"

走走一脸的鄙夷,但是心里却很甜蜜。

而这会,有一个人是最高兴的,那就是喻冰,她乐不可支地捂着嘴笑,罗丝注意到喻冰那幸灾乐祸的样子,"不会是你这贱人报的信吧?不要脸。"

"关你个鸡婆什么事啊。"

"你说谁呢,你才鸡婆呢。"骂着骂着两个人竟然又扭打在一起,倪瑞开都气疯了,叫了保镖过来:"把她们俩先轰出去!"

而米丽塔这会好不容易收起了哭声,倪天问右边的肩膀已湿了大片。"米丽塔,对不起,我不知道你会来。"

"你们结婚为什么不叫我啊?"

"你那么远,来回一趟真的太累了,又不方便,所以我就没有——"

"你知不知道,自从跟你分手之后,我一直没有再谈男朋友——天问,我真的挺想你的——"说完,她又开始抽泣了。

倪天问这会真不知道怎么安慰了,这是我的婚礼啊,我的上帝啊,我现在跟前女友在叙旧情?沈孟芝的脸色也越来越难看了,这会,她想这个婚还结不结啊,不结了也好,我回家睡觉去!

"米丽塔,今天,是我跟沈孟芝结婚的日子……"

"我知道,所以我才赶过来的,要不是你们结婚,我还跨洋过来啊,你跟谁结婚我都不乐意啊!"

倪天问已经在无敌狂乱中了,米丽塔接着说:"不过你跟沈孟芝结婚,我挺乐意的。"

倪天问瞪大了眼睛,米丽塔这时破涕为笑:"以前在中国的日子,都是沈孟芝经常照顾我,她是个好女孩,所以,你们在一起,我没有意见!"

这又唱的是哪出啊,倪天问更加迷乱了,神啊,您就别再折磨我了!米丽塔向沈孟芝走来,拉住了她的手,然后又把她的手放在倪天问的手心。"我大老远地跑过来参加你们的婚礼,就不能发泄下我的情感啊?好了,该发泄的已经发泄完了,现在我祝福你们白头偕老,还有那个什么什么南山?"

沈孟芝扑哧一声笑了:"那是寿比南山,是生日的时候用的,不是结婚时用的。"

"那祝你们的婚姻寿比南山嘛。"

"哇,你真会现学现用啊。"

这下,在场所有来参加婚礼的人都嘘了一口气,看来真是有惊无险啊,米丽塔不是来捣乱的。倪瑞开赶紧宣布:"牧师,婚礼继续举行啊。"

"那没我什么事了,你们继续吧,我带我朋友过来玩的。"

"好好。"被她这么一闹,倪天问全身都是汗,小丫头片子真会吓唬人啊,我倪天问人生头一回的婚礼差点毁你手上了。

这时婚礼照常举行,沈孟芝幸福地接受着这一切,她感觉到,她是世界上最幸福的女人。每个女人结婚的时候,都会有这感觉,没办法,这是女人甜蜜的通病。

当倪天问把那串"爱琴海之恋"戴在沈孟芝的脖子上,全世界都失色,她如雅典娜女神般璀璨夺目。柳如、吴为,莫小平、小七,龚炜与走走,急着冲上去跟他们合影。

幸福在一刹那定格。